JN212257

俺が恋した
千年少女
斉藤詠一
双葉社

目次

装画　マツバ
装丁　坂野公一+吉田友美（welle design）

俺が恋した千年少女

第一章　我々はどこから来たのか

1

「あぁん？　なんか言ったか」

赤城錠一郎《あかぎじょういちろう》がドスの利いたでかい声で訊き返すと、隣に座る友人の青葉礼司《あおばれいじ》は電車の中を見回し、恥ずかしそうに「バカ。素が出てるぞ」と小さく言った。大柄な体格と厳《いか》つい顔に似合わぬ、弱気な性格がにじみ出た声だ。

錠一郎は少し考えた後で、礼司が指摘しているのは自分の口調だと察した。たしかに、ちょっと荒っぽかったかもしれない。古い友人と久しぶりに会って、むかし不良扱いされていた頃の気分に戻っていたのか。

「ああ、わりい。で、なんだい。青葉くん」

言い方をあらためて訊くと、バカじゃねえのという表情をした礼司は錠一郎の手元を指差した。

「そこ、そうじゃねえって」

錠一郎が持っているのは、電車に乗る前に購入してきたばかりのスマートフォンである。礼司に教わりつつ、その設定をしていたところだ。デジタル機器にあまり詳しくない錠一郎にとって、ＩＴ関連の仕事に就いている礼司はありがたい存在だった。

　五月半ば、土曜日の夕方。ＪＲ総武線の千葉行き電車は、八割方の席が埋まっている。錠一郎たちの向かいに座る、部活帰りらしい学生服のカップルがこちらの様子をチラチラとうかがっていた。

　二人は、少し怯えているようにも見える。錠一郎の声はそれなりに車内に響いていたようだ。

　礼司が言った。「しかしさあ、今どきスマホどころか携帯すら持ってなかったってのは、どうなのよ？」

「世の中、そういう奴はたくさんいると思うがな。自分の基準で物ごとを測んな」

「そりゃそうだけどよぉ……」

「こんなもんなくても、今までなんとかなってた。礼司がしつこいから仕方なく買ったんだ」

「だってお前、家の電話しかねえんだもん。ＬＩＮＥもメールもやらねえなんて、連絡取りづらいったらなかったぜ。だからこれまで同窓会の連絡が来なかったんじゃねえか」

　二人は今、高校の同窓会に向かっているところだった。錠一郎が参加するのは、二〇〇〇年に卒業して以来、二十数年目にして初めてのことである。

　通っていたのは、進学校とまでは呼べないものの荒れているというほどでもない、千葉県内では中程度のレベルの県立高校だ。そこで錠一郎は反抗心旺盛な生徒の筆頭であり、当時既に漫画の中でしか見かけなかった昔ながらの硬派として、クラスで浮き気味の存在だった。

　そんな人間がどの面下げて同窓会なんかに……という思いもあり、卒業後に何度か届いた開催通知のハガキは無視していたのだ。

かなり前にメールでの案内となって以来、開催されることすら知らされなくなっていたのだが、数年間の海外駐在から帰国した礼司を介して久しぶりに通知を受け取ったというわけだ。もっとも、迷った末に今回参加を決めたのには他にも理由がある。

錠一郎の手元を覗きこみ、礼司が言った。

「いちおう、操作できるようになってきたな。そこまでひどいＩＴ音痴でもねえのか」

「会社ではパソコンくらい使ってる。プライベートで持ってねえだけだ」

「じゃあ、ネットはあんまし見てねえよな」

「ああ」

「お前、変なところ単……純粋だからさあ。スマホ使いはじめて、陰謀論とか真に受けねえように気をつけろよ。昔、ノストラダムスの大予言とか本気で信じてたじゃねえか」

「まあ、そんな時期もあったな」

「そういうの、ネットにはたくさん転がってるからな。詐欺とかに引っかかんじゃねえぞ」

礼司は心配げだ。

「ネットなんて興味ねえから大丈夫だ。そもそも、デジタル機器って好きじゃねえし。なんつうの？　魂を感じねえっていうか……」

錠一郎が力を込めて話すと、礼司は呆れた声を出した。

「あのなあ、俺らがいくら昭和の生まれっつっても、そんなこと言う奴他にいねえよ。写真撮られたら魂まで取られるとかいうレベルだ。侍かっての。っつーか、今ちらっと裏地が見えたけど、お前のその服、何?」

「何って……イカすだろ、このジャケット。会社にも着ていってる」

襟を両手で揃えながら答える。

「その服で?　会社に?　だいたい、髪型といい眉の形といい、元ヤン臭がプンプンするわ」

礼司は頭を抱えた。

錠一郎のジャケットの裏地は、虎柄になっている。本人としてはお洒落のつもりだった。髪型はオールバック、眉も細めに剃っている。中学から高校にかけての多感な時期に染みつき、四十歳を過ぎた今も変わらぬ趣味嗜好は、どうやらあまり一般的なものではないらしい。

錠一郎は、口をとがらせて言った。

「ヤンキーとはちょっと違うと思うがな。あえていうならツッパリだ」

「それこそ昭和だっての。周りから見りゃどっちも変わんねえよ。会社でお前、変な目で見られてねえ?」

「あぁ?　うーん……そうだな、阪神ファンなんですか、って訊かれたことはあんな」

「ずいぶん好意的な解釈だな。他はどうだ。みんな敬語使ってくるとか、昼飯に誘われねえとかあんじゃねえの」

「そりゃあ、そういうこともあったかもしれねえな。気にしてなかったけど」

「ほらみろ。みんなびびってんだよ。やっぱ元ヤンの自覚が足りねえ」

「そうかなあ。俺……僕はごく普通の会社員ですよ、青葉くん」

礼司は再びバカじゃねえのという顔をし、声を潜めた。「何度も言うけど、声のでかさをなんとかしろ。もうちょいボリューム絞ろっか」

向かいに座る高校生のカップルが、また視線を向けてきている。

わぁったよ、と錠一郎が素直に声のトーンを落としたところで、電車は次の駅に着いた。扉が開き、何人かが乗り込んでくる。向かいのカップルの隣、三人分の隙間の真ん中に、ワイヤレスヘッドホンをした若い男がどっかと座りこんだ。足を目一杯広げている。

男のすぐ後に、腰の曲がった老婦人が乗ってきた時には、近くに空いた席はなくなっていた。男が普通に座ってくれればよいのに、周囲を少しも気にしていない様子だ。ヘッドホンからは、シャカシャカとひどい音漏れが続いている。

カップルが顔を見合わせた。席を譲るべきか、目だけで会話しているようだ。

錠一郎は自分が席を譲ろうかとも思ったが、まずは若い男を一睨みした。それに気づいたらしい男が、礼司のほうへ目を逸らす。しかし、すぐにまた視線をあらぬ方向へ向けると、ばつが悪そうな顔で足を閉じ席を詰めた。

老婦人が男に礼をし、空いた席に腰を下ろす。

錠一郎の隣では、礼司がヘッドホン男を睨みつけていた。もともと厳つい顔が、カチコミ真っ最中のヤクザもかくやという凶相になっている。

「おい」

声をかけると、ようやく礼司は「ああ……」と表情をわずかにやわらげた。

それでも強面《こわもて》に変わりはない。高校時代は、その顔とタッパだけで皆に道を空けさせていたくらいだ。

「ちっと怖かったか」

礼司は言った。実際の彼はどちらかといえば気の小さな人間なのだが、睨みつけたように見えたのは、行儀の悪い男への嫌悪感がだだ漏れになっていただけらしい。

ああやだ、お前と一緒だと相変わらず面倒ばっか近づいてくるわ、と礼司はぶつぶつ言っている。こうなると、気弱そうな普通の中年男性だ。

「それにしても、すっかり丸くなったもんだ」

錠一郎が指摘したのは、性格のことではない。礼司が着ているる紺色のスーツの下は、平均よりだいぶ肉づき多めに見える。

礼司は言い訳した。

「忙しくて不摂生した時期があったからな。結婚してなきゃ、もっと悲惨だったかもしれねえ」

「嫁さんに感謝しろよ。嫁さんと子どもは元気か。息子、鉄道が好きとか前に言ってたな」

「ああ。小学生だけど、すっかり鉄道マニアに育った」

礼司は笑って答えた。厳めしい顔から、時折こぼれる人懐っこい笑み。そちらのほうが彼の本質に近いことを、錠一郎はよく知っている。

礼司が、錠一郎の腕や肩に目を遣《や》って言った。

「お前は相変わらずいい身体してんな。ただぱっと見、顔はちょっと老けたか」

「そりゃそうだ」

——そう、俺たちはもういい歳のオッサンだ。あの頃には戻れない。

目の前の高校生カップルをぼんやりと見ながら、錠一郎は自分が普通に会社勤めをしていることがふと信じられなくなった。

車窓の向こうには、西日を浴びた積乱雲が湧き上がっている。その手前、流れ去る街並みに一瞬見えた看板の文字が、遠い記憶を刺激した。もうじき、目的地の駅に着くようだ。

高校の最寄り駅の、三駅手前。錠一郎と礼司はそのターミナル駅周辺でよく遊んでいた。当時着ていた変形の学生服——スケーターと呼ばれる絞りのないストレートなスラックスは、腰穿きにする者も多かったが、錠一郎は普通に穿いて短ランと合わせていた。裏地に虎や龍の刺繍をした短ランは、まるで漫画の中のツッパリだと礼司にからかわれたものだ。

昔を思い出していると、礼司が訊いてきた。

「お前、まだ独り身だよな」

「ああ」

「今夜、なんかあるかもな」

にやりと笑う。

「バカ言うな。そういうつもりで来たわけじゃねえ」

「じゃあ、どういうつもりだよ」

そう問われて、錠一郎は黙り込んだ。礼司が肩を叩いてくる。

「わかってるよ。あいつだろ。お前、単……純粋だから丸わかりだよ」

毎回言い間違えるのはわざとか。それはさておき、錠一郎は訊き返した。

「……あいつって、誰だよ」

「わかってるくせに」

「わかんねえよ」

むきになって答える錠一郎に、礼司は穏やかな口調で言った。

「来てるといいな」

それに返事をしなかったのは、せめてもの矜持《きょうじ》だ。

向かいの席のカップルはいつの間にかいなくなっており、窓の外がよく見えた。暗くなるにはまだ早いが、もし夜であれば、窓ガラスに映る自分が小さく頷くのが見えたかもしれない。


「あれ？　こっちだっけ」

駅を出て同窓会の会場へ向かっている途中、錠一郎の先を行く礼司が急に足を止めた。大きな背中にぶつかりそうになる。

「なんだ、場所知ってるんじゃなかったのかよ」錠一郎は文句を言った。

会場は、駅から徒歩十分ほどのイタリアンレストランだという。錠一郎は礼司が道を把握しているものと思って、ただ後をついて行っていたのだ。

「いやあ、すっかり変わっちまってさ」礼司が弁解する。

「今どきは、スマホで簡単にわかるんじゃねえのか」

「この町だったら、スマホなんか見なくても行けると思ったんだけどな……なんだよ、都合いい時ばっかスマホを頼りやがって」

どうやら礼司は、当てずっぽうに歩いていたらしい。ここに至ってようやくスマホを取り出したが、「あれ？　えーと、現在地がここだろ……」と呟きつつ、地図の表示された画面を縦にしたり横にしたりしている。丸めた背中が、なんとも頼りない。

「……俺、駅にあった地図覚えてっから」

錠一郎は言った。頭の中から、あらためて記憶を呼び起こす。駅の改札脇に掲示されていた案内地図を、通りすがりにざっと見てきたのである。

脳裏に鮮明に浮かんできた地図によれば、大通りを南下し、昔はなかった市立文化センターを過ぎた後で右折すべきところを、手前で曲がっていたようだ。

「いったん文化センターまで戻ろう」

錠一郎は来た道を引き返した。後をついてきながら、礼司が言った。

「お前ってホント、バカなのかすげえのかわかんねえな」

見たものを映像として細部まで一瞬で記憶する能力。瞬間記憶能力、あるいはカメラアイなどとも呼ばれるその能力を、錠一郎は子どもの頃から持っていた。

錠一郎は中学一年まで、ずば抜けて成績がよかった。当時はまだそう呼ばれることはなく、社会の理解も進んでいなかったが、錠一郎はいわゆるギフテッド――特定の分野において平均より著しく高い知能を有する者だったのだ。ギフテッドといっても多様であり、錠一郎は特に記憶力に優れたケースだった。

「すげえのは、昔の話だ」

錠一郎は、投げやりに答えた。

結局、錠一郎と礼司が小洒落たレストランの看板を見つけた時には、同窓会の開始時刻である十八時を少し過ぎていた。

本日貸切との紙が貼られた扉を開けると受付の机があり、濃紺のワンピースを着た女性が座っていた。女性は礼司を一瞥し、「あら、青葉くん。久しぶり」と軽く驚いた顔を見せた。さすがに元クラスメイトだけあって、怖がる様子はない。

それから女性は、錠一郎に視線を移してきた。一瞬考え込むような顔をした後で訊いてくる。

「もしかして、赤城くん？」

ああ、と錠一郎が答えると、女性は一段と驚いた顔になった。

「赤鬼と青鬼が揃うの、久しぶりに見た。赤城くん、もう髪は赤く染めてないんだね」

「さすがにな。今は普通の会社員だよ」

礼司が笑いをこらえているのが、視界の隅に見えた。

赤城錠一郎と、青葉礼司。高校時代、その苗字に入った赤と青の字から赤鬼青鬼コンビと呼ばれていた二人は、学校や社会が定めた理不尽なルールにはことごとく逆らい、学校一のツッパリの座をほしいままにしていた。

二人はどのグループにも属さない、一匹狼——正確に言えば二匹狼のツッパリだった。自分から喧嘩を売りはしなかったが、売られたならば必ず買い、校内でも他校相手でも一度たりとて負けはしなかった。錠一郎は文句なしに強かったし、気の小さな礼司も、大きな身体と強面で相手を怯ませたところにリーチの長いパンチを繰り出せば、大抵なんとかなってしまうのだった。

ただ、一般の生徒に手を出すことはなかった。その上、二十数年という時が流れたのだ。受付の彼女も今さら怖がりはしなかったのだろう。

錠一郎と礼司は会費を払い、店の奥へと進んでいった。

店内は椅子が撤去され、立食パーティの形になっていた。錠一郎たちと同じ年頃の男女が五十人ほど、数人ずつの集まりをつくって歓談している。

あちこちで笑い声が上がっているが、人の数は思っていたよりも少なく見えた。

「卒業して二十年以上経ちゃあ、こんなもんか」

礼司が言った時、一番近くにいた男性の三人組が振り返ってきた。わずかに躊躇するような間の後で、三人組の一人、眼鏡をかけた男が話しかけてくる。

「青葉と、……赤城か？　赤城錠一郎？　おお、久しぶりだな」

「ああ」二人して頷いた。

「へえ、赤城は卒業以来か。青葉は前に会った時よりだいぶ丸……変わったな」

「そりゃどうも」

礼司はふてくされた顔をつくった。

眼鏡の男が、錠一郎たちのグラスにビールを注いでくれた。受付の女性と同様、二人を怖がってはいないようだ。

今どんな仕事をしてるんだと訊かれた礼司は、ＩＴ関係とだけ答えていた。仕事の内容までここで詳しく話すつもりはないらしい。

礼司は、何度か転職しつつも長くＩＴ業界に身を置いていた。意外にもその世界では優秀なのだ。十年ほど前にスカウトされた会社でしばらく海外に赴任した後、二年前に帰国し、今は主に警察や地方自治体など公共機関相手の仕事をしているという。

特に警察関係では、インターネット上の違法サイトや有害情報を巡回チェックし、必要に応じてプロバイダへの削除要請などをおこなうサイバーパトロール業務を担当しており、礼司はその中心メンバーだそうだ。仕事柄、情報管理にデリケートな部分が多いらしいが、業務内容を錠一郎に教えてくれたのは特別ということだった。

「青葉がＩＴ業界ねえ。青葉、ゲーセンに入り浸ってたからな」眼鏡の男が言った。

「それって関係あるか」

笑い声が上がる中、別の一人が錠一郎に話を振った。

「赤城は、今どうしてるんだよ」

そう訊いてきたのは、少し頭頂部の薄くなった男だった。頭の形がよくわかる。それがきっかけで、高校時代の記憶がよみがえってきた。

――こいつの後ろの席になったことがあった。あの頃から後頭部、ちょっとヤバかったもんな。そうだ、名前は村岡《むらおか》だ。

その村岡が言った。

「赤城、現役で南武大の農学部に行ったんだよな。正直、あん時はびっくりしたな」

絵に描いたようなツッパリだった錠一郎が突然受験勉強を始めたのは、高校三年の夏だった。ある出来事の後、錠一郎は人が変わったように毎日図書館に通いはじめ、結果として南武大学という難関大の農学部に現役で合格を果たしたのだ。当然クラスメイトたちは驚いたが、高校から一緒になった彼らは、かつて神童と呼ばれていた錠一郎が本来の力を出せば受験など楽勝であることを知らなかった。

錠一郎は村岡に、この二十年ほどのことを簡単に話して聞かせた。

奨学金とアルバイトの掛け持ちでなんとか大学院の修士課程まで進み、できれば研究職につきたいという思いはあったものの、結局は就職した。それなりに苦労したが、農学部出身であることを活かし、農業関係も取り扱う東京の商社に滑りこんだのだ。そこに、今も勤めている。

「赤城もいっぱしの社会人ってわけか。荒川《あらかわ》先生が生きてたら泣いて喜んだろうな」

学年主任の荒川先生が亡くなった話は、以前に礼司から聞いていた。当時はさんざん心配をかけたものだが、結局その後挨拶する機会はなかった。申し訳ない気持ちになる。

「他の先生は、みんな元気なのかよ」錠一郎は村岡に訊いた。

「俺の知る範囲ではな。ああ、でも俺たちが在学中に亡くなった先生がいたよな。ほら、美術の……えーと」

「美術の御子柴《みこしば》な」

礼司が話に入ってきた。

「そうだ、御子柴先生。あの先生、こう言っちゃなんだけど評判悪かったよな。女子にちょっかいかけたりして。今だったら大変だよ」村岡は言った。

高校三年の夏に死んだ美術教師の御子柴は、何人もの女子生徒に言い寄っているという噂だった。実際、錠一郎と礼司はそれらしき現場を目撃したこともある。

「御子柴、事故で死んじまったんだよな」と、礼司。

「そうだった。しかし俺らももう、あの先生より年上か」

最初に声をかけてきた眼鏡の男が、感慨深げに呟いた。

別の一人は、「俺らも今や家族持ちだもんな」と言った後、礼司が指輪をしていることに気づいたらしい。意外そうに訊ねた。

「青葉も結婚してんのか」

まあな、と礼司が答える。やりとりを聞いていた村岡が、錠一郎に訊いてきた。

「赤城は、結婚は？」

「してねえよ」

その予定もなかった。

過去に付き合った相手がいないわけではない。だが、錠一郎の心の奥深くには、ただ一人の相手のために空けた椅子があった。

その相手が椅子に座ることは、たぶんない。二十数年前、高三の夏以来、そこには彼女の残像が長い影を落としているだけだ。

彼女を探して、錠一郎の視線は先ほどから会場の中をさまよい続けている。

――まあ、いねえだろうな。

そう都合よくはいかないと覚悟はしていたが、実際に会えないとわかると、思っていたより落胆するものだ。

いつの間にか女性数人が話の輪に加わっており、高校の頃気にしていた異性のことに話題は移っていた。皆、久しぶりに同級生と会って少し浮かれているようだ。錠一郎が斜に構えながら聞いていると、村岡が照れた顔で言った。

「俺、藤野《ふじの》さんが気になってたんだよね」

隣で、礼司がちらりと目を向けてくるのがわかった。村岡や他の男たちは、錠一郎のことなど気にする様子もなく「じつは俺も」などと言い合っている。

薄々感じてはいたが、やはり彼女は男子のあいだで人気があったらしい。

「藤野さんかあ。下の名前はたしか、弥生《やよい》ちゃんだったよね」

女性の一人が言った。記憶にある姿より、全体にふっくらした印象だ。

「そうそう、弥生ちゃん。三年生の夏休みだっけ、急に転校しちゃったんだよね。かわいい子だったな。今日は来てないみたいね。残念だな」

そう言った別の女性の口調から、残念さはあまり感じられない。

その女性のことも、錠一郎は覚えている。当時、弥生と並んで男子生徒の人気を二分していた女子。名前は……立花弘美《たちばなひろみ》といったか。弥生は気にも留めていなかったが、立花のほうは弥生をライバル視し、妙な噂を流していた。弥生と錠一郎、礼司は不純な関係である、学校をサボり、どこかでいかがわしいことをしていると。その噂を村岡は知らなかったのだろう。

ふいに、耳元で声が聞こえた気がした。

『わたしたち、いかがわしいことしてるんだってさ』

弥生は、可笑《おか》しそうに言った。しかしその顔にはなぜか、ひどく大人びた、達観したような表情が浮かんでいた――。

その台詞を聞いたのは、高三の夏休みに入る直前だった。錠一郎と礼司、そして弥生が「裏山」と呼び、たまり場にしていた公園でのことだ。

高校から最寄り駅への道とは反対側にかなり歩いたところなので、ほとんどの生徒は立ち寄らない場所だった。戦国時代に小さな山城があったという、丘の上の公園である。樹々が鬱蒼と茂った斜面の遊歩道を少し脇に逸れると、崩れかけた石垣の上に出られた。そこからは視界が開け、都心のビル群や遠くの山々まで見通せたものだ。その場所で錠一郎と礼司、そして藤野弥生の三人はしばしば一緒に過ごしていた。

時々盗み見ていた、弥生の横顔。茶色がかった大きな瞳と、艶やかな長い髪。ふっくらとした唇とほんのり焼けたような肌の色には、どこか日本人離れしたエキゾチックな雰囲気があった。まるで映画やテレビに出てくる南国の美少女のようで、夏の白い光がよく似合っていた。

石垣の上で足をぶらぶらとさせていた弥生が、自分に向けられた中傷について話してきた時、錠一郎は「誰だそんなこと言う奴は」と本気で腹を立てた。

しかし弥生は「いいのいいの」と笑っていた。どうしてだと訊いても、「よくあることだもん」と気にしていない様子だった。

「ま、弥生さえよければいいんじゃねえの。俺らが出張《でば》ってもかえって迷惑だろ」

錠一郎の隣で寝転んでいた礼司が、開いた漫画雑誌を顔に載せたまま言った。読みながら寝落ちしていたのだが、話を聞いて目を覚ましたらしい。

「たしかにね。青葉くんがそのおっかない顔で行ったら、大ごとになっちゃう」

顔から雑誌をどけつつ「ひでえなあ」とぼやく礼司に、弥生が楽しげに笑いかけた。

錠一郎と、おそらく礼司にとっても、彼女の笑顔は何よりも大切なものだった。

中二の時に転校してきた弥生と、錠一郎たちはずっと一緒に過ごしてきた。同じ高校に進んだ後、よりツッパリの度合いを増した赤鬼と青鬼に近づいてくる者がいなくなっても、弥生だけはそれまでどおりに接してくれた。錠一郎と礼司が教師に逆らったり、近くの学校の不良と喧嘩をしたりする度、「バカねえ」などとからかってきたものだ。

中学の頃は少し大人っぽく見えた弥生だが、高校生になってもほぼ見かけが変わらず、むしろ幼く見えるほどだったため、礼司は「このまま歳を取らねえんじゃねえの」などと冗談めかして言っていた。幼さと美しさを絶妙なところで保ち続ける弥生のことをやっかむ同性も多かったが、彼女はまったく意に介さなかった。

「人間って、いつだってそういうものなんだよ。放っとけばいいの」

弥生は、妙に達観したように言っていたっけ……。

「——赤城くん？　どうしたの？」

気づくと、立花弘美に呼びかけられていた。ここは裏山ではない。同窓会の会場だ。

「ああ、わりい。酔っちまったかな」

そう言って、社交辞令の笑みを交わしあう。立花の目尻には、しわが目立っていた。もっとも、自分だって同じじゃか。時は流れたのだ。

弥生も、そうなのだろうか。

歳を取った彼女に会いたくもあり、そうではない気持ちもあった。だが、会いたいからこそ俺は今日ここに来たんじゃなかったのか。

高校三年の夏休み、突然消えた彼女に。

錠一郎は空いたグラスを交換しに行きがてら、会場の中を見て回ったが、やはり弥生らしき女性の姿はなかった。

会場の隅にあるカウンターで、ハイボールを頼んだ。グラスを受け取る時、腕を伸ばす動きがぎこちなくなってしまう。半年ほど前に、四十肩になってしまったのだ。何もしなくても痛む時期は終わったものの、肩の可動範囲は戻っていない。年齢を思い知らされるが、あまり周囲には知られたくなかった。特に礼司には。

そんなことを考えながらカウンター近くの壁にもたれてちびちび飲んでいると、当の礼司がやってきた。

同じものを、と錠一郎のグラスを指差してバーテンダーに頼んだ後、「弥生、やっぱり来てねえな」と言ってくる。さすがは礼司、四十肩の件は別としても、会場内での行動は見透かされていたらしい。

「あんなふうにいなくなったんだから、やっぱり来ねえか」

ハイボールを呷りつつ呟いた礼司に、錠一郎は頷くことで答えた。

礼司は言った。

「俺も、あいつがどうしてるか気にならなかったわけじゃねえ。俺らだって、ちょっとはまともになったって教えてえよな……お前は相変わらずアレだけど」

「アレってなんだ」

錠一郎の文句には反応せずに、礼司は続けた。

「お前、高三の時にいきなり大学に行くって言い出したのは、やっぱ弥生がいなくなったっててのもあるんだろ。じいさんが病気になったからってのは昔聞いたけど。そういや、当時はノストラダムスの予言が外れたからとかアホみてえなことほざいてたな」

「そうだったな……」

当時、錠一郎は、一九九九年の七月を過ぎたのに世界が滅びなかったからツッパリはやめて受験に専念すると礼司に宣言したのだ。実際にそれも理由の一つではあったのだが、やはり祖父のがんが発覚し余命幾ばくもないとわかったこと、そして弥生がいなくなったことが大きかった。

「じいさんの話は、前にしたとおりだ。グレた俺をずいぶんかばってくれてたからな。大学に入って安心させてやりてえってのはあった。弥生のことは……礼司の言うとおりだよ。あいつがいなくなる前、一学期の中頃だったか。なんかの用事で学校の図書室に行ったら、妙に真剣な感じで本を読んでたんだ。科学雑誌の、土壌とか微生物とかそんな記事だ。訊いてみたら、そういう方面に興味があるとか言っててよ。それで、あいつ大学は農学部とかに行くんじゃねえかって考えた」

こんな話をすれば、あの頃の弥生への思いがバレてしまう。でもまあ、今さらだ。どうせ礼司はお見通しなのだ。アルコールの回りはじめた頭で、錠一郎は続けた。

「あいつがいなくなったのは、そのすぐ後だ。だから……」

「農学部に行けば、いなくなった弥生に会えるかも、なんて単純に考えたのか」

「単純？」

「えーと、純粋。純粋な。とにかくそれで、気持ちを入れ替えて勉強に励んだと」

「そういうこった。弥生が地方に引っ越してたらどうしようもねえけど、もし東京近郊なら農学部のある大学はそんなにないから、イチかバチか一番レベルの高い南武大学を狙ってマジで勉強した」

「いじらしいっつうか、なんつうか……。でも結局、大学では会えずに今に至る、と。お前、大学ではなんとかいう研究してたよな。もしかしてそれも」

「ああ。土壌微生物学な。あん時、弥生が読んでたのがラパマイシンの記事だったんだ」

「ラパマイシン？」

「イースター島の土壌細菌から抽出された抗生物質だ。ヒトの免疫抑制機能があって、腎臓移植の拒絶反応の予防なんかに使われる」

「なんだ急に学者みてえになりやがって」

「これでも院卒だ」

「お前が言うと少年院卒っぽくてシャレになんねえな……。まあいいや。イースター島ってあれだろ。モアイの」

「そう、その島だ。ともかく、弥生はラパマイシンにだいぶ興味があるみてえだった。そっちの方面に進むと思ったんだけどよ」

「だからさあ、物ごとはそう単純じゃねえんだって。これはあれだよ、思い出は思い出のままにしといたほうがいいってやつさ。立花を見たかよ。昔は弥生とツートップなんて言ってる奴もいたのに、すっかりアレだ。どいつもこいつもオッサンオバサンになっちまって」

礼司は自分を棚に上げるような台詞を吐き、続けて言った。「いくら弥生だって、さすがにもうオバサンだろ」

否定はできない。黙り込んだ錠一郎を、礼司は促してきた。

「みんな、二十年のあいだにいろいろあったんじゃねえかな。そろそろ、他の奴らとも話しに行こうぜ」

錠一郎は頷き、礼司の後についていきながら、その背中を見つめて思った。

――こいつも、本当は弥生に会いたかったのかもな。


二次会に流れる者も多かったが、錠一郎と礼司は皆と別れ帰路についた。

土曜の夜の電車は混んでいた。ドアにもたれかかり、窓越しに流れる街の灯を見ているうちに、錠一郎にはふと思いついたことがあった。向かい側に立つ礼司に訊ねる。

「SNSって、礼司もやってんのか」

「やってるけど、突然どうした？　……ああ、さっき村岡に聞いた話か」

同窓会の終わり際、あちこちでスマホ片手に連絡先を交換する様子が見られた。錠一郎も声をかけられたが、スマホを買ったばかりでSNSをしていないため、メールアドレスのみ交換してきたのだ。村岡が言うには、今日の同窓会に来ていなくとも、SNSでやりとりしている同級生は多いらしい。むかし仲がよかった相手を検索してつながったこともあるという話だった。

「もしかしてお前、SNSで弥生を探そうと思ってんの？　よくいるんだよなあ、SNSで昔の彼女探すとかいう奴」

「彼女ってわけじゃねえ」

「いや、その部分はどうでもいいから……とにかく、おすすめはしねえけどな」

「なんでだよ」

「思い出は思い出のままにって、さっき言っただろ」

「…………」

黙り込んだ錠一郎の顔をじっと見てから、礼司はため息を一つついて言った。

「それでも気になるってか。仕方ねえなあ。できる範囲で見てみるから、スマホ出せよ」

そうして、礼司は途中までSNSの設定をしてくれた。礼司の話では、自分の好みの名前で登録できるSNSもあれば、実名登録が原則のものもあるという。

「匿名のSNSだと見つけるのは無理だろうから、実名のところにしよう」

電車が一駅進むあいだに設定は完了し、錠一郎は慣れない手つきでSNSの検索ウィンドウに「藤野弥生」と打ち込んだ。礼司も隣で画面を覗きこんでいる。

一瞬後、数名の対象者が表示された。指でスクロールしていく。

礼司が言った。「みんな、同姓同名の他人っぽいな。プロフィールの内容もアイコンの画像も、あの弥生とは違う」

たしかに、プロフィールによれば現役の高校生や大学生が多いようだ。アイコンにはアニメのキャラクター画像を貼りつけている者もいたが、自分の写真を載せている場合は、弥生とは明らかに違う別人だった。

「結婚して苗字が変わってるってことはねえかな」

礼司に指摘されるまで、その可能性は考えていなかった。

「そうか……それだと、見つけるのは無理だろな」錠一郎は首を振った。

「ま、だとしたらきれいさっぱり諦めろ。そもそもさあ、もし弥生が登録してたらとっくに誰かが検索してて、さっき話題になってたんじゃねえの」

それもそうだ。弥生のことが気になっていたという村岡や他の男たちは、既に検索していたのではないか。

錠一郎は訊ねた。

「ところで、実名じゃなくても登録できんのか」

「うーん……できるはずだぜ。証明書を出すわけじゃねえしな。ただ、実名登録することで昔の友達に見つけてもらうのもメリットの一つだから、わざわざ違う名前にする意味はあんましねえだろ。せいぜいあだ名で登録するくらいか。弥生は、あだ名なんてなかっただろ」

「ああ。なかったと思う……いや、待てよ」

錠一郎は、一つ思い出した。「あだ名って言っていいのかはわかんねえけど」

錠一郎が検索ウィンドウに打ち込んだ『藤野はづき』という名前を見て、礼司が訊いてくる。

「ん？　なんだそりゃ」

「桐ヶ谷《きりがや》が、弥生をそう呼んでたのを聞いたことがあるんだ。小さい頃のあだ名かなんからしい。

桐ヶ谷って、覚えてるか」

「弥生の幼馴染みとかいう、北高のあいつだろ。なんか彫りの深い、日本人離れした顔の。誰ともつるまないで、いつも一人でいた奴。お前の天敵で、よくやりあってたよな」

「ああ。あのムカつく野郎だ」

北高は、錠一郎たちの通っていた高校の隣の高校である。弥生と一緒にいた時、北高の制服を着た男が突然近づいてくると、錠一郎と礼司の存在を無視して弥生に話しかけたことがあった。錠一郎は「なんだテメエ」と男の前に立ちはだかったが、弥生に「わたしの幼馴染みの桐ヶ谷くんだよ」と止められたのだ。

その場では収まったものの、次に街で出くわした時、弥生がいなかったからか桐ヶ谷はあからさまに蔑むような視線を送ってきた。怒りを爆発させた錠一郎は殴りかかり、桐ヶ谷とはそれ以来会えば必ず喧嘩する関係になったのである。桐ヶ谷は喧嘩が強く、錠一郎とは唯一互角に渡り合える相手だった。もっとも、弥生の幼馴染みということが必要以上にライバル視する理由になっていたのは否めない。

その桐ヶ谷が、弥生を「はづき」と呼ぶのをたまたま聞いたことがあったのだ。後で弥生が説明してくれたところでは、小さい頃にそう呼ばれていたという。弥生の名とは一文字も合っておらず妙な気はしたが、深く追及はしなかった。

当時は、桐ヶ谷が自分の知らない名前で弥生を呼んだこと、そして桐ヶ谷が自分よりも前から弥生と知り合いであることに心をざらつかせたものだ。

錠一郎は、『藤野はづき』で検索をかけた。

しかし、一件もヒットしない。やっぱりダメか、と錠一郎はスマホを仕舞おうとした。

「待てよ」

礼司は、はづきの字を漢字にしてもう一度検索してみろと言ってきた。

錠一郎はしばし考えた後、弥生の名前に合わせ、和風の月名で「藤野葉月《はづき》」と打ち込んだ。

検索……結果、一件。

「おっ」

礼司が嬉しそうな声を上げた。

アイコンの画像は背景が大部分を占めており、本人は隅に小さく写っていた。正面ではなく、横を向いている。顔は出したくないが、本人識別のため最低限載せているような印象だ。

もう少し大きくして見ようとアイコンをタップしかけて、ためらいを覚えた。これが本当に弥生だとして、歳を取ってすっかり変わっていたら。だが、それでショックを受けるのも勝手な話だ。自分だって四十肩に悩むオッサンではないか。

「どうしたんだよ」

礼司に急《せ》かされ、錠一郎は指をスマホの画面に触れさせた。

大きく表示された顔を見た瞬間、錠一郎は息を呑んだ。

これは、弥生だ。横顔で、しかもうつむき気味だが、それでもわかる。

とはいえ――妙だ。あまりにも若い。まるで高校の頃と同じだ。あの、裏山で盗み見た横顔と。中学から高校にかけての弥生はほとんど見かけが変わらなかったが、画面の中の顔も当時と変わらずに見えた。とても自分と同じ四十代とは思えない。

大きな瞳と、ふっくらした唇。無表情のようでいながら、口元だけがわずかに微笑みの形をつくっているのが、横を向いていてもわかる。その表情を錠一郎はよく覚えていた。そんな顔をした時の彼女は、幼い少女にも、妖艶な大人の女性にも見えたものだ。

画面を見て、同様に不思議に思っているらしい礼司が言った。

「弥生の娘とかじゃねえの？」

「娘だとしても、昔の弥生に似すぎてねえか。それに、葉月ってのは弥生本人のあだ名だ」

「あだ名を娘につけたのかも」

その可能性がないとはいえない。黙っていると、礼司は続けて言った。「本人だとしたら、高校の頃の写真を使ってるか、画像に加工でもしたんじゃねえかな。あいつも、自分を若く見せたいってことかもしれねえ」

「誰だってそうだろ。気持ちはわかる」

錠一郎は、弥生の弁護をするように答えた。錠一郎自身にも、若く思われたいという願望はある。自分たちはもう老いと向き合う歳なのだ。

しばらく二人で画像を見つめているうちに、礼司は何か気づいたようだった。

「髪がちょっと短くねえか？　高校の頃、こんなだったっけ」

言われてみれば、画面の女性の髪は、肩のあたりまでしかなかった。高校時代はもう少し長かったはずだ。

あらためて画像をよく見る。

どこかの室内、マンションの一室か何かで撮ったもののようだ。特徴のない白い壁。意図せずに写り込んでしまったのか、画面の見切れるあたりに窓があった。窓の向こうには遠くのビル。その部屋は、遠くまで見渡せる高層階にあるらしい。

窓から見えるビル群に、錠一郎はふと違和感を覚えた。

「この画像の一部分だけ大きくするのって、できるのか」

「ん？　貸してみ。どこだよ」

「窓の部分だ」

礼司が画面に触れた二本の指を広げ、画像を拡大する。

ビル群の中に、ひときわ高く天を突く、蠟燭にも似た塔があった。その形は間違えようがない。

東京スカイツリーだ。

だが……。

錠一郎は首を捻った。自分たちの高校時代、一九九〇年代後半にはスカイツリーは存在しなかったはずだ。わざわざ調べなくともわかる。

やはりこれは、最近撮影された画像なのだろう。

だとしたら、こんなにも若い頃の弥生と似ているこの女性は、誰なんだ?

2

窓から吹き込む春風が、カーテンを揺らしている。

放課後の、誰もいない美術室。丸椅子で囲まれた大きな机が整然と並び、教室の後ろのほうには、油絵の描かれたキャンバスやイーゼルが立てかけてある。美術部のものだ。

どこかから、トランペットの音色が聞こえてきた。吹奏楽部の誰かが練習を始めたのだろう。

藤野弥生は、心の中でその曲に歌詞を重ねた。たしか、JUDY AND MARYというバンドの曲だ。そばかすがどうこうとか。数年前の大晦日、なんとなく観ていた紅白歌合戦で初めて聴き、だいたい歌詞を覚えてしまっていた。流行りの歌は、気に入ると後々つらくなるのであまり聴かないようにしているのだけれど。

美術室は、校舎の別館四階にある。窓からは、砂埃の舞う校庭でサッカー部が練習しているのが見えた。グラウンドの隅、だいぶ離れたところには、水筒がまとめて置かれている。この高校ではサッカー部に限らず、すべての部活で練習中に水を飲むことが禁止されていた。疲れやすくなるというのが理由のようだが、弥生は経験上それが間違いだと知っている。もっとも、昨今はスポーツ強豪校などからようやく変わりつつあるらしい。時の流れの中では、いつまで経っても変わらないものもあれば、徐々に変わっていくものもある。

弥生は、美術室の壁に掛かったカレンダーに目を向けた。

どこかはわからないが綺麗な山の風景写真の下に、一九九九年五月一日から三十一日までの数字が並んでいる。

——一九九九年、五月か。七の月まであと二カ月。

弥生は思った。残り二カ月で世界が終わるなら、むしろそれでいいのだけど。

でも、そんなことは絶対にない。あんな予言は昔からたくさんあったけれど、一つも当たったためしはないのだ。すっかり信じているあいつの目を、早く覚まさせてあげないとな。

弥生はそこで、自分が笑みを浮かべているのに気づいた。

まずいな。深入りしてはいけない。流行りの歌と同じだ。いつか、つらくなってしまうから。

つい長居してしまったが、この美術室にはホームルームで配った残りのプリントを届けに来ただけだ。

プリントの束は、もう教卓に置いてある。その隣には、開きかけの画集とコンビニのレジ袋があった。プリントを持ってきた時には、既に教卓に置かれていたものだ。

画集には、見開きの両ページにわたって横に長い一枚の絵が載っていた。全体が深い青緑色に覆われた絵に、女性たちの群像が描かれている。他にも猫や犬、鳥や山羊、謎めいた像などがさまざまに配置されたその絵は、ゴーギャンの作品だ。

その絵のことを、弥生は以前から知っていた。

レジ袋からは、うっすらとおにぎりが透けて見える。美術教師の、御子柴先生のお昼ご飯だろう。室内に先生の姿はないが、こんなふうに開きっぱなし、置きっぱなしということはすぐに戻ってくるはずだ。

教室の出入口へと歩き出した途端、開いていた扉から当の人物が現れた。

「あ、御子柴先生……」

「やあ」

御子柴が、軽い調子で片手を上げながら教室に入ってきた。年の頃は三十代前半と、この学校の教師の中では若いほうだ。教師に許されるぎりぎりと思われるレベルの、肩まで伸びた長髪がさらさらと揺れる。男性で長髪の教師は他にいないが、美術担当ということで黙認されている節があった。

御子柴は目を細め、笑みを浮かべている。弥生にはそれが張りついた笑顔のように見え、軽薄さしか感じられなかった。誰とかいう俳優に似ているらしく一部の生徒からは人気があるが、この人のどこがよいのだろう。格好いいなどと言っている同級生は、ちょっと人生経験が足りなすぎるのではないか。

御子柴が近づいてきた。

「藤野さん、どうしたの」

「ええと……余ったプリントをお持ちしました」

「ありがとう。大変だったね」

「あ、いえ……そんなでも」

「そうだ、僕はこれからお昼ご飯なんだ。お茶を入れるけど、一緒に飲むかい」

「いえ。けっこうです」

「まあ、遠慮しないでよ」

隣まで来た御子柴が、ぐいっと顔を近づけてくる。弥生はきっぱりと言った。

「あの、わたしはこれで。失礼します」

御子柴の横をすり抜け、扉へ向かう。

「ああ、藤野さん。まだ話が……」

伸びてきた御子柴の腕が、弥生のセーラー服の長袖をかすめる。さりげなく躱《かわ》し、教室を出た。

御子柴はまだ何か言っていたが、聞こえないふりをして廊下を進んでいく。

御子柴には、よくない噂も流れていた。

気に入った生徒に、必要以上のスキンシップを図ってくるというのだ。実際に手をつけられた生徒がいるとも聞くが、あながち嘘ではないかもしれない。

その時、廊下の向こうから学生服の二人組が歩いてくるのが見えた。オールバックの髪を真っ赤に染めた一人は上着の前をはだけ、裏地の虎柄が覗いている。弥生が先ほど思い浮かべていた、

「あいつ」――赤城錠一郎だ。もう一人、ツンツンと立てた髪に青いメッシュを入れた大男は、青葉礼司である。赤鬼青鬼と呼ばれるツッパリコンビだ。

二人とは、中学からずっと一緒だった。高三ではそれぞれ別のクラスになってしまったが、付き合いは続いている。今日も一緒に帰るため待ち合わせをしていたが、遅いので様子を見に来たのだろう。

錠一郎が、おせえよ、と言いかけたように見えた。だがすぐに口を閉じ、厳しい視線を弥生の後ろへ向ける。弥生を追いかけて、御子柴が教室から出てきたらしい。

錠一郎たちの存在に気づいたのか、御子柴が何か思い出したふうに「あ、そういえば」と白々しい声を出すのが聞こえた。立ち止まった弥生の脇を通り過ぎ、逃げるように早足で去っていく。

その背中をしばらく睨みつけていた錠一郎は、弥生のそばに来て言った。

「大丈夫か」

「何が？」

とぼけて答えると、錠一郎たちもそれ以上は訊いてこなかった。

弥生は、錠一郎の上着を指して言った。

「それより制服の前、ちゃんと閉めなよ。不良みたい。ていうか、不良か。まったく……」

「弥生だって」

何か言いかけて、錠一郎が口ごもる。

「わたしが、何？」

「いや……」

錠一郎は、弥生の服装について何か言い返そうとしたのかもしれない。だが、弥生は校則どおりにセーラー服を着用していた。ソックスも、女子生徒の大多数が穿くことでなし崩し的に許されているルーズソックスではない、普通の白いものだ。なるべく目立たないためには自分もルーズソックスにしたほうがいいのだろうが、弥生にはやや保守的なところがあった。

昇降口へと下りていく途中で、錠一郎は何か忘れ物を思い出したようだ。「下で待っててくれ、すぐに行くから」と戻っていった。

下駄箱の脇で礼司と待つ。隅にある掃除用具入れの扉が凹んでいるのは、少し前に錠一郎が頭突《チョーパン》きをくれた跡だという。先生の誰かに理不尽に叱られた後、行き場のない憤りをぶつけたらしい。

いつの間にか途切れていたトランペットの音色が、また聞こえてきた。演奏は止まることなく先へ進んでいく。

想い出はいつもキレイだけど――

赤城くん、早く戻ってこないだろうか。曲が進んでしまう前に、学校を出たかったのに。

弥生の頭の中では、歌詞のサビの部分が再生されていた。

あの人の笑顔も思いだせないの――。

しばらくして戻ってきた錠一郎と一緒に、弥生たちは校門を出た。足を向けたのは、裏山だ。週に何度か、三人はそこを訪れては時間を潰していた。

裏山を秘密のたまり場に決めたのは、錠一郎と礼司だった。理由を訊いても「なんとなく」としか言わなかったが、不良である自分たちと弥生が一緒にいるところを、同じ高校の連中に見られないほうがよいと考えたのだろう。そのことを、弥生は薄々察していた。

弥生がいつものように石垣に腰掛けると、錠一郎と礼司も隣に座った。

「なんかいっつもここだよな」礼司が寝転がりながら言った。

「いいじゃない。ここからだと、山がきれいに見えるし」

弥生は、遠い山々の稜線へ視線を送った。

山並みを見る度、なつかしさと、一抹の寂しさを覚える。何年、何十年、いや何百年か先、この場所はどうなっているのだろう。あの山々のように、変わらずにいてくれるだろうか。

「なあ、腹減ってねえか」

ふいに錠一郎が言い、自分の鞄を開けた。通常よりも平たく潰した鞄にどうやって収めていたのか不思議だが、取り出したのは中身の入ったレジ袋だった。袋に印刷されたコンビニのマークは、つい先ほど見た記憶がある。

袋の中には、おにぎり二つとプリンが入っていた。

「えーと、おにぎりは鮭とおかかだな。じゃんけんで好きなの取ることにしようぜ」

錠一郎の提案に、礼司が「いいねえ」と即座に乗っている。弥生は口を挟んだ。

「待ってよ。これ、どうしたの」

既に拳を握り、じゃんけんの態勢に入っていた二人が同時に弥生を振り返る。

「もしかしたらこれって……」

錠一郎が、目を逸らした。

「ちょっと、赤城くん！」

「いや、だってさ。あのエロ教師、ぜってえ弥生のこと狙ってるぜ」

「だからって盗んでいいものじゃないでしょ！　なんでこんなことしたの」

「最初は、ちょっとシメてやろうと思ったんだけどよ」

さっき学校を出る前、錠一郎が待っててくれと言って階段を戻っていった時のことか。

「さすがに先公だからな。今日のところは昼飯抜きの刑で済ませてやることにした」

「そういうの、かえって困るんだけど」

弥生が睨みつけると、錠一郎は黙り込んでしまった。

まあ、わたしのために怒ってこんなことをしてくれたのだから、これ以上はかわいそうか。

「返してきなよとまでは言わないけど……これからはこういうことしないで」

少し口調を緩める。

錠一郎は不満そうだったが「わぁったよ」とだけ答え、ふてくされたように「全部やるよ」と礼司に袋ごと渡した。

嬉々としておにぎりに手を伸ばした礼司が、一つ目の包装を開きつつ錠一郎に訊いた。

「御子柴の奴、美術室に戻ってたんだろ。よくそれで持ってこれたな」

「よそ見してるあいだに、サッとな。机の上に置いてあっただけだから楽勝だぜ」

「お前、盗みの素質あんな」

もぐもぐと口を動かしながら言う礼司は、感心と呆れ半々という表情だ。

「悪い奴からしか盗らねえよ」

錠一郎は、弥生の顔にちらりと視線を送ってきた。怒られないか気にしているらしい。ごまかすように話を変えた。

「そういや、机の上にあった本に、なんか変な絵が載ってたな」

「ゴーギャンでしょ」と教えた弥生に、錠一郎が頷く。

「ああ、それなら聞いたことあるぜ」

「とにかく、もうこういうことはやめて」

弥生が言うと、錠一郎は再び「わぁったよ」と呟き、しゅんとしてしまった。礼司は我関せずとばかりに二つ目のおにぎりを頬張っている。睨みつけると、「こえー」と肩をすくめた。

まったく、このツッパリどもときたら……。

彼らがグレはじめたのは、中学二年生の夏頃だった。

それより少し前、春に転校してきた弥生は、隣の席になった錠一郎が、教科書を一度読めば理解でき、板書など取らずとも授業の内容をほぼ把握できるほどの知的能力を持っていることに気づいた。そういう人物が、学校という平等を求める狭いコミュニティの中で疎外されがちなことも、弥生は経験上よく知っていた。

突出した知能を持つ者の中には、自らの感情を他者へ伝えることが苦手な者もおり、それは時として言葉より先に手が出るなどの行為につながってしまう。錠一郎もその例に漏れず、小学生の頃につい同級生を叩いてしまい、報復でいじめられたことがあったらしい。その経験からか、中学に上がった後の錠一郎は自らの殻に閉じこもり、クラスで浮いた存在になっていた。

しかし弥生は、周りの目など気にせず錠一郎に話しかけた。ひとりぼっちの彼の境遇に自分を重ねあわせたのかもしれない。対等に話せる相手に飢えていた錠一郎にはありがたく思われたらしく、その後もよく会話を交わすようになった。

孤立した存在に手を差し伸べる者が疎外されるのも、狭いコミュニティにありがちなことだ。弥生もやがてからかわれはじめ、それはすぐにエスカレートしていった。エキゾチックな外見も、いじめる理由にちょうどよかったのだろう。

それがある日、錠一郎を小学生の頃のようにブチ切れさせることになった。

その時、弥生は席を囲まれ、聞くに堪えない言葉を投げつけられていた。言い返すこともなく黙っていると、隣の錠一郎が無言で席を立って教壇に向かい、いきなり黒板に拳をめり込ませたのだ。

静まりかえった教室に、もう一人椅子を蹴って立ち上がった人物がいた。礼司だ。

地元にいくつかの店舗を持つバイク屋を経営する、それなりに裕福な家に育った礼司は、兄弟の中で一人だけ出来が悪いことをこじらせてゲームやパソコンにハマっているオタクだった。その礼司の怒鳴り声が、教室中に響き渡った。

「おめえらいじめとかチョーシくれてんじゃねえぞコラ、ひき肉にしちまうぞ！」

やはりクラスで浮き気味だった礼司が突然起こした行動に皆は驚いたが、生まれつきの強面と、中二で一八〇センチを超える大きな身体には異様な威圧感があった。後で聞いた話では、好んで読んでいたヤンキー漫画を手本にしたのだという。実際の彼は喧嘩などほとんどしたこともない小心者だったが、それゆえヤンキーに憧れていたそうだ。

この事件を機に、錠一郎と礼司はいわゆる不良と見なされるようになった。しかし、意気投合した本人たちはむしろそこに居場所を見つけたらしい。こうして、奇妙なツッパリ二人組が誕生したわけだ。

弥生は、隣にいる錠一郎と礼司をそっと見つめた。

不良ぶっている二人の、本当の心根を弥生はよくわかっているつもりだ。何しろ人を見る目には、少なくともこの世代の誰よりも自信があるのだ。

二人とここにいると、ずっと昔、ずっと遠くにあった、安らげる場所に帰ったような気分になる。それは長いあいだ忘れていた感情だった。自分には贅沢な願いとはいえ、少しでも長く二人と一緒にいたいと思った。

弥生は、ぶらぶらとさせた足のところ、石垣を指して言った。

「ねえ。ここに、ちょうどいい隙間があるじゃない？　何かあったら、この石垣の隙間に手紙を残すからね」

「手紙？」

「そ。いずれ卒業した後、あなたたちに連絡取りたくなったら……」

「最近はメールとかあんだろ」礼司が突っ込みを入れてくる。

「あんなの当てにならないよ。結局、一番残るのは紙とかリアルなものだと思う」

「やけに断言するじゃんか」

「経験上ね。メールが使えないことだってあるかもしれないでしょ。会いたくなった時はここに手紙を残すから、二人で一緒に見てね。それとも、テープがいいかな。『このテープは自動的に消滅する』ってやつ。何年か前に観たよね」

三人で映画を観に行ったことがある。楽しい記憶だ。ただ、おそらくはあれが最初で最後になるだろう。

嫌な予感を振り払うように、弥生は映画の台詞をおどけた言い方で口にした。

「君もしくは君のメンバーが捕らえられ、あるいは殺されても当局は一切関知しないから、そのつもりで」

「はは、『ミッション：インポッシブル』かよ」

笑い飛ばした礼司に、弥生は頬をふくらませてみせた。

錠一郎が言う。「卒業した後なんて、そんな先のこと俺にはわかんねえよ。だいたい今年の七月で世界は終わっちまうんだろ」

「またそれか」

「ああ。俺が大事なのは今だけだ」

錠一郎は突出した知能を持っているくせに性格は単純で、理屈の合わぬ話を簡単に信じてしまいがちな面もあった。まあ、すべてにおいて完璧な人間はいない。

特に錠一郎が信じていたのは、『ノストラダムスの大予言』だった。一九九九年の七月で、人類は滅亡するという。どうせもうじき世界が終わるのなら、真面目に勉強するのもバカバカしいと錠一郎は思っているらしい。

「ふう、腹いっぱいだ」

礼司が、満足そうに呟いた。おにぎり二つとプリンを食べ終えたようだ。

「なんか、二人とも子どもね……」

弥生が言うと、礼司は「まるで母親だな」と肩をすくめた。「中坊の頃は、大人びた奴だなと思ってたけど、そういうことか」

「何よそれ。常識があるってだけよ」

弥生は言い返したが、礼司が口にした、大人びたという言葉はやけに耳に残った。

——そりゃそうだよ。なんたって、千年も生きてるんだもの。

いつの間にか、黄昏《たそがれ》の気配が周囲を包んでいた。太陽は西の空低く落ち、夏の到来を思わせる大きく湧き上がった雲に消えていこうとしている。

遠いむかし毎日見ていた、海に沈む夕日を思い出した。沈みきる直前、光の屈折で緑色の閃光を放つ、グリーンフラッシュと呼ばれる現象も何度となく見たことがある。きわめて珍しいため、見た者は幸せになるという伝説もできたらしいが、いいかげんなものだ——。

そろそろ帰るか、と三人は立ち上がった。

丘を下り、駅までの道を歩いているあいだに、何げない口調で錠一郎が訊いてきた。

「例の、北高の野郎だけどよぉ」

「うん？」

「あの、弥生の幼馴染みだとかいう、なんだっけ、きり……？」

「ああ、桐ヶ谷くんね」

弥生の脳裏を、桐ヶ谷の顔がよぎった。煙草《たばこ》をふかしながら微笑みかけてくるその顔はだいぶ濃い顔立ちで、少し前に流行った表現ならソース顔だ。よくいえば、美術の教科書に載っている昔の彫像のような顔。

その記憶の中の桐ヶ谷は、学生服姿ではなかった。

「子どもの頃から知ってるってことは、あいつの家、近いのか」

「まあ、そうね」

桐ヶ谷が通う北高の生徒は、弥生たちの高校の生徒と同じ駅を利用しているが、桐ヶ谷は自転車で通学していた。弥生の家はその近所なのだからやはり駅は使わず、駅への道の途中で別れることになる。家の場所は、錠一郎たちに話してはいなかった。

錠一郎の不機嫌そうな顔を見て、弥生は思った。

彼は、おそらく嫉妬しているのだ。錠一郎が、自分に少なからず好意を寄せているのは察していた。さっき、そんな先のことなんてわからないとむきになっていたのも、卒業して離ればなれになるのを恐れているからかもしれない。

「あばよ」

錠一郎と礼司が手を振り、弥生は肩のところまで上げた手を小さく振り返した。

「また明日ね」

おう、と二人が夕暮れに遠ざかっていく。

弥生は、自らに言い聞かせた。あの二人が、今の自分にとって大切な存在であることは間違いない。だけど、これ以上親しくなってはいけない。

彼らにとっての明日と、わたしにとっての明日、それぞれの重さはちがうのだ。

やがて梅雨がきた。弱い雨が降ったりやんだりを繰り返す、中間テストの最終日。

普段より早く帰れるその日、通学路の途中、商店街のゲームセンター前で弥生は傘を閉じた。ゲームセンターの扉には黒い遮光フィルムが貼られ、中は見えない。こんな日にあの二人がいそうな場所といえば、たぶんここだ。

弥生は、黒い扉をためらいなく開けた。電子音が洪水のようにあふれ出す。

足を踏み入れた薄暗い店内には、さまざまなゲームが並んでいた。斜めに設置されたブラウン管の前に座る、ミディタイプと呼ばれる筐体《きょうたい》や、昔ながらのテーブル式の筐体。奥のほうには何台か、レーシングカーや戦闘機を模した大型の筐体もある。

ゲームを楽しむ人たちの中には、同じ高校の制服もちらほらと見受けられた。全員が男子だ。皆画面に集中しているが、弥生の姿を目にした者は例外なく驚いた顔になった。

彼らを無視して、店の奥まで進んでいく。二台向かい合わせになったミディタイプの筐体が、いくつか並んでいた。画面の中では、筋骨隆々としたキャラクターが技を繰り出し闘っている。どの台も同じ種類のゲームで、向かいに座った相手と対戦するもののようだ。人気のゲームらしくほとんどの台が埋まっており、プレイする人の後ろで立って観戦している者もいた。

一番端の台は、特にギャラリーが多かった。プレイヤーはすさまじい速度で両手を動かしており、それに合わせて画面上のキャラクターも拳を繰り出している。その、鬼のような形相の格闘家を操る本人もまた凶相をしていた。礼司だ。大きな身体を、小さな丸椅子にちょこんと載せている。ギャラリーの中で一人だけ、筐体の横に持ってきた椅子に腰掛け、画面を眺めているのは錠一郎だった。いかにもつまらなそうな表情は、単なる付き合いで来ているのが丸わかりだ。

礼司のプレイを観戦する大勢の人たちは、他の台のギャラリーに比べて台からかなり距離を取っていた。赤鬼青鬼のツッパリコンビにはあまり近づきたくないが、それでも技巧に優れたプレイは見たいのだろう。

画面の中では、礼司の操る格闘家が必殺技を決めようとしていた。その格闘家は、どうやら忍術の使い手という設定らしい。

――忍者ねえ。こんな技、当時は使ってなかったけど。

弥生の脳裏に一瞬だけ、むかし知っていたある人物の顔が浮かんだ。

技がうまく決まり、ＫＯされた相手が倒れると、ギャラリーから「おおぅ」とどよめきが上がった。反対側に座っていた対戦相手が、天を仰ぐ。

礼司は次の試合をする気満々だが、相手は席を立ってしまい、それきり向かいに座る者は現れなかった。

様子を見計らい、弥生は声をかけた。

「やっぱりここだったね」

錠一郎がこちらをちらりと見て、意外そうな表情をした。礼司は画面から顔を上げて「おう」と返し、「あんまり女子が来るようなとこじゃねえぞ」と続けた。

「男女差別」

弥生は眉を上げて指摘した後、「雨だし、ここかなと思って。それに、わたしがいないと寂しいでしょ」と憎まれ口を叩いた。

「ちぇっ、こっちは忙しいんだよ」

礼司はそう答えたが、次の対戦相手はなかなか現れない。

「こいつ上手《うま》すぎて、誰も勝負したがらねえんだ」錠一郎が言った。

「シャバい奴らばっかりだ。仕方ねえ、今日はこのくらいにしといてやるか」

礼司は筐体の上に重ねていた百円玉をつかんで席を立つと、店内の隅にある自動販売機のほうへ弥生たちを誘った。薄暗い一角には古びたソファーが置かれ、休憩できるようになっている。

弥生と錠一郎は並んで座り、自販機で缶コーヒーを買ってきた礼司がその前に立った。黄色地に茶色い波線が描かれた缶のプルタブを開ける音が、重なり合うゲーム音楽の中で小さく響く。

弥生は、隣の錠一郎に訊いた。

「そういえば、おじいさんが入院したんじゃなかったっけ。こんなことしてていいの」

「一緒に住んでるわけじゃねえし、俺にできることあねえよ。それにあのじじいなら、殺されたって死なねえよ」

錠一郎の祖父と会ったことはないが、前に聞いた話では、昔はそれなりのワルだったらしい。錠一郎の性格形成に多大な影響を与えたのは間違いないだろう。

彼の憎まれ口からは、むしろ祖父への愛情が感じられる。素直にいいなと思う一方、死なない、という言葉が引っかかった。もちろん冗談だとはわかっているが、人はいつか必ず死ぬんだよ、普通の人はみんなね、と心の中で呼びかける。

ふと、それと関連がなくはない話を弥生は思い出した。薄汚れたソファーに深くもたれかかり、ついぼやいてしまう。

「あーあ、なんだかなあ」

「なんかあったのか」

錠一郎が、ちらりとこちらを見て訊いてきた。暗い中でも心配そうな顔がわかる。

弥生は、自分についての噂を同じクラスの立花弘美たちがしていたことを話した。聞こえてきた話によると、わたしは幼くさえ見える外見を利用して、錠一郎や礼司だけでなく御子柴先生も誘惑しているそうだ。

——見た目が変わらないことが、そんなにうらやましいのだろうか。わたしからすれば、変わっていく、そしていつか死ぬであろうあなたたちがうらやましいのだけど。

ふうん、とコーヒーを飲みながら聞いていた礼司が言った。

「珍しいな。いつもの弥生なら、そんな奴らの言うことなんか気にしねえのに。ほっとけよ。相手にしてる時間がもったいねえ」

時間ならこの先ありあまるほどあるんだけどね、と心の中で返していると、錠一郎が口をひらいた。

「弥生が何を言われてもよ」

錠一郎は、彼らしからぬ小声で続けた。「俺は……俺たちは味方だ」

「え?」

実際には聞こえていたのに意地悪だったかなと思いつつ、弥生は訊き返した。

「いや、だから……俺と礼司はいつでも弥生の味方だってこと」

錠一郎の声は、さらに小さくなった。

どうしたの急に、と肩をつつくと、錠一郎は照れたように反対側を向いてしまった。礼司はといえば、少し離れたところのゲーム画面を夢中で見つめている。

「ちょっと青葉くん、今の聞いてた？　赤城くんが珍しくいいこと言ったっぽいよ」

「ゲーセンでこいつとまともに話そうとしても無駄だよ」こちらに向きなおり、錠一郎が言った。

「青葉くん、本当にゲーム好きだよね。家にはパソコンもあるんじゃなかったっけ？　そっちでやればいいのに」

そこで、礼司が振り返ってきた。話は聞こえていたようだ。

「ゲームの種類も質も、ゲーセンとパソコンじゃ違うんだよ。パソコンのゲームもそれはそれで面白いけどな」

小学生の頃からゲームセンターに入り浸っていたという礼司は、最近はパソコンにもハマっているらしかった。

錠一郎が教えてくれた。

「こいつ、最近一人でコソコソ出かけてると思ったら、秋葉原でやんの。そんな暇あったら、バイクの免許早く取れよな。バイク屋の息子がいつまでも俺のスクーターに二ケツじゃダメだろ」

「俺、バイクあんま好きじゃねえんだよ」

「身も蓋もねえこと言いやがって」

「それよりお前さあ」

礼司は、話を変えるように文句を言った。「うちの庭に勝手に入り込むのはやめてくんねえかな。こいつ、いきなり部屋の窓叩いてくるんだぜ」

礼司の部屋は、敷地内の離れにあるということだ。そこでパソコンをいじっており、最近はゲームのプログラムなども作っているらしい。いささかツッパリらしからぬ趣味に、弥生は笑ってしまう一方で感心もした。

「すごいじゃない。そのゲーム見せてよ」

礼司はまんざらでもなさそうな顔をしたが、錠一郎が「ああ。今度こいつんち行こうぜ」と乗ってくると、再び迷惑そうな顔に戻った。

「青葉くんの家ってどこなの」

つい訊ねてから、弥生は自分の家を二人に教えていなかったのを思い出した。クラス名簿を見ればわかるとはいえ、まずかったかな、と後悔する。

錠一郎は何か言いたそうにこちらへ視線を向けてきたが、礼司が自宅の住所を答えた後も、結局何も訊いてこなかった。

その時、ゲームセンター入口の扉が開いた。暗い空間に、外の白い光が射し込んでくる。光を背にした男の影を見て、まずいな、と弥生は思った。

話を続けてごまかそうとする。

「青葉くんは、将来はコンピューターのエンジニアとかになるの?」

「さてね。そんな先のことはわかんねえよ」

苦笑いをした礼司が、ふと扉のほうに目を遣った。途端に、その目つきが険しくなる。

ああ、気づいちゃったか。

扉に立っていた男は、こちらへ一直線に近づいてくるところだった。

男は、錠一郎や礼司のものとは違う学ランを着ていた。店内の薄暗い照明と、ゲーム画面の光が、彫りの深い顔の陰影をさらに濃く見せている。桐ヶ谷聡《さとし》だ。

北高で一番喧嘩が強いとされるが、どのグループにも属さず、孤高を保っている男。

――そして、わたしの古い友人、なのだろうか。

以前、弥生は錠一郎に、桐ヶ谷との関係を幼馴染みと説明していた。それは、間違いではない。ただ、幼い時期から今に至る時間が、一般的に思い浮かべるものより少しばかり――千年ほど長いだけだ。

礼司が、錠一郎の腕をつついて知らせた。

「あいつだぜ。北高の」

それだけで通じたようだ。錠一郎が顔色を変えて立ち上がった時には、桐ヶ谷はすぐそこまで近づいていた。

錠一郎と桐ヶ谷の背は同じくらいだ。二人が顔を近づける。激しい敵意を燃やして睨みつける錠一郎に対し、桐ヶ谷は無表情のままだ。だが互いの視線はぶつかりあい、火花を散らしているように見えた。

「よぉ。面《ツラ》貸せよ」

桐ヶ谷は、漫画のような台詞を吐いた。

「どうするよ」

礼司が、先ほどまでとは異なるドスの利いた声色で錠一郎に確認する。その顔はすっかり不良のものに変わっていた。

「どうするもこうするもねえ。付き合ってやるよ」

錠一郎が殺気立って答える。

店内は、水を打ったように静かになった。ゲームの電子音だけが響く中、誰もが声を出すことをやめている。皆、息を潜めてこちらの様子をうかがっているようだ。

弥生は、錠一郎と桐ヶ谷のあいだに入って言った。「ちょっと、二人ともやめてよ」

桐ヶ谷は、弥生を見てぽつりと口にした。

「はづき……あ、いや、弥生」

言いなおす。

弥生は、自分が咎めるような表情を浮かべたのを意識した。

隣で、錠一郎が訝しげな顔をしている。聞かれてしまったのか。

礼司のほうは、相変わらず厳しい表情のままだ。桐ヶ谷の声はごく小さかったので、電子音に紛れて耳に入らなかったのだろう。

錠一郎に後で説明しなければと思っていると、桐ヶ谷は続けて言った。

「弥生、あんまりこんな連中とつるまないほうがいい。お前のためにもな」

その台詞を聞いた錠一郎が、瞬間的に沸騰した。

「てめえ……」

今にもつかみかかりそうに見えたが、店の中ゆえ我慢したようだ。

「とりあえず裏へ行こうぜ。ここじゃあ迷惑だ」桐ヶ谷は言った。

「桐ヶ谷くん！」

制止しようとする弥生の言葉は、無視された。

ゲームセンターには商店街側の入口の他、狭い路地に面した裏口があり、桐ヶ谷と錠一郎はそこへ向かっていった。礼司も、飲みかけの缶コーヒーを片手についていく。

これから起きるであろうことを想像して弥生はうんざりしたが、仕方なく後を追った。

出遅れたせいで、先を行く礼司がいったん扉を閉めてしまった。合板のはがれかけた扉が軋んだ音を立てて閉まった直後、重量感のある打撃音が響いてきた。

さっそく、二人が始めたのだ。弥生はもう急ぐこともなく、そっと扉を開けた。

ゲームセンターの建物の裏には、路地に面した狭い空間があり、灰皿代わりのペール缶が置かれた喫煙所になっている。そこで、錠一郎と桐ヶ谷が殴り合っていた。

雨はやんでいたが、路地のアスファルトには所々に水たまりができている。二人が互いの顔や腹を打ち合う度、水たまりの表面に微かな波紋が揺れた。

二人ともほぼノーガードで殴り合うスタイルだ。そして二人ともおそろしいほどの耐久力の持ち主であるため、いくら拳を叩き込んでもダウンすることがない。

まるでダンスを踊るように、二人は円を描きながら打ち合いを続けていた。赤い髪を振り乱した錠一郎が、バックステップを踏んだ拍子にペール缶を蹴飛ばしそうになる。礼司は、「よっ」と声を出して缶を隅にどかした。

「ちょっと、止めなくていいの」

無駄と思いつつ、弥生は礼司に訊いた。

「始まっちまったもんは、しようがねえよ」

暢気な調子で答えた礼司は、自分が加わるつもりはないらしく、コーヒーの缶を口にくわえた。先だけを青く染めた髪をなでつけている。

二人の殴り合いは、終わる気配もなく続いていた。

打撃音が重なる。互いのパンチがクロスカウンターの形になって炸裂したのだ。錠一郎と桐ヶ谷の頬が歪み、汗やら唾液やらが飛び散るのが見えた。

「もう……。だいたい、なんでこんなことになってるの」再び、弥生は礼司に訊ねた。

「俺もよくわかんねえんだけど、こないだの続きじゃねえの」

「こないだ?」

「タイマンを途中で周りに止められたからな。決着をつけるつもりで来たんだろ」

「その時は何が原因だったの」

「さてな、忘れちまった。本人同士も怪しいもんだ」

礼司はしゃがみこみ、自分の腿に頬杖をついた。長期戦になると踏んでいるようだ。

「まったく……」

弥生はため息をつき、立ったまま外壁に寄りかかった。

錠一郎は理由もなく人に暴力を振るう人間ではなかったが、桐ヶ谷に対しては別だった。桐ヶ谷が弥生の幼馴染みであり、錠一郎の知らない弥生の昔を知っているということが、必要以上に敵意を燃やす原因であるらしい。

桐ヶ谷のほうも相手をしなければよいのに、面白がっている節が感じられる。なんでもすぐに張り合いたがるのは、昔から彼のよくないところだ。昔は博徒《ばくと》の出入りする鉄火場に入り浸ってもめごとばかり起こしていたし、一緒に芝居を見れば二枚目役者と比べて俺はどうだと訊かれ閉口したものだ。戦争の後は落ち着いたような気がしたけれど。

――二人とも、本当にバカ。

さすがに疲れてきたのか、パンチを繰り出すペースが落ちてきた。間合いを取り、二人は肩で息をしている。

錠一郎が言った。

「とにかく、てめえは気に入らねえ」

「そうか」桐ヶ谷の口調は、まだ落ち着きを保っていた。

「その言い草だよ。いかにもわかってます、って感じの。同じ高校生の分際で、大人ぶりやがって。てめえだって同じ年しか生きてねえくせによお！」

錠一郎が言い放つと、桐ヶ谷は不快そうな顔をした。

まずいな、彼を怒らせたかもしれないと弥生が心配した直後、桐ヶ谷の顔がそれまでになく歪んだ。右手を右耳の後ろに当てている。何度となく錠一郎のパンチを食らっても平気でいた桐ヶ谷だったが、今は痛みをこらえているのが傍目にもわかった。

弥生は、桐ヶ谷の陥った状況を理解した。彼が痛がっているのは、錠一郎のパンチが理由ではない。

もちろん、わたしたちにも痛いという感覚はある。普通の人より我慢強いだけだ。だけど、いま桐ヶ谷くんが襲われているのはまったく違う種類の頭痛だ。

たぶん、そのきっかけは赤城くんの言葉。それが桐ヶ谷くんの脳の、記憶などをつかさどる部位の中でも特定の箇所――大脳辺縁系を刺激したのだろう。

あまりに多くの記憶を抱えているがゆえに生じる、頭の痛み。それを思い出して弥生も気分が悪くなったが、彼女の青ざめた顔に桐ヶ谷も錠一郎も、隣の礼司も気づかなかった。

桐ヶ谷が頭を押さえ、急に動きを鈍らせたのを錠一郎は好機と捉えたらしい。猛然と桐ヶ谷に向かっていくと、突然両手を差し出した。

何をするのだろうと見ているうちに、錠一郎は両手で桐ヶ谷の頭を抱え込んだ。次の瞬間、自らの頭をいったん後ろへ振りかぶり、猛烈な勢いで前頭部を叩きつける。

頭突《チョーパン》きだ。

割れてしまったのではと思うほど、鈍い音が響いた。

「おっ、出たか。レッドバット」

しゃがみこんだまま、礼司が面白そうに言った。「錠一郎の必殺技。久しぶりに見たな」

「何よそれ。技の名前?」

「赤い髪でヘッドバットだから、レッドバット。俺がつけたの。格好よくね?」

「ぜんぜん。イキがってる中学生みたい」

弥生が呆れて言うと、礼司は少しがっかりしたようだった。

桐ヶ谷は、ふらふらと身体を揺らしている。それでも懸命に錠一郎を見据えていたものの、やがて右手を頭に添えたまま、水たまりに膝をついた。

錠一郎の頭突きは見るからに痛そうだったが、桐ヶ谷が本当にダメージを受けているのはそのせいではないだろう。弥生にはわかっていた。今、彼は頭の奥深くから湧き上がる痛みに耐えている。

錠一郎のほうもさすがにノーダメージというわけでもないらしく、くうーっ、と痛みをこらえるような声を漏らしていた。

礼司が声をかけた。

「お前さあ……せっかくの頭の使い道、それでいいのかね。お前の頭は、そういう物理的な使い方はしねえほうがいいと思うけど」

「うっせえな」錠一郎が答える。

片膝を立ててしゃがみこみ、頭を抱えていた桐ヶ谷が吐き捨てるように言った。

「……イキがるんじゃねえ。同じ年しか生きてねえだと。クソが」

それから桐ヶ谷はふらふらと立ち上がり、弥生と礼司の前を通ってゲームセンター裏口の扉に向かった。礼司の持つ缶コーヒーを見て、ぼそりと言う。

「甘ったるいの飲みやがって。お子様か」

「余計なお世話だ」

礼司の返事は無視し、弥生にも何も言わず、頭を押さえた桐ヶ谷は扉を開けて去っていった。

前頭部をさすりながら、錠一郎が近づいてくる。

「へへ、勝ったぜ」

そう、とだけ弥生は返した。礼司が「おつかれ」と言い残し、店内へ戻っていく。

その後についていこうとすると、「ところでよ」と錠一郎が訊いてきた。

「さっきあの野郎が言ってた、はづきってのはなんだよ」

「ああ……」

今のどさくさで忘れてくれればと思ったけれど、どうやら覚えていたようだ。なんと説明するべきか。一瞬だけ考えてから、弥生は言った。

「小さな頃の、あだ名っていうか……。ほら、彼とは幼馴染みだから。とっさに、昔の言い方をしちゃったんじゃないかな」

「そうか」不満そうな声。

とりあえずは納得した様子だが、どうあがいても敵わない、幼馴染みという関係に苛立つ気持ちは消せないらしい。

赤城くんほどわかりやすい人は、そうそういない。彼ほど奥手な人も。彼から気持ちを伝えてくることは、ないはずだった。このまま時が過ぎるのに任せておけばいい。

しかし今、錠一郎はひどく興奮しているように見えた。ただの喧嘩ではなく、弥生の存在が関わっていただけに、放出されたアドレナリンを制御できなくなっているのかもしれない。

礼司は既に扉の向こう。ここにいるのは二人だけだ。

「なあ」

錠一郎が、弥生を呼び止めてきた。どこか思い詰めたような顔をしている。

「俺はさ……」

だめ。

「あ、そうだ」

弥生は、はぐらかすように早口で言った。「さっき、青葉くんは将来コンピューターのエンジニアなんて話をしたけどさ、赤城くんはこれだけ強いんだから、そういうのが役に立つ仕事がいいんじゃない？　何がいいかな……」

やや強引だっただろうか。その言葉を聞いた錠一郎は、勢いよく口にした。

「俺だって、先のことなんてわかんねえ。俺には今しかねえんだよ!」

それきり黙り込んだ錠一郎と向き合ったまま、弥生は思った。

ごめんなさい。あなたの気持ちに、応えることはできない。わたしは、ずっと一緒にいられないの。

弥生は目を逸らし、何も言わずに裏口の扉を開けた。


弥生が自分のアパートに帰る頃には、すっかり暗くなっていた。

スーパーで買い物をして、夜道を家に向かう。学生鞄と一緒に持つレジ袋に入っているのは、一人分だけの食材だ。

あんなふうに対応しなければよかったと、ずっと考えていた。ゲームセンターで錠一郎に対して取った態度のことだ。おそらくわたしは、彼を傷つけてしまった。

でも、仕方がない。

この数百年間、こんなことは何度もあった。好意を寄せてくれた、何十人という男たち。彼らの誰一人として、もうこの世界にはいない。

やがて赤城くんも、その一人になる——。

思考はさっきから同じところをぐるぐると回っている。

もうじき、家に着く。今日はちゃんと料理をしよう。そうすれば、気分も変わるはず。自分に言い聞かせた時、弥生の視界の隅に何かが生まれた。

きらきらと光るものが回転しながら大きくなっている。街路灯の少ない夜道を歩いているのに、世界が一段階明るさを増したような気がした。

――まずいな、この感覚は。

弥生は、片手をそっと右耳の後ろに添えた。その奥がじんわりと痛みはじめている。

ああ、いま来ちゃうのか。何がいけなかったんだろう。そんなに記憶を刺激したつもりはなかったのに。

つい先ほど、桐ヶ谷を襲ったのと同じ種類の頭痛がやってきたのだった。

痛む頭の中では、まるで爆発するように無数の記憶が次から次へとよみがえっている。

海を越えてたどり着いた、熱帯の島の港町。再び海を渡った先は、戦乱の国だった。それから過ごしてきた、いくつもの街。

それらの場所へは、望めばまた行くことはできる。でもそこで出会い、言葉を交わした人たちは、皆この世界から去ってしまった……。

弥生は必死で両足を前に進めた。家まではもうすぐだ。料理はやめて、今日はひたすら横になろう。とにかく頭を空っぽにして、何も思い出さないようにすることだ。

頭痛は、わたしの記憶の重さなのだから。

3

同窓会から、一週間ほどが過ぎた。

その日の仕事を終えた錠一郎は、帰宅するため京王新線の新宿駅で電車を待っていた。地下のホームに走行音を響かせやってきた下り電車に、大勢の乗客たちとともに錠一郎は乗り込んだ。

吊革は、四十肩には厳しい。扉近くの握り棒につかまると、近くに立った若い男がすっと離れていった。気づけばジャケットの裾がめくれて裏地の虎柄が見えている。先日も礼司に言われたが、自分の服装のセンスはあまり一般受けするものではないらしい。

トンネルを走る電車の窓には、車内の様子が映り込んでいた。仕事を終えた人々の、一日の疲れがにじむ顔。ほとんどが下を向き、スマホを眺めている。

錠一郎は、自分もスマホを持っていたのを思い出した。

皆と同じことをするのに抵抗感を覚えつつポケットから取り出すと、通知ランプが点滅していた。メッセージが来ているようだ。

差出人は礼司だった。軽くがっかりしながら開いたメッセージには、『返事きたか』とだけ書かれていた。

錠一郎は口に出さずに舌打ちし、まだだよ、と心の中で呟いた。返事が来たら、言われなくても連絡するって。

錠一郎は、その返事を一週間ずっと待っていた。

同窓会の帰りに礼司と見つけた弥生らしき人物のSNSアカウントは、何も投稿していないようだった。SNS上の「友達」にだけ公開する設定にしているのかもと礼司は言っていたが、そうであれば投稿を見るには友達申請を承認してもらう必要があるらしい。承認されると、メッセージをやりとりするDMというサービスも使えるそうだ。そこで礼司にそそのかされ、錠一郎は少し迷った末に「友達申請」のボタンを押したのだった。

錠一郎のアカウントのアイコンには、同窓会の時に撮ってもらった画像を使っている。礼司は「ホントに弥生だったら、この画像でお前ってわかるだろ。後は返事を待ってりゃいい」と言っていた。しかし、今のところまだなんの反応もない。

——あんなふうに去っていったのだし、弥生はもう俺たちのことは忘れたいのだろうか。

だけど、俺は今でもはっきり覚えている。

殻に閉じこもり、本当の自分を見失いかけていた中二の春。大人びた雰囲気の転校生がやってきた。それが、弥生だった。

彼女は、錠一郎が置かれた状況をすぐに見抜いてきた。どうしてわかるんだと訊いても、弥生は「なんとなくね」と笑うだけだった。初めは頑なだった錠一郎も彼女と毎日話すうちに、自分でも意外なほど心の中をさらけ出すようになっていった。

それまで錠一郎は、他人とは所詮わかりあえないものだと思っていた。だが錠一郎は弥生と出会って初めて、誰かに気持ちを伝えることや、相手の気持ちをわかろうとすることの意味を知った。気持ちを分かち合えた時、心の奥のほうが温かくなることも。ずっと感じていた生きづらさが、少しだけ軽くなった気がした。

弥生がいなければ、錠一郎はいつまでも人とわかりあう方法を知らずにいただろう。弥生は、錠一郎にとって誰よりも大切な存在になった。

だから、彼女を守るためにあの日自分はブチ切れ、結果ツッパリになったのである。後悔はしていない。それに、そのおかげで礼司とも友達になれたのだ。

その後、錠一郎は、礼司や弥生と同じ高校に進学した。本来の力を出せばもっと上の高校にも入れたのだが、そうするつもりはなかったし、そもそも内申書がそれを許さなかった。両親は、祖父が働きかけてくれたこともあり錠一郎の自由にさせてくれた。どこか不安定だった錠一郎が居場所を見つけられたのはいいことだと、祖父が説得してくれたのだった。

弥生も同じ高校に進んだ理由は、よくわからない。彼女は成績も内申もけっして悪くはなかったはずなのに、結局錠一郎たちと同じ進学先を選んだ。家の近くという条件なら北高でもよかったのだろうが、彼女はプライベートについてほとんど自分から話さなかったので、錠一郎たちも詳しく訊こうとはしなかった。

高校でも、錠一郎と礼司は学校一のツッパリとして鳴らした。そんな二人に呆れた様子を見せながらも、弥生はいつも一緒にいてくれた。

三人の楽しくも刹那的な日々がふいに終わりを告げたのは、高三の夏休みだ。

今のように連日三十度超えということはなかったが、それでもぐっしょりと汗をかきベッドでうつらうつらとしていた朝だった。

団地の廊下に面した部屋。窓ガラスを誰かが叩く音に、錠一郎は目を覚ました。両親を起こさぬようそっと玄関扉を開けると、礼司が立っていた。なんだよこんな朝っぱらから、と寝ぼけ眼で言ったところで、錠一郎は礼司が普段と違う真剣な顔をしていることに気づいた。

礼司は、夏休み中に高校でおこなわれる補習へ行っているはずだった。親に強く言われると従ってしまうあたり、やはり根は真面目なのだ（なお錠一郎は授業をサボってばかりいたくせに試験では好成績を収めていたため、補習には呼ばれていなかった）。

補習を担当していた教師から弥生が急に転校したという話を聞き、礼司は授業を放り出してきたらしい。

「お前、知ってたか」礼司は錠一郎に訊いてきた。

もちろん、知る由もない。

錠一郎と礼司は、弥生と同じクラスだった時の名簿を急いで取り出した。個人情報の取り扱いが厳しくなる前の時代である。名簿には、全員の住所と電話番号が載っていた。

弥生の家に初めてかけた電話からは、この番号は現在使われておりません、というメッセージが流れるだけだった。後は、実際に名簿の住所へ行ってみるしかない。遠慮している場合ではなかった。錠一郎と礼司は、その住所へ急いだ。

住居表示をもとに訪ねたそこは、錠一郎が住んでいる団地よりもずっと古い、外階段がついた二階建てアパートだった。二階にある弥生の部屋にはなぜか鍵が掛かっておらず、思い切って扉を開けると、綺麗に掃除された室内に生活の痕跡は何も残っていなかった。

ここでどんなふうに弥生は暮らしていたのか、家族はいたのか、何一つ示すものは見当たらない。アパートの大家に訊ねても、どこへ行ったかはわからないという。

そうして一日走り回った末、錠一郎は裏山のことを思い出した。

日が暮れかける中、錠一郎は礼司とともに裏山へ走った。その間ずっと、耳元に弥生の声がよみがえっていた。

『何かあったら、この石垣の隙間に手紙を残すからね』

いつもの石垣の上に着いた二人が、弥生の言っていた隙間を覗きこむと、奥のほうにビニール袋に包まれた白い封筒があった。

封筒の表面には、二人の鬼のかわいらしいイラストが描かれていた。赤と青の色がついたその絵が、赤城錠一郎と青葉礼司――赤鬼青鬼コンビに宛てたものであるのは間違いなかった。

中の便箋には、「引っ越します。今までありがとう」とだけ記されていた。

夕暮れの丘で、ぼんやりと彼方の山並みを眺めながら錠一郎たちは立ち尽くした。

「ちぇっ、こんな手紙一つっきり残しやがって。だいたい、自動的に消滅なんてしねえじゃねえか」と、礼司が怒ったように呟いたのを錠一郎は覚えている。

そのようにして、つい数日前まで笑いあっていた藤野弥生という少女は、錠一郎と礼司の前から忽然と姿を消したのだった。

もしも再び弥生に会えるのなら、話したいことはたくさんある。会わなかった二十数年の月日を語り尽くすには、どれほどの時間が必要だろう――。

いつの間にか、電車は新宿の隣の初台駅を過ぎていた。錠一郎が下車するのは、その次の幡ヶ谷駅である。新宿から二駅、通勤には便利な立地だ。一人暮らしの狭い部屋ゆえ、なんとか家賃は払えている。両親は既に引退し、かつて祖父が住んだ家で暮らしていた。

幡ヶ谷駅に着いた電車からは、錠一郎を含め大勢が降りた。出口の階段を目指して地下のホームを歩く。壁に貼られたポスターに「列車の旅」という文字を見つけ、礼司の息子が鉄道マニアだと言っていたのを思い出した。そういえば、錠一郎の勤務先の系列にある旅行代理店に頼めば、普通はなかなか取れない切符も入手できることがあるらしい。

礼司に話してみるか。

あいつもすっかり子煩悩なパパだなと苦笑しつつ、錠一郎はスマホを取り出した。

画面の隅に、ＳＮＳの新着通知が表示されている。

なんだ、こっちから連絡する前にまた礼司か。そう思いつつＳＮＳを開いた。

表示された画面に「藤野葉月から承認されました」とあるのを見て、錠一郎は急に立ち止まった。周囲を歩く人が怪訝そうにしながら追い抜いていく。

錠一郎は、ベンチを探した。同じ電車から降りた人々は皆階段を上がってしまい、地下ホームには誰もいなくなっている。

トンネルを吹き抜ける風を、頰に感じた。遠くを走る電車の音が微かに響く中、錠一郎はベンチに座り、小さなスマホの画面を凝視した。

藤野葉月——もしかしたら弥生かもしれない人物は、錠一郎の友達申請を承認してくれたようだ。ただし、メッセージは届いていない。

画面上の藤野葉月という名前をタップすれば、そのアカウントの投稿が見られることは礼司から聞いている。それで、今の彼女がどんな暮らしをしているかある程度わかるはずだ。そもそも、このアカウントが弥生本人なのかどうかもわかるだろう。

錠一郎は、少し緊張しつつ画面に触れた。

しかし、そのアカウントは何も投稿していなかった。礼司は昼に食べたラーメンの画像などを毎日のようにアップしているのに、これは空欄のままだ。礼司の話では、自分では書き込まずに人の投稿を見たり、ＤＭをしたりするためにＳＮＳを使っている人もいるということだった。弥生も、そうなのだろうか。

ただ、自身の書き込みはないものの、画面をスクロールしていくとつながっている友達が表示された。

友達の数は、数人ほどしかいないようだ。それぞれの人物と錠一郎は友達ではないため、アカウントの詳しい情報までは見られない。

表示された名前を、順番に見ていく。錠一郎の知っている者はいなかったが、ある人物のところでスクロールの指が止まった。

柏原宏《かしわばらひろし》という名前を、聞いたことはない。だが、アイコン画像に小さく写っているその顔には見覚えがあった。やや面長で、団子鼻の男。

脳内の奥深くに刻まれた記憶が、よみがえってきた。学生の頃、その男を学会発表の場で見かけたことがある。

発表は、ラパマイシン——イースター島の土壌細菌から抽出された抗生物質に関するものだった。質疑応答の時間に、この人物は発表者へかなり専門的な質問をしていたのだ。若く見えたのでどこかの大学の学生かと思ったが、発表が終わると姿を消しており、誰だったのかはわからずじまいだった。

その人物に間違いない。記憶力には自信がある。

一つだけ、引っかかる点があった。画面に映る柏原の顔が、錠一郎が記憶している顔と変わりがないように思えたのだ。

あの学会が開かれたのは、およそ二十年前である。

こいつも、弥生と同じだ。若い頃の画像を使っているのか、画像を加工しているのか。

他に、考えられることは——。


それから少し経った、六月初め。

錠一郎は定時に仕事を終え、西新宿にある会社を明るいうちに出た。

本格的な夏はこれからだというのに、既に十分に暑い。ジャケットを脱ぎ、虎柄の裏地が見えないように気をつけて手に持った。

自宅がある幡ヶ谷方面の京王新線ではなく、ＪＲ新宿駅の改札をくぐり、総武線で秋葉原へ向かう。昨晩、礼司から直接話したいと連絡があり、会う約束をしているのだ。礼司は仕事で少し遅くなるそうなので、彼の職場がある秋葉原で待ち合わせていた。

話というのは、ＳＮＳで見つけた弥生らしき人物の件だろう。礼司なりに調べて、何かわかったのかもしれない。

弥生らしき相手は錠一郎からの友達申請を承認したものの、特にメッセージなどは送ってこなかった。錠一郎は弥生がいなくなってからの二十数年間の出来事——南武大学の農学部に進み、土壌微生物学を専攻したことなどをひととおり書いたＤＭを送ってみたが、それへの返信も今のところない。

秋葉原駅の電気街改札を出た先では、柱に取りつけられたデジタルサイネージの中で、アニメの美少女が笑顔を振りまいていた。その前に、明らかに違和感のある大きな影が見える。礼司だ。

待ち合わせの人々の中、彼の周りだけ誰も立っていないのは、その厳めしい顔のせいか。

「よお」

声をかけると、スーツ姿の礼司は片手を上げた。

「わざわざ来てもらって、わりいな」

礼司は錠一郎を誘い、駅の表に出た。ビルの外壁は西日の色に染まりつつある。アニメやゲームの派手な広告が、至るところに掲げられていた。

「滅多に来ねえけど、やっぱすげえ街だな」

「昔、俺がパソコンのパーツとか買いに来てた時には、もうこんな感じだったな」

「どうする。どっかの居酒屋とかに入るか？」

「いや……歩きながら話そう」礼司は中央通りへ足を向けた。南の神田川のほうへと進んでいく。

礼司は、いつになく重苦しい表情をしている。よくない話なのだろうか。錠一郎はあえて軽い調子で訊いた。

「よりによって、礼司がそんな仕事するようになるなんてなあ」

公共の場であるし、警察絡みの仕事をしている云々は口にしないよう配慮した。

「昔とはちげえよ」

礼司がわずかに表情をやわらげる。彼が本題に入る前に、錠一郎はもう少し世間話を続けることにした。

「そういや、うちの会社の系列に旅行代理店があってさ」

先日、礼司に話してみようと思っていた件だ。駅でスマホを取り出したところで弥生らしき人物からの承認に気づき、そのままになっていたのである。

「なんか珍しい列車の切符とかも、取りやすいらしい。礼司の息子、鉄道好きなんだろ。言ってくれれば問い合わせてみるぜ」

「……ああ。ありがとよ」

そのうちに、二人は神田川に架かる万世橋のたもとに出た。橋の向こう、JR中央線の高架下には川に沿って赤いレンガ積みのアーチが並び、淡くライトアップされている。

橋の歩道を渡りながら、礼司は言った。

「鉄道といやあ、あのレンガのとこには昔、駅があったんだってよ。万世橋駅っての。息子の受け売りだけどな」

「へえ」

橋の真ん中あたりまで来るとレンガ積みの模様が見え、錠一郎は裏山の石垣を連想した。石垣に挟まれていた、あの手紙。赤鬼と青鬼の絵。

「廃止になっても、こんなふうに跡が残ってる駅はけっこうあるらしいぜ」

そう言ったところで礼司は歩みを止めた。橋の上をひっきりなしに車が通り過ぎていくが、歩く人は少ない。川面に反射した街の灯が、ゆらゆらと揺れていた。

「で、例のSNSアカウントのことだ」

礼司は、何か覚悟を決めたような声で言った。これから聞かされる話は、楽しいものではなさそうだ。

「そのために、顧客のシステムを俺に権限のある範囲で使わせてもらった」

礼司の顧客というのは、つまり警察だ。業務上、警察に協力している礼司は、その立場を利用して相当グレーな部分にまで踏み込んでくれたらしい。

「そんなことして、大丈夫なのかよ」

「厳密に言やあ、よくはねえけど……情報を流出させてるわけじゃねえし。ここだけの話、顧客のセキュリティはひでえもんだ。使ったことは、まずわからねえだろ」

「でも、本職の中にはサイバー捜査官なんてのもいるんだろ。聞いたことあるぞ」

「人数もスキルも足りねえよ。だからこそ、うちみてえな会社に外部委託してるんだ。だいたい、連中は余所からせっかく優秀なエンジニアを連れてきて捜査官にしても、業務と関係ねえ事務仕事をさせたり、古くせえルールで縛りつけたりして、相当な数に辞められちまってるって話だ。アホくせえ」

憤った口調で礼司は言った。常日頃、嫌な思いをさせられているのかもしれない。

礼司は、なかなかの苦労人である。錠一郎に影響されたのか、高校卒業後に浪人して情報系の大学へ進み、就職してしばらくは下積みのシステムエンジニアとしてハードな毎日を送ったそうだ。そこから徐々にステップアップし、今はそれなりに重要な仕事を任されているらしい。

「で、そのシステムでなんかわかったのかよ」錠一郎は続きを促した。

「ああ……あのアカウントを洗った結果、怪しいところはなかった。正規の手続きで登録されたもんだ。ただ、例のアイコン画像はどうにも気になったんで、もう少し調べてみた」

高校生の頃の弥生と、ほとんど変わらないように見える画像のことだ。

「画像処理された形跡はねえ。スカイツリーも、合成されたもんじゃなかった」

「どういうこった」

「画像データには、撮影時の情報が記録されている。読み取ったら、あの画像は今から一年くらい前に撮影されたもんだった」

「一年前……？　そんなはずねえだろ」

「加工された画像でも、若い頃の画像でもねえんだ。たしかに弥生は、俺たちと一緒だった中学から高校にかけて、ほとんど見た目が変わらなかった。だけど、さすがに今も同じってのは妙だ。で、よく似ている別人かもしれねえって俺は考えた」

「ああ」

「そこで、顧客のためにうちの会社が開発した顔認識のシステムも使ってみた。人物の画像データを覚えさせて、別の画像の人物が同一人物かどうか判定するってやつだ。Googleとかにも似たようなのはあるが、これは捜査用のかなり高精度なもんだ」

「そんなもん、使っていいのか」

「使用履歴は残さねえようにしといた」

不良高校生の頃に戻ったかのように、礼司はにやりと笑った。「参照元になる弥生の写真を探すのに、苦労したぜ」

「弥生の写真、持ってたのか」

「あいつ、途中で転校しちまったんで高校の卒業アルバムには載ってねえだろ。だから、当時のスナップ写真を探したんだ。今みてえにスマホでパシャパシャ撮れねえ時代だし、そんなにたくさんはなかったけど、何枚か見つけた」

礼司が弥生の写真を持っていたことに軽く驚いたが、それには触れず錠一郎は先を促した。

「どうだったんだ」

「あの画像は、九十九パーセントの確率で弥生だ」

「……つまり、あれは一年くらい前に撮られた弥生本人で、加工もなしってことか」

「その可能性が高いな」

「いくらなんでもおかしくねえか」

その時、橋の上を若いカップルが歩いてきて、錠一郎は口をつぐんだ。もっとも、二人は先に錠一郎たちの存在に気づいていたのか、避けるように歩道の端に寄っていった。

カップルとすれ違った後、「お前、びびらせてんじゃねえよ」と礼司は小さく言った。どちらかといえば礼司の顔を怖がったんじゃねえかと思ったが、口にはしない。

礼司は話を戻した。

「まだあるんだ……」

さらに重苦しい表情になって、礼司は続けた。「あれは弥生の娘かもしれねえって話もしたよな。念のため、データベースに入って住民票と戸籍も照会してみた」

「ああ。で?」不吉な予感がした。

「弥生に、娘はいねえ。それどころか弥生自身、もういねえはずなんだよ」

万世橋駅の跡を、オレンジ色のラインを巻いた中央線の電車が通過していった。いくつもの四角い窓の光を見つめながら、錠一郎は礼司の言葉を聞いた。

礼司は、はっきりと言った。

「弥生は、記録上ではもう死んでるんだ。二十年前に」

その日からしばらく、錠一郎は上の空で毎日を過ごした。

弥生は、二十年前に死んでいたという。

高三の夏、弥生が突然姿を消した際には、家庭の事情で転校したと聞かされた。しかし礼司が調べたところ、彼女の履歴は高校中退の扱いになっていた。次の高校には行っていなかったのである。

そもそも、弥生に家族はいなかった。戸籍上では、両親とも彼女が小学生の時に亡くなっていたのだ。弥生は、あの古いアパートで一人暮らしをしていたようだ。

今思えば、あれほど仲がよかったはずの弥生のプライベートについて、自分たちはほとんど何も知らなかったのである。彼女はそこまで自分たちを信用していなかったのだろうか。それは、ひどく寂しいことに感じられた。

そして、弥生は引っ越した先の東北地方のある県で、台風による水害に巻き込まれて死んでいた。錠一郎はよく覚えていなかったが、二〇〇四年に起きたその水害では、全国で数十人が死亡または行方不明になったという。行方不明者の中に、弥生の名前があったそうだ。車を運転中、濁流に流されたらしい。家族がいないため失踪宣告手続きがされず法的に死亡が確定していないだけで、現実的には生存は難しいということだ。

それが礼司の調べた結果だった。

しかし、一縷の望みもあった。SNSのアイコン画像である。

あの画像は、弥生本人である可能性が限りなく高いという。そうであれば、見かけが高校生の頃とほとんど変わらない謎は残るものの、弥生は生きていることになる。

何らかの事情があって行方不明扱いのままにしており、SNSには名前を変えて登録しているのではないか。錠一郎の希望含みの推測をもとに、礼司は引き続き調べると言ってくれている。自分では何もできない状況を錠一郎はもどかしく感じていたが、ふと思い出したことがあった。桐ヶ谷の存在だ。

弥生は、高校では自分たちの他にあまり親しくしている相手はいなかった。だが、弥生と幼馴染みだったというあの男ならば。

気に入らない奴ではあったが、彼に話を聞けば弥生のその後がわかるかもしれない。桐ヶ谷が今でもあの界隈に住んでいるかどうかは知らないが、とにかく行動あるのみだ。

そう考えた錠一郎は週末、桐ヶ谷を探そうと家を出た。一人なので、電車ではなくバイクにする。最近は忙しくて乗る暇がなかったスズキGSX1100Sカタナを、マンションの駐車場から引っ張り出した。原チャリを転がしていた高校生の頃に憧れた車種、それも現行型ではなく当時そのままの旧型である。礼司の実家のバイク屋に頼んで、状態のよい中古車を見つけ出してもらったのだ。もとは銀色だが、カウルとタンク上部を真っ赤に塗ってもらい、ツートンカラーのカスタム仕様にしている。Tシャツの上に祖父の形見の赤いスカジャンを羽織り、走り出した。

京葉道路のインターを下りてしばらくすると、JR総武線の駅が見えてきた。桐ヶ谷が通っていた北高、そして錠一郎たちの高校の最寄り駅だ。先日の同窓会で電車を降りたのはその手前にあるターミナル駅なので、訪れるのはじつに卒業以来だった。

駅前にカタナを駐めた後、まずは北高へ歩いて向かう。

桐ヶ谷とタイマンを張るため何度も訪れた北高の校舎は、改築されて当時の面影はほとんどなかった。事務室の扉を叩き、桐ヶ谷について訊ねる。

突然現れたスカジャン男は十分怪しく思われただろうが、断られたのはそれが理由ではない。卒業生でも親類でもない錠一郎に教えてくれるほど、今どきの個人情報管理は甘くないのだった。

仕方なく北高を後にし、次は駅前の商店街へ足を向けた。桐ヶ谷や北高の連中がよく行っていた店を回るつもりだった。

しかし、商店街はすっかり様子を変えていた。礼司によく付き合わされたゲームセンターはマンションになっており、一階のコンビニ前では数人の若者たちがたむろしていた。

それでも、まだ残っていたいくつかの店を回るうちに一つだけ手掛かりをつかんだ。桐ヶ谷がバイトをしていた居酒屋の店主が、かろうじて記憶していたのだ。桐ヶ谷は、高三の夏休み中に突然バイトを辞めたらしい。それ以来、一切姿を見かけなくなったという。弥生が姿を消してすぐのことだ。

たしかに、桐ヶ谷とは最後にいつ会ったかも覚えていない。高三の夏以降は、錠一郎も受験勉強を始めて忙しくなっていた。

いつしか、太陽は西の空に傾いている。今日はここまでかと考えながら駅へ歩いているところで、スマホに着信があった。礼司からだ。

「おう」

『今、話しても大丈夫か？　どっか外にいるみてえな音がするけど』

「大丈夫だ。久しぶりに高校のそばまで来てるとこだ」

『そんなとこで、何してんだ』

「礼司に任せっきりってのもどうかと思って、俺なりに調べてみたんだ。桐ヶ谷の野郎、弥生の幼馴染みだっただろ。なんか知ってるかもしれねえしな。とりあえず奴が今どこにいるか、聞き込みしてた」

『で、なんかわかったのか』

「いや、高三の夏でバイトを辞めたってことの他は、何も。今どこにいるかはわからねえ。そっちは、進展があったのか」

『ああ。いくつか新しくわかったことがある』

週末だというのに、礼司は調べてくれていたらしい。

『弥生が台風の水害で行方不明になった時、乗っていたはずの車だけどな。陸運局のデータに当たってみたら、登録が抹消されたのは二〇〇三年だった。水害があったのは、二〇〇四年だ』

「それはつまり……」

『矛盾してんだよ。そもそも、車の所有者は弥生じゃなかった。まるで無関係の人物だ』

「じゃあ、弥生が死んだってのは間違いなんじゃねえのか」

錠一郎は、自分でも滑稽に思えるほど弾んだ声を出した。

『たしかに、その可能性はある。ただ……』礼司が言葉に詰まった。

「ただ、なんだよ」

『怪しくねえか。俺が仕事柄、そう考えがちなだけかもしれねえけど……』

その先を口にしてよいか、礼司は迷っているようだ。

「なんだよ。いいから言えよ」

『なあ、もしかしたら……この裏には、なんかの犯罪が絡んでるんじゃねえかな。弥生が、自分が死んだと偽装して何かしてるとか……』

「何言ってんだテメエ！」

錠一郎は、つい大きな声を出してしまった。通りを行く人が振り向いてくる。すぐ我に返り、

「……わりぃ」と小声で謝った。

電話の向こうで礼司は言った。

『かまわねえよ。俺だってそんなことは信じたくねえ。つまんねえ話をしちまったな』

それから、引き続き調べると約束して礼司は電話を切った。

錠一郎はスマホを握ったまま立ち尽くし、商店街の空を見上げた。空は、夕焼けの赤に染まっている。

むかし何度も、同じ景色を見たものだった。しかし今の錠一郎には、それがまったく見覚えのない色に思えた。


一週間ほど後。幡ヶ谷駅から徒歩十分ほどのマンションにある、錠一郎の部屋。

床にあぐらをかいた、スーツ姿の礼司が文句を垂れた。

「つまみがちょっと足りねえな」

錠一郎はジャージに着替えて腰を落ち着けたばかりだったが、再び立ち上がった。「人んち来て贅沢言うな」と礼司に軽く蹴りを入れる。

買い置きの乾き物をキッチンから取ってきてテーブルに戻ると、礼司は先に缶ビールのプルタ

ブを開けていた。

「あのスカジャン、じいさんのだっけ」

壁に目を遣り、礼司が言った。そこには赤いスカジャンが掛けられている。

「ああ。死んじまう直前にくれた」

「何回か会ったことあるけど、イケてるじいさんだったよな。昔はけっこうなワルだったっぽいじゃん」

それから礼司は、本棚に視線を移した。「で、その血を受け継いだお前はいまだにこんな感じってわけだ」

本棚の一角には土壌微生物学関連の専門書が並んでいるが、他の部分は『疾風《かぜ》伝説 特攻《ぶっこみ》の拓《たく》』や『ろくでなしBLUES』といったヤンキー漫画で占められている。一部の段に収められたCDのアーティストは、矢沢永吉や尾崎豊、BOØWYなどだ。どれも錠一郎の趣味である。

「俺の他にこれ見た奴の感想が知りてえな」

そう言った礼司に、この部屋にほとんど客は来ないと錠一郎は答えた。

「会社の人とか、来たことねえのかよ」

「何度か、飲み会で遅くなった時に来るかって訊いてみたけど、みんな遠慮した」

「ああー……」

「なんだその納得したみてえな反応。どういう意味だ」

「深く考えんな」礼司は笑った。

礼司からまた会って話がしたいと連絡があったのは、昨日の夜だった。弥生の件で、新たな情報が見つかったのかもしれない。電話の声は前より明るく感じられ、弥生が生きていることが確認できたのかと錠一郎は期待した。

今度はどちらかの家で話そうということになったのだが、礼司の家は家族もいるため、錠一郎の部屋にしたのだった。

礼司はまたビールをひと口飲むと、スイッチを切り替えたように真剣な顔で言った。

「さて。今日来たのは例の件だ」

「なんかわかったのか」錠一郎は座りなおした。

「ああ。二つある」

礼司は、自分の鞄からノートパソコンを取り出した。それを開きながら話しはじめる。

「うちの会社が開発した顔認識システムの話は、前にもしたよな。このシステムは、同一人物をネット上で見つけるのにも使えるんだ。検索範囲も広い。これで、ネット上に他にも弥生の痕跡がねえか調べてみた。そしたら、どこで見つかったと思う。意外なところだ」

「……海外とかか？」

「場所は、まあ当たりだ。問題なのは、場所っつうか、時代だ」

「時代？」

錠一郎が訊き返すと、礼司はパソコンを操作した。画面が切り替わり、古いモノクロ写真を拡大したような画像が浮かび上がる。

人の顔だった。大きな瞳と長い髪。ふっくらとした唇。けっして鮮明ではないが、その人物は弥生によく似ていた。

「アメリカのなんとかっていう歴史博物館で展示されてる、古い写真だ。博物館のサイトに、展示物の全体像としてアップされてたもんの一部を引きのばしたんだ。普通の画像検索じゃ、こんなに小さく写り込んでるのはまず引っかからねえ」

礼司が取り扱っているシステムの精度は、相当なもののようだ。礼司は続けた。

「システムによれば、弥生との一致確率は九十七パーセントと出た」

「たしかに似てるっちゃあ似てるけど……さすがに別人じゃねえのか。だいぶ古い写真みてえだし。だいたいアメリカの博物館にあるって、なんの写真だよ？」

「第二次大戦中、アメリカの軍艦が日本の潜水艦を沈めた後、海の上を漂ってた浮遊物を回収したんだってさ。それを戦後になって博物館に寄贈したんだが、その中にあったもんだ」

戦争と聞いて、錠一郎の脳裏に亡き祖父の顔がよぎった。祖父は十八の時、特攻隊にいたという。出撃を待つあいだに終戦を迎えたそうだ。戦争や死んだ仲間たちについて多くを語ることはなかったが、酔っ払った時などに訥々《とつとつ》と話していた。命ははかないものだからこそ、生きているうちに何をするかが大事なんだと。

だが祖父のことは、今は関係ないだろう。

「戦時中の話じゃあ、いくらなんでも弥生とは別人だろ。あり得ねえ。そもそも三パーセントは別人の可能性があるんだよな。もしかして、弥生の先祖とかじゃねえのか？　弥生の家族の話って聞いたことあるか」

「いや。知らねえな。昔もそういった話はしなかったし」

礼司はそう言って、話を戻した。「沈められたのは、伊一二六っていう潜水艦らしい。日本側の記録も調べてみたら、昭和十七年に消息不明、生存者なしってことだった。場所は、南太平洋としか書いてなかったな」

——南太平洋？　つい最近、そこに絡んだ話があったな。

そうだ。南太平洋に浮かぶ、イースター島。その島の土壌細菌から抽出された抗生物質ラパマイシンだ。高校の頃、弥生が図書室でそれについての記事を読んでいたのがきっかけで、俺は土壌微生物学を学べる南武大の農学部を受験しようと決めたのだ。そして進学後の学会、ラパマイシンに関する発表で見かけた人物とよく似た男が、弥生とSNSでつながっていた。あの柏原という男のアイコン画像も、昔とほとんど変わっていないように見えた……。

奇妙な符合に錠一郎が思いを巡らせていると、礼司はためらいがちに言った。

「で、わかったことの二つめだけどよ……高校ん時を思い出して、ちょっと気になって調べてみたんだ。弥生にちょっかい出してた先生がいただろ」

「美術の、御子柴か」

「あいつ、事故で死んじまったよな」

「ああ」

「当時の警察の資料にアクセスできたから、見てみたんだ。捜査のごく初期には、不審死として殺人も疑われてたらしい」

「殺人？」

「もっとも、すぐに事故扱いに切り替えられてはいたけどな。ああ、怒んな。弥生が犯人って言いてえわけじゃねえ。万が一殺人だったとしても、容疑者はいくらでもいる。御子柴は、弥生以外の生徒にも手え出してたって噂だったしな……」

礼司は黙り込み、しばらくしてまた口をひらいた。

「だけどよ、やっぱりこの裏には、何かが隠されているんじゃねえか。弥生は本当に死んでて、そのことを利用した誰かがなりすましてるとか……」

それを聞いて、瞬間的に怒りの炎が燃え上がるのを錠一郎は感じた。こんな憤怒にかられるのは、久しぶりだった。

「だとしたら……ぜってえに許せねえ」

4

昼間に降った雨の湿気が残り、セーラー服がべたべたと肌にまとわりつく七月の夜。

弥生は、アパートの外階段を上っていた。御子柴の通夜から帰ってきたところだ。

御子柴は二日前の夜、踏切で電車にはねられ死んだ。斎場で漏れ聞こえた関係者の話では、酒に酔っての事故らしい。警察が調べた結果、遺体から多量のアルコールが検出されたそうだ。近くで不審な者の目撃情報もあったようだが、明確な証拠はなく、他殺説は早々に取り下げられたという。

——お通夜やお葬式に出た回数など、とうの昔に数えるのを止めてしまった。一緒に参列していた人が、やがて送られる立場になっていく。毎年少しずつ進む長い列。その果てしない行進に、わたしの加わる場所はない……。

そんなことを考えながら鉄製の階段を上がりきると、自分の部屋の前で人影が柵にもたれていた。切れかかり、明滅する外廊下の蛍光灯が、学生服を着た男の横顔をフラッシュのように浮かび上がらせる。男はブラックの缶コーヒーを口につけていた。

「ちょっと」

怒気を含んだ声になった。「そんなとこで待ってるのはやめて。誰かに見られたらどうするの」

「通夜だったらしいな」

男――桐ヶ谷は、弥生の文句を無視して言った。

「……高校の先生。知ってたの」

「なんだかお前にご執心だったそうじゃないか」

「よくご存じだこと」弥生は、つっけんどんに言った。

「ずいぶん突っかかるな」

「あんまりいい人じゃなかったけど、人が亡くなった後なんだから。ナーバスになっても仕方ないでしょ」

「いいかげん、慣れたらどうだ」

「余計なお世話」

「ま、いなくなっても仕方ない奴ってのは、いつの時代もいるもんだよ」

桐ヶ谷はそう言って視線を外し、廊下の外に広がる闇へ顔を向けた。

「……どういう意味？」

「特に意味はねえよ」

桐ヶ谷が向きなおってくる。弥生と桐ヶ谷は、互いの腹を探り合うかのように見つめ合った。

「それで、何か用？」

「俺だって、こんな役回りは遠慮したかったんだがな。評議会の仕事をやらされてると、こういうこともある。本来の連絡担当は、樺太《からふと》に行ってるそうだ」

「樺太？　なんで」

「下っ端にはわからねえよ。そんなことより、本題だ。そろそろ潮時だとよ」

桐ヶ谷は学生服のポケットから白い封筒を取り出すと、手渡してきた。中身の予想はついた。

「いつどこへどうやって行くか、評議会の指示が全部書いてある。読み終わったらきちんと燃やせよ」

「……自動的に消滅はしないんだよね」

「なんのことだ？」

「ううん。それこそ特に意味はないから、気にしないで」

「まあいい。とにかく、来るべき時が来たってことだ。慣れてるだろ」桐ヶ谷は言った。

弥生の頭の中に、少しでも長く一緒にいたいと思っていた相手の顔が浮かんだ。

――でも、もう会えないね。

こんなことを、何度繰り返せばいいんだろう。

次の瞬間、視界の隅がチカチカと輝き、回転する感じがした。身構えていると、恐れていたとおり頭を錐で刺すような痛みがやってきた。

右耳の後ろを押さえると、様子を察したのか桐ヶ谷は「例のやつか」と聞いてきた。それまでとは異なる、心配そうな声色だった。

「大丈夫。それこそ、慣れてるから」

「そうか……。時期は、夏休み中だ。ちょっと間を空けて、俺も引っ越す」

桐ヶ谷はそう言った後、小さく呟いた。「あのバカども、寂しがるかな」

「バカって？」薄々察しながらも、頭の痛みの中で弥生は訊ねた。

「あいつらだよ。赤鬼とか青鬼とか言われて調子に乗ってるバカ」

彼も、同じ相手のことを考えていたらしい。

外階段を吹き上がってきた風が、弥生の制服のリボンを揺らした。夜風は、まだ湿っている。

5

仕事を終えた錠一郎が幡ヶ谷駅に着いたのは、夜の十一時を過ぎた頃だった。駅から自宅のマンションへ向かう途中、大きな駐車場の近くは灯りが少なく、人通りもほとんどない。

少し先、街路灯の光が及ばない陰に、夜に溶け込むような黒い人影があった。時々ぼうっと赤く光って見えるのは、煙草の火か。

近づいたところでようやく、その人物が黒いシャツに黒いスーツというファッションで固めた男だとわかった。伸ばした金髪の下から、険のある眼差しでこちらを見ている。男の視線は、明らかに錠一郎へ向けられていた。普通の人なら、目を合わせようとはしないだろう。

久しぶりに、頭の中で警報が鳴る。全身の筋肉が戦闘態勢に入るのを錠一郎は感じた。

錠一郎が近づくと、男は測っていたように煙草を投げ捨てた。赤い火種が放物線を描く。一瞬、錠一郎の視線と、男の視線がぶつかりあった。

男のそばを通り過ぎる。

何ごとも起こらない。考え過ぎだったかと思った時、片方の肩に力がかかった。肩をつかまれたのだ。どこかで聞いたことのある台詞が、耳に入ってくる。

「待ちな」

二十数年前なら、「あぁん?」と目一杯ガンを飛ばしながら振り返っていただろう。

だが、立ち止まった錠一郎はゆっくり男に向き合うと、「なんですか」と落ち着いて答えた。年相応の、普通の会社員として振る舞う。

男は、「赤城錠一郎ってのは、てめえか」と訊いてきた。

錠一郎は少しだけ迷った後、「だったら?」と返した。少なくとも、丁寧な対応には値しないと判断した結果だ。

男は言った。

「トロミロってので、てめえが持ってんのか」

なんのことだか、さっぱりわからない。

「……何言ってんだ」

「とぼけんじゃねえ」

男の顔や口調はいかにもという感じだが、虚勢を張っている印象も受けた。あえて怒らせる、昔の悪い癖が出てしまう。

「どこのチンピラだ。知らねえ顔だな」

　錠一郎が挑発的に言うと、暗い中でも男の顔が紅潮したのがわかった。短絡的な人間の、次の行動はあらかた想像がつく。

「てめえ……！」

　男は、錠一郎の腹にパンチを叩き込んできた。ぐっ、と声が漏れる。反撃の拳を繰り出さぬよう、必死で自分を抑えた。

　その時、道の向こうから光が射してきた。ヘッドライトだ。駐車場を出てきた車らしい。

　男は舌打ちし、錠一郎に顔を近づけて言った。

「今日は挨拶ってとこだ。今度は、教えてもらうぜ」

　無言で睨み返した錠一郎の腹に二発目を打ち込むと、男は「女にも気をつけるように言っとくんだな」と吐き捨て、去っていった。

　――女？　誰のことだ。

　殴られた腹をさすりながら考えているうちに、男の姿は街路灯の光が届かない闇に消えていた。

　俺に、親しくしている女などいない。最近ＳＮＳで知り合った――といってもまだろくにやりとりもしていない、弥生らしき相手のことなのか。

　しかし、なぜあいつがそれを知ってるんだ。

　そして、トロミロというのはいったい何のことだ？

『そんなもん、総務のほうで適当にやっといてよ』

「この件は、各部署で実施していただくようお願いしていまして。既に締め切りの期限を過ぎておりますし」

『いま忙しいって言っただろ』

内線電話は、ぷつりと切られた。

錠一郎は受話器を叩きつけようとして、あやうく自重した。周りでは、総務部の同僚たちが淡々と仕事を進めている。

このやり場のない怒りをどうしたものかと思ったところで、デスクの端に置いたスマホの通知ランプに気づいた。ＳＮＳにメッセージが届いたようだ。

画面をひらいて、錠一郎は固まった。発信元に、「藤野葉月」の表示があったのだ。

これまでなんの反応もなかったのに、なぜ今になって？

友達申請を承認されてすぐ送った近況報告に、返信はなかった。その後も待っていただけだったが、帰宅途中に待ち伏せていた金髪男の「女にも気をつけるように言っとくんだな」という台詞が引っかかり、無事を確認するＤＭをあらためて送信していたのだ。

今度こそ、返事をくれたのだろうか。

二度目のＤＭには、文末に「俺たちは今でも味方だ」と書き足していた。二十数年前、薄暗いゲームセンターで弥生に伝えた言葉はよく覚えている。その内容は今も有効だと、錠一郎は強く思っていた。

藤野葉月からのメッセージを開くと、ただひと言だけが表示された。

『このテープは自動的に消滅する』

——なんのことだ？

錠一郎は職場であることも忘れ、意味を訊ねる返信を打ち込んだ。返信ボタンを押す。

だがそこで表示されたのは、無機質なエラー画面だった。

藤野葉月のアカウントは、なくなっていた。

錠一郎がメッセージを受け取った今このタイミングで、ＳＮＳからアカウント自体を削除したらしい。

メッセージは、アカウントを消すという意味だったのか。いずれにせよ、これで弥生かもしれない相手とつながっていた、ごく細い糸は断たれてしまったわけだ。

「赤城さん？」

呆然としていた錠一郎は、隣の席から声をかけられているのに気づき、慌ててスマホを机に伏せた。

「どうかしました？」

話しかけてきたのは、同僚の水川《みずかわ》だった。数年前、新卒で入社した女性社員である。

「ごめん。ちょっとプライベートの連絡があって」

「でしたら、そっちを先に」

「いや、いいんだ。もうどうしようもねえ……ないから」

つい普段の口調が出そうになり、言い換える。説明するのは難しいので、水川の話を聞くことにした。

「で、なんかあった？」

「あ、あの……さっきの電話ですけど。やっぱりダメでしたか？」

「ああ……」

　錠一郎が勤めているのは、中堅どころの総合商社である。農学部の出身ゆえ、農薬や農業関連機材などを扱う営業部隊にいたのだが、最近総務部へ異動を命じられていた。どうやら顧客の受けがよくないという理由らしい。

　今は主に社内の備品管理などをおこなっており、先ほどの内線電話も、各部署に依頼している備品の棚卸し作業に関するものだった。棚卸し結果を提出してこない部署への督促をおこなっていたのだ。この業務を、錠一郎は水川と一緒に担当していた。

　錠一郎が会社の中で浮いているのではと礼司は心配していたが、水川とは時々雑談を交わすくらいはしている。錠一郎のジャケット裏地の虎柄を見て、阪神ファンなんですかと訊いてきたのは彼女だ。礼司は少し心配し過ぎだと錠一郎は思っていた。

「品質管理部って、いっつも何かと理由をつけては総務の依頼を聞いてくれないんですよね」

　水川が不満げに言った。錠一郎の電話を無下に扱った相手、品質管理部の部長は、部下に対して「総務からの依頼は無視していい」と放言しているそうだ。相手が部長ゆえ、水川も強くは出られず毎回苦労しているという。

「俺が異動してくる前から？」

「ええ」

　水川の返事を聞いた錠一郎は席を立ち、言った。

「電話じゃ、らちがあかねえ……ない。直接行くか」

「え……。直接ですか?」

「ああ。俺が行ってくるから、水川さんはいいよ」

水川は困った顔をしていたが、「じゃあ、私も一緒に」とついてきた。

上のフロアにある品質管理部のオフィスへ行くと、件《くだん》の部長はデスクで電話に向かっていた。

電話が終わるのを、その斜め後ろで待つ。

「だからさあ、期限の決まってる仕事なんだから、さっさとやれっての!」

乱暴に電話を切ったところで部長は何か気配を察したのか、椅子にふんぞり返ったまま振り向いてきた。錠一郎はにこやかな表情を浮かべつつ、一歩前に出た。無言で見下ろす。

「ど、どなた……ですか」

部長は急に慌てた様子になった。錠一郎のことを知らないようだ。

錠一郎は、首から下げたIDカードを掲げて慇懃に言った。

「先ほどお電話しました、総務の赤城です。お時間取らせてすみませんが」

「あ、ああ……さっきのは、だから、その……」

部長からは、電話口のような威勢が感じられない。錠一郎は笑みを大きくした。

「先ほどの件、備品の把握は総務というより会社としてやっていただきたい業務でして、一部署がどうこう言える筋合いのものではないと思うんですよ。やらないというのは、会社の方針に逆らうのと同じですが、それがどういうことか……」

錠一郎は、ドスの利いた声で締めた。「おわかりですよね」

「わ、わかった。わかりました。やりますよ」

怯えた声になった部長に、錠一郎は笑顔を保ったまま言った。

「ご理解、感謝いたします。では、速やかにご対応をお願いできますか」

「速やかにって……」

「今すぐに」

目だけを本気《マジ》にしてねめつける。「既に締め切りを過ぎていますので。期限の決まっている仕事は、さっさとやるべきですよね。部長も先ほどおっしゃっていたとおり」

顔をぐっと近づけて言うと、部長は椅子から落ちそうなほどのけぞり、表情を引きつらせた。

「は、はい……」

「よろしくお願いします」

そうして、錠一郎はすっと笑みを消して告げた。「万一遅延した場合、何が起きても一切関知しませんので」

それきり振り返らず、品質管理部を立ち去った。水川が後をついてくる。

総務部のフロアへと階段を下りながら、水川が言った。

「あの、赤城さん、ありがとうございました」

「どうってことねえ……ないよ」

「赤城さんって、もしかして元ヤンとかなんですか？」

「……違うよ。ちょっとイラッとしただけ」

そう答えつつ、ヤンキーじゃなくてツッパリな、と内心で訂正する。

「怖がらせちゃったならごめんな」

「あ、大丈夫です。前からちょっと怖いとこあったし」

錠一郎はガクッと肩を落としたが、その後の水川のひと言には軽く自尊心をくすぐられた。

「でも、なんか頼もしいですね」


「どうだ、礼司。そんなわけで会社での俺は、お前が思ってるのとはちょっと違うってこった」

錠一郎はマンションの自室で、耳に当てたスマホに向かって言った。もう片方の手には、冷蔵庫から取り出してきた缶ビールがある。

電話の向こうで、礼司が呆れた声を出した。

『あのなあ、自慢話聞かせるためにかけてきたわけじゃねえだろ。ちょっと褒められたくらいで、ホント単純な奴だな』

「単純?」

『純粋。純粋な。これでいいか。それより、そもそもお前が相談してきたのは、弥生からのメッセージのことだろ?』

「ああ、そうだ」

そのために電話をしたのだった。錠一郎は話を戻した。

「このテープは自動的に消滅する、ってのはあれだろ、『ミッション:インポッシブル』の台詞。弥生と三人で観に行ったよな。ってことは、やっぱりあの葉月ってアカウントは、弥生なんだよ。自動的に消滅ってのは、アカウントを削除するって意味だろうけど、わざわざそんなメッセージを寄越す理由がわからねえんだ」

その解釈について礼司と二人で頭を捻っていたのだが、いつの間にか会社での出来事に話題が飛んでしまっていたのだ。

礼司は言った。

『お前、弥生のメッセージであの映画のことを思い出してたから、ムカつく部長に「一切関知しない」なんて台詞使ったんだろ』

「かもな」

『お前のくだらねえ話聞きながら考えてたんだけどよ。弥生は映画に絡めて、他に思い出してほしいことがあったんじゃねえかな』

もしかして、と礼司が口にするのと同時に、錠一郎の頭にも浮かんできたものがあった。

「思い出したぞ」

そうだ。二十数年前のあの日、丘の上の公園で映画の話をした後、弥生は石垣の隙間を指してこう言っていた。

——会いたくなった時はここに手紙を残すから、二人で一緒に見てね。

今こそ、本当に会いたくなった時がやってきたのだとしたら。そして、メッセージはそれを思い出させるためだとしたら？

「礼司、裏山だ。裏山に行くぞ」

週末の日曜日、二人は母校の最寄り駅で電車を降りた。土曜は礼司の都合がつかないというので、今日やって来たのだ。

七月の陽光を浴びた線路が、銀色の光を放っている。プラットホームを歩きながら、礼司は言い放った。

「相変わらずしみったれた駅だ。総武線も進歩がねえな」

「んなこと言ってると、息子に怒られるぞ」

礼司の息子は、鉄道マニアという話だった。

「ははは、そりゃそうか。そういや前に、珍しい列車の切符が取れるかもって言ってたよな。うちのガキ、喜んでたぜ。なんとかいう列車に乗りたいってよ」

「礼司がそんなに子どもの世話するようになるとはな」

「二十年経ったんだ。俺は総武線と違って進歩したんだよ」

話しているあいだに、二人は駅の表に出た。熱気が襲いかかってくる。駅前に並ぶ自転車やバイクを見て、礼司は言った。

「そうだ。俺、バイクの免許取ったんだぜ。普通二輪はちょっと前に取得済みで、こないだ大型も取った」

「へえ。もう二ケツしねえですむな。バイク屋の倅《せがれ》らしくなったじゃねえか。あんなにバイク嫌いだとか言ってたくせによ」

「だから進歩したっつったろ」

母校へ続く道を、話しながら歩いていく。錠一郎は先月来たばかりだが、久しぶりだという礼司は商店街の様子をきょろきょろと見回している。ゲームセンターがマンションになっているのを見つけた時には、残念そうな表情を浮かべていた。

とはいえ、今日は商店街に用はない。目的地は、あの裏山だ。

真夏の公園、遊歩道に人影は少なかった。丘を登る道は、記憶にあるよりも長く感じられる。だらだらと汗を流しつつ礼司が言った。

「でもよお、お前を襲ってきたっていう金髪野郎は気になるな。家の近くで待ち伏せてたってことは、個人情報がバレてるんじゃねえか。それに、そいつは何か探してるふうだったんだろ」

「ああ、トロミロとかってのを、俺が持ってると思ってたらしい」

その時はなんのことだかわからなかったが、後で検索してみたところ、それはイースター島固有種の、マメ科の木だという。

「ラパマイシンに続けて、またイースター島だ。わけがわからねえ」

「なんかさあ、やっぱヤベえことが裏で進んでるんじゃねえの」

礼司は図体に似合わぬ弱気な声を出した。

「とにかく、弥生の手紙を見つけさえすれば何かわかるはずだ」

それは、石垣の隙間にきっと隠されていると錠一郎は確信していた。

丘の頂上の手前で遊歩道を逸れ、その先にある石垣。かつて三人で過ごした秘密基地、約束の場所は二十数年を経て森に呑まれることもなく、ほとんど変わっていなかった。

「ああ、ここだ」

弥生は、いつもここからビルの群れやその向こうに広がる山々を見つめていた。錠一郎は記憶の中の彼女と同じように、遠くへ目を遣った。

街並みはだいぶ変化し、何よりそびえ立つ東京スカイツリーの存在感は圧倒的だ。しかし山々のスカイラインは当然ながらあの頃とまったく変わらない。横を見れば、夕日を浴びたセーラー服の弥生が立っているような気がした。

「なあ」

礼司が訊いてきた。「お前、昨日でも来られたんだろ。なんで俺を待って今日にしたんだ」

「……ここに来るなら、一緒にと思ってな。弥生も昔、言ってただろ。二人で一緒に見てって」

「へっ、つまんねえ感傷にひたりやがって」

礼司は鼻を鳴らして言った後、小さく「泣かせるね」と呟いた。

二人で、石垣の隙間を調べはじめる。

探していたものは、それほど苦労せずに見つけ出すことができた。石のあいだに、防水のビニールパックが挟まっていたのだ。中に、折りたたまれたメモが一枚だけ入っている。

開けてみると、そこには一週間後の日曜日の日付と、夜十一時に南武大学農学部と印刷された文字があった。

「これって……お前の大学だよな」

礼司が首を傾げる。

彼の言うとおり、それは錠一郎の卒業した大学、学部だ。

どうやら、弥生はまだ映画に倣っているようだ。指令は段階を踏んで伝えるということらしい。

6

——はい。藤野葉月が動いています。普通人を巻き込んでいるようです。赤城錠一郎と、もう一人です。藤野葉月とは、二十数年前に高校の同級生だった二人ですね。

ええ、トロミロはその三人のいずれかが持っているか、あるいは隠し場所につながる手掛かりを握っているかと。先日、私が世話している者が勇み足で赤城のところへ行ってしまいまして。役に立ちたいと思って行動したようなので、許しましたが……。今後も駒として使うつもりです。その程度には使えるでしょう。

監視はしています。ああ、動き出したようです。では、このあたりで……。

はい。

「ランガに永遠を」

7

薄曇りの蒸し暑い夜、東京の西にある南武大学。人影のないキャンパスの並木道を、錠一郎と礼司は歩いていた。

弥生からのメッセージは、今日の夜十一時に南武大学の農学部へ来てほしいという意味だろう。

今日は終電の時間を考慮して、錠一郎のスズキ・カタナに二人乗りでやってきた。バイクは、裏門から入った近くの工学部裏に駐めている。この時間、キャンパスの正門は閉まっているが、実験で遅くなる研究者や学生のために裏門が深夜まで開いているのは昔から変わらなかった。

「ていうか礼司、免許取ったっつうのに、なんで自分のバイク持ってねえんだよ」

「いいじゃんか、久しぶりにお前と二ケツできて楽しかったぜ」

「ったくよお……。そういや俺のバイク、最近ちょっとキャブの調子がイマイチでよ。今度、青葉モータースで点検してくんねえかな」

青葉モータースは、礼司の実家のバイク屋だ。

「いつもごひいきに」

並木道の両側に建つ校舎に、灯りはほとんどついていない。七月も半ば、夏休みに入った学生も多い時期の夜だ。錠一郎たちの他に、歩く者の姿はなかった。

七月か、と錠一郎は妙な感慨を覚えた。

一九九九年七月。ノストラダムスの予言が外れたことがはっきりした後、錠一郎はこの南武大学の農学部を受けようと決めたのだ。

病床の祖父に、合格の報告が間に合ったのは救いだった。祖父は戦後すぐの頃、南武大の近くで暮らしていたことがあるらしく、そうかそうかと嬉しそうにしていた。それからほどなくして、祖父は二十世紀の終わりを待たずに逝った。もらった命を俺は十分に使い切ったと、祖父は満足そうに笑っていたものだ。

進学した錠一郎は、四年後には大学院の修士課程に進んだ。しかし研究室の教授は、前職が農林水産省の官僚だけあって何より規律を重視する人物で、表向き真面目になっても本質的には高校生の頃と変わらない錠一郎と決定的にそりが合わなかった。それもあって結局、博士課程への進学はかなわず、錠一郎は研究者への未練を残しつつも就職したのである。

やがて錠一郎と礼司は、農学部の建物前に着いた。すべての窓から灯りは消えている。昭和時代に造られた建物の外見は、錠一郎の在籍当時と変わらないように見えた。とはいえ、さすがにセキュリティ面は進歩したようだ。かつては夜中でも自由に出入りできたものだが、正面エントランスには鍵がかけられていた。

腕時計を見ると、十一時の五分前だ。

礼司が呟いた。

「夜中の大学って、学生の頃はなんとも思わなかったけど、薄気味が悪いな」

言わんとすることは、わからないでもない。だがそれよりも今の錠一郎は、弥生と二十数年ぶりに会うことに怖さを感じていた。

どうしたというのだろう。この前の同窓会では、彼女が来ているかもしれないと期待に胸をふくらませていたのに。

しばらく無言の時間が続いた後、しびれを切らしたように礼司が再び口をひらいた。

「来ねえな」

いつの間にか、腕時計の針は十一時を回っていた。誰も来る気配はない。街路灯がまばらに照らす道の向こうにも、人の姿は見えなかった。

――いっそ、来なくても。

そんなことを考えている自分に錠一郎は気づいた。

いったい、俺は何をそんなに恐れているんだ？

「久しぶり」

ふいに背後で声が響き、錠一郎と礼司は振り返った。

視線の先に、少し戸惑ったような表情の女性が立っていた。

黒のブラウスに、黒のロングスカート。まるで喪服のような服装は、半ば闇に溶け込んでいる。

その顔はまぎれもなく、高校三年の夏から二十数年間忘れられずにいた相手、遠く去った青春の象徴といってよい少女――藤野弥生のものだった。

第二章　我々は何者か

1

潮風が、頬を撫でていく。

接岸した輸送船の甲板からは、南国の太陽を浴びて瑠璃色にきらめく海面が見えた。その向こうに、いくつもの緑の島々と珊瑚礁。

ここは西太平洋、カロリン諸島中部に位置するトラック諸島。大日本帝国海軍の一大根拠地である。

やがて準備が整った旨の知らせがあり、甲板で待っていた十人ほどは、順番に舷梯《げんてい》から埠頭へ降りていった。皆、トラック諸島に在泊中の艦艇や、島内の基地に転属するためこの船に便乗してきた帝国海軍の士官である。帆布の荷物袋を白い第二種軍装の肩にかけた樺山茂《かばやましげる》軍医大尉《だいい》も、その後について船を降りた。

照りつける南国の太陽が、ひどく眩しい。埠頭のコンクリートからは熱気が立ち昇っている。湿気を含んだ大気の温度は、三十度を超えているだろう。

埠頭には、紺色の九五式小型乗用車、通称くろがね四起が何台か駐まっていた。出迎えの声が聞こえてくる。

「第四艦隊参謀、佐藤《さとう》少佐はおられますか」

「二十一航戦、台場《だいば》中尉は」

今は、昭和十七年（一九四二年）六月。米英を向こうに回した大戦争が始まって、既に半年。帝国陸海軍は破竹の快進撃を続けており、戦前の想定を上回る範囲を手中に収めていた。作戦は第二段階に入り、いずれはハワイやオーストラリアも占領、などという威勢のよい話も聞こえてきている。

――しかし、そうはいかない。歴史上、そこまでうまくいった戦争はないのだ。そろそろ、足踏みする時期が来る。次々に車へ乗り込んでいく士官たちを眺めつつ、樺山は乾いた思いを抱いていた。

ほとんどの車が走り去った後、一台だけ残ったくろがね四起から樺山に近づいてくる若い二等兵曹がいた。

兵曹は樺山の肩につけられた階級章を見ると、敬礼して言った。

「樺山軍医大尉でおられますか」

お迎えに上がりましたと続ける兵曹は、樺山の顔をまじまじと見つめていた。そうした視線には、慣れている。答礼を返した樺山を車の後部座席に案内し、兵曹は運転席に回った。

車が走り出した後も、兵曹は運転しながらバックミラーの中の樺山をチラチラと覗き見ていた。軍医大尉にしてはかなり若く見えるであろう樺山の、外国人の血が入ったような彫りの深い顔立ちが気になっているのかもしれない。

樺山は軽い悪戯心を覚え、何げない調子で訊ねた。

「私の顔が気になるか」

ミラーの中の兵曹と、目を合わせる。

「え？　あ、いえ……そういうわけでは」

兵曹は口ごもり、目を逸らした。

ちょっと、悪いことをしてしまったか。意識して口調をやわらげ、樺山は言った。

「三百年くらい遡っても、日本人だよ。童顔なのでね、せめてもと思って髭を伸ばしているところだ。変かな」

「似合っておられます」

兵曹は視線を前に向けたまま、遠慮がちに答えた。「しかし潜水艦に乗られるのですから、どのみち髭を伸ばすことになるかと」

「そうか。うっかりしていたな」

樺山が笑ってみせると、兵曹はほっとしたようだった。間を置かず、訊いてくる。

「先ほどのお話ですが、ずいぶん昔のご先祖様までご存じなのですね」

「まあ、そうだな」

「三百年ですか。それより前は」

「さあ、どうだろうね……」

海に視線を遣りつつ、曖昧に答える。ふと、ここに来るきっかけになった出来事を思い出した。

海軍省人事部の、楠田《くすだ》中佐という人物に呼び出された時のことだ。


三週間前、海軍省。

樺山が帽子を取って入室すると、簡素な執務机の向こうに、中佐の階級章をつけた男が座っていた。中佐のわりに若く見えるが、それを補うためなのか、明治の軍人ふうの豊かな髭を生やしている。微笑を浮かべている一方、眼光は鋭かった。

上体を曲げて礼をし、官姓名を告げながら、この男に会うのは久しぶりだと思った。前回はだいぶ昔、この組織ではないところで、相手の名前も違っていた。

その相手——今は海軍人事部の楠田中佐を名乗っている人物は、少しくだけた口調で言った。

「君は相変わらず若いな。いや、皮肉ではないよ。舐められぬよう、髭でも生やしたらどうだ。前はそうしていたじゃないか」

「昔のことです」

その時の樺山は、髭を綺麗に剃っていた。やや声を潜め、中佐が続ける。

「しかし、我々頭痛持ちには面倒な時代になった」

それを聞いた樺山が周囲を見回すと、中佐は「防音は大丈夫だ」と言った。そこへかけたまえ、と机の向かいにある椅子を手振りで示してくる。

「珈琲は飲むかね」

つい、ポットへ視線を向けてしまった。珈琲は、樺山の好物である。砂糖は入れない。一瞬、何年も前の情景が頭に浮かんだ。レンガ造りのモダンなカフェで飲む珈琲の、馥郁《ふくいく》たる香り。そして、目の前で静かにカップに口をつけていた女性……。

「遠慮はしなくて結構」

楠田中佐は、従兵を呼ぶことなく自らの手で二杯のカップに珈琲を注いだ。「旨いぞ。米軍から鹵獲《ろかく》した品が回ってきた。おい、いつまで立ってるんだ。早く座りたまえ」

「はっ、それでは。頂戴いたします」

椅子に腰掛け、珈琲をすする。黒檀のような色をしたその液体は旨かった。

「さて。新しい仕事について、事前に少しは聞いてきたかね」

「いえ……何も」

「『評議会』の秘密主義も、相変わらずだな」

「私は兵隊のようなものですから。命じられたことをおこなえばよいと理解しています」

「ものわかりがいいな」

にやりと笑い、中佐は言った。「兵隊といっても、今の貴官は帝国海軍の士官だ。今回は、軍医大尉として任務についてもらうことになる」

「軍医、ですか」

「貴官は、医療の知識はあるな。経験上、ないとは言わせないが」

意味ありげに言った中佐に、樺山は「まあ、経験上は」と答えたが、頭の中ではややこしいことに巻き込まれそうだという警報が響きはじめていた。

「ならば、大丈夫だ。経歴の書き換えなどはこちらでやっておく。それほど面倒な状況にはなるまい。心配しなくていい」

「はい」本当だろうか。

「ここからが具体的な話だ。評議会の方針に反旗を翻す者がいるというのは、聞いたことがあるかね」

「噂では」

「このご時世に、困ったものだよ。いや、このご時世だからこそなのか。とにかく、評議会の調査担当が、帝国海軍の部内に妙な動きを察知したそうだ」

「妙な動き、といいますと」

「第六艦隊の潜水艦に、長距離偵察任務が急遽命じられた。南太平洋の某島を偵察する任務だが……どうやら、君も私も、よく知っている場所のようなのだ」

楠田中佐は、島の名を小さく口にした。

――まさか。

それは南太平洋と聞いた時、まっさきに頭に浮かんだ島の名前だった。

一段と声を落とし、中佐は言った。「目的地は、まだ乗組員にも知らされていない。出航後、命令書を開封して初めて知らせることになっているそうだ。君には、その潜水艦――伊号第一二六潜水艦に軍医長として乗り込んでもらう」

「了解しました。伊一二六というと、伊一二一型機雷潜ですか」

帝国海軍の潜水艦は大きさによって伊号、呂号、波号と分けられており、伊号は大型潜水艦を指す。伊一二六は、機雷敷設を主な任務として建造された伊一二一型潜水艦、通称「機雷潜」の六番艦だ。

「そうだ。ただ、伊一二六は機雷格納庫を燃料タンクに改装している」

楠田中佐の説明によれば、飛行艇でハワイを偵察する「第二次K作戦」に備え、洋上で飛行艇に給油できるように改装されたのだという。第二次K作戦は中止となったが、タンクを増設していたため長距離偵察任務へ転用されたわけである。

しかし、作戦計画に口を挟めるほど海軍の上層部に浸透している者とは、何者なのか。

そのことを訊ねると、中佐は答えた。

「立案したのは、『鳥人《ちょうじん》』の連中だと思われる。彼らは帝国の中枢にまで入り込み、今ではさる宮家も動かせるほどの立場になっているようだ。第六艦隊の司令長官は元皇族の小松《こまつ》中将ということで、今回もその宮家の口利きがあったらしい。出航前に察知できたのは幸運だった」

「どうやって察知したのですか」

「そこは私も知らされておらん。何はともあれ、評議会としては大慌てで君を送り込むことにしたわけだ。君は、この手の任務が得意だったな」

楠田中佐は、また少し声のトーンを落として訊いてきた。中佐は、評議会が裏でおこなっている仕事に以前から樺山が関わってきたことを知っている。

「ええ、まあ……。それで、私は何をすべきなのでしょう」

「偵察任務自体は、今さら止められん。だが、裏に隠されたものがあるはずだ。君には、それを突き止めてもらいたい。出航後は、君自身の裁量で動いてかまわん。君は軍医長だから、艦長直属の部下ではなく、上部組織である第六艦隊司令部附という立場だ。艦内でも比較的動きやすいだろう。目的達成のため、必要な対応を講じてくれ」

必要な対応とは具体的に何を指すのか、中佐は明言しなかった。いわゆる鳥人の一味を見つけた場合、相手をどう扱うべきだろうか。彼らに対しては、こうした任務でありがちな方法を取るのが難しい。

それでも、やるしかあるまい。

「了解しました」

樺山が答えると、楠田中佐は満足そうに頷いた。

説明は終わりのようだ。中佐は壁の時計に目を遣った。

退室すべき時なのだろう。樺山は残りの珈琲を飲み干した。

「少し、君がうらやましいような気がするね。また彼《か》の地に行けるのだから」

中佐は言った。悪気のない口調だった。

「そうでしょうか」

本当に、中佐はうらやましいと思っているのだろうか。自分にとってそこは、呪われた土地でしかない――。


「見えてきました」

兵曹の声が、樺山を回想から引き戻した。

くろがね四起は、先ほどとは異なる埠頭に近づいていた。一隻だけ停泊している潜水艦の前まで進むと、そこで停車する。

濃いねずみ色に塗られた艦体の中央部から、のっぺりとした艦橋構造物が突き出していた。前部甲板には、水上航行中に敵を攻撃するための十四センチ単装砲が備えつけられている。艦の後部では、機雷格納庫を改装したタンクに燃料を積み込んでいる最中のようだ。

その潜水艦こそ、樺山が着任する伊一二六だった。

車を降りた樺山に、兵曹は「ご武運をお祈りいたします」と敬礼し、また車に乗り込んで去っていった。

長い時の流れの中で、ほんの一瞬出会っただけの相手ではあるが、彼が無事に国へ帰れることを樺山は祈った。

それから樺山は艦に近づくと、舷梯脇の立哨に来意を告げた。

「伊一二六潜、軍医長に転属を命ぜられた樺山軍医大尉だ。乗艦許可を願いたい」

渡し板に毛の生えたような舷梯を伝い、潜水艦の狭い甲板に上がる。さざ波が艦をわずかに揺らしているのが感じられた。

埠頭の反対側には、環礁を利用した泊地の海面が広がっている。青く光る海は、泊地の出口から向こう、外洋では濃紺へと色を変えていた。

その先の、はるかな南太平洋に、あの島がある。緑色の閃光を放って海に沈む夕日の記憶が、頭をよぎった。

近頃は、あまり心が動くようなことはなかった。しかしあの島へ向かうとなれば、妙に胸がざわつく。

耳元に、楠田中佐の声が再びよみがえってきた。この艦が向かう先について、中佐はどこかなつかしむように口にしていた。

『伊一二六の目的地は――イースター島だよ』

トラック諸島を出航した伊一二六潜水艦は、日本軍が占領し前進基地としている中部太平洋のマキン環礁で最終的な補給を受けた後、針路を南東へ取った。

目指すイースター島は、南太平洋のポリネシアと呼ばれる地域の東端にあたり、南米のチリからは三千七百キロメートル、最も近い有人島からも二千キロメートル以上離れた絶海の孤島である。乗組員たちは長距離の航海になるとは予告されていたが、実際の目的地を知らされたのは出航後のことだった。

伊一二六は、水上航行で先を急いでいる。昭和十七年現在の潜水艦は常に潜航しているわけではなく、速度も水上のほうが速い。

マキン環礁から先、イースター島まではるか九千キロメートルの道のりには、途中わずかな島があるだけだ。連合軍の勢力圏とはいえ、戦線に遠く民間航路からも離れている海域に敵も戦力を残しておく余裕はないはずで、堂々と水上航行を続けていけるのではという期待もあった。

だがしばらくすると、二日に一度は敵艦と思しき影を発見するようになった。その都度、急速潜航でやり過ごす羽目になっている。どうやら、敵はこの辺鄙な海域にも艦艇を配置し、哨戒網を敷いているらしかった。敵がなぜそうした対応を取っているのかはわからないが、艦内の空気は徐々に緊張の度合いを増している。

そんな中、狭い士官室では上級士官による定例の会議がおこなわれていた。参加者は艦長、水雷長、航海長、機関長、そして軍医長の樺山である。

水上航行中であってもほとんど換気のできない潜水艦内の温度は、常に三十度を超えている。真水使用も厳しく制限されており、当然風呂などはない。乗組員たちの髭面には垢が層をなすほどにこびりつき、今も士官室には汗の臭いが充満していた。

航海長が言った。

「現時点で航海は予定より一日遅れていますが、挽回は可能です。これ以上、敵に出会わないといいんですが」

「しかしイースター島ってのは遠いねえ。ドン亀にはしんどい任務だ」

機関長がぼやく。足の遅い潜水艦のことを、乗組員は自虐的にドン亀と呼んでいた。

「会議の度にそうおっしゃいますね」

水雷長が反応する。苦笑した機関長は、続けて「そんな島に、何があるんだか」と呟いた。

「たしか、なんとかいう石像が立っていたと思いますが……」と、航海長。

モアイ像は、一般にはそれほど認知されていない。石像の存在を知っているだけでも、航海長が広範な知識を持っていることがうかがえた。

「それにしても、よくそんなとこまで行かせる気になったもんだ」

この疑問も、機関長が毎度口にすることだった。潜水艦の乗組員は小所帯ゆえ独特の連帯感があり、話し合いの仕方も率直だ。

艦長は、機関長と同様に苦笑しつつ、あらためて説明を始めた。

「前にも伝えたように、今回の任務は今後の第二段作戦に向けた準備として計画されたものだ。第二段作戦については、諸君もある程度は知っているだろう」

前年の昭和十六年（一九四一年）十二月、真珠湾攻撃やマレー半島上陸などにより開始された第一段作戦は、フィリピン、マレー、ジャワなど重要資源地帯の攻略が目的であり、帝国陸海軍は概ね成功裏に作戦を完了した。これに続くものとして計画されたのが第二段作戦であり、アメリカとオーストラリアの連絡遮断、最終的にはハワイ占領までもが目的に含まれている。

ハワイ攻略と時を同じくして南太平洋においてもイースター島を攻略することが計画されており、伊一二六の任務はその事前偵察でもあるという。

「軍令部にいる同期に聞いた話では、五年ほど前、チリ政府が我が国にイースター島の購入を打診してきたことがあったそうだ。買っておけば何かと役立っただろうな」

「まったくですね」何人かが、同意の声を漏らす。

そのことなら樺山も耳にしていたが、本来であれば知り得ない話である。樺山は初めて聞いたように驚いた表情を装いつつ、居並ぶ上級士官たちの顔をそっと盗み見た。

海軍省人事部の楠田中佐によれば、今回の任務は「鳥人」の連中が仕組んだものらしい。それゆえ、伊一二六には鳥人の誰かが乗り込んでいるか、あるいは作戦中に洋上で収容するのではと樺山は想定していた。

そこで樺山は着任後すぐに、軍医長としての立場を利用して乗組員全員の身体計測を実施した。艦内に鳥人が潜入していれば、この段階で気づいただろう。鳥人を含め、自分や楠田中佐のような種類の人間は、今までに必ず会っているはずなのだ。そして自分たちは、一度会った相手の顔をまず忘れることはない。それなのに、誰一人として見覚えのある人物は存在しなかった。途中のマキン環礁で新たに乗り込んできた者もいない。

もしかしたら、鳥人の連中は普通人の協力者を使っているのかもしれない。そうだとすれば、乗組員の誰だ？　ここに並ぶ上級士官の中にいるのか？

まだ、なんの証拠も見つけ出せていない。樺山はふと濃い珈琲が飲みたくなった。

「軍医長からは何かないか」

艦長が話しかけてくる。いえ、特にと返事をした後、樺山は壁の時計を指して言った。

「もうじき日本時間で正午になります」

「そうだな。司令部へ定時連絡の時間だ。今日はここまでとしよう」

艦長は、定時連絡の際には発令所に必ず在席するようにしていた。手元に広げていた資料をまとめ、棚に仕舞っている。

その棚に、艦長は鍵をかけていない。そればかりでなく、自らの部屋である艦長室にも鍵をかけることはなかった。乗組員をよほど信頼しているのだろう。

その時、士官室の扉を叩く音が響いた。艦長が返事をする。

「わかっている。すぐに行く」

艦長が言い終わらぬうちに、扉の向こうから控えめだが緊迫した声がした。

「艦橋より報告。敵艦らしきもの見ゆとのことです！」

その場にいた全員が顔を見合わせ、立ち上がった。

主機械室へ向かった機関長を除く上級士官が、発令所に入る。艦長は発令所の中央に陣取り、ただちに総員戦闘配置を下令した。

ブザーが鳴り響き、艦内のあちこちから乗組員が慌ただしく配置につく音が聞こえてくる。樺山の本来の持ち場は医務室だが、負傷者が発生していない状況であるため発令所の隅で様子を見守ることにした。咎める者はいない。

艦橋の見張りから、報告が入った。

「敵艦は一隻のみ、米海軍、クレムソン級駆逐艦と認む！　方位三〇〇度、距離五千。本艦の針路上、左舷前方から右舷前方へ横切ろうとしている」

「急速潜航用意」艦長が重々しい声で命じた。

その指示が、すぐさま伝達されていく。

ものの一、二分で潜航準備は完了したようだ。先任士官である航海長が、艦長に報告した。

「ハッチ閉鎖完了、急速潜航用意よし」

「宜しい。急速潜航はじめ。機関両舷停止。ベント開け」

「きゅうそくせんこーう」

艦長の指示が復唱される中、それまでけたたましく聞こえていたディーゼルエンジンの音が小さくなっていった。動力を、潜航時に使用する蓄電池に切り替えたのである。

潜水艦の艦体は、乗員区画である内殻と、それを覆う外殻の二重構造になっている。その間にあるメンタンク（メインバラストタンク）に海水を貯めることで潜航、貯めた海水を圧縮空気で排出することで浮上するのだ。

やがてメンタンクに海水が流れ込み、その重みで艦は潜りはじめた。甲板が波に洗われる、ざざあ、という音が頭の上から聞こえてくる。

「深さ十、両舷前進微速、針路そのまま」

艦の前方が傾斜するのがわかった。かなりの下げ角だ。樺山は手近なパイプにつかまった。

「潜舵戻せ」

艦長は次々と指示を下している。「魚雷戦用意。一番から四番発射管、装塡準備」

潜航して敵艦をやり過ごすにせよ、発見された場合に備える必要があるということだ。

しばらくして、艦体の前傾姿勢は収まった。艦は、ごく低速で進んでいる。動力が蓄電池に切り替わった後の艦内は、きわめて静かだ。

艦長が命じた。

「潜望鏡上げ」

発令所中央に据えつけられた、胴回りほどもある潜望鏡が動き出す。潜望鏡がある程度上昇したところで停止すると、艦長はその両脇に突き出したハンドルを握った。略帽を後ろ向きに被りなおし、接眼レンズを覗いた艦長が、潜望鏡を左右に振って敵影を探す。

数秒後、艦長は呟いた。

「いたぞ。たしかにクレムソン級、一隻だけだ。周囲に船影なし。方位三一〇度。距離……四千。本艦の針路上、十一時方向から一時方向へ横切ろうとしている。こちらには気づいていないな。聴音どうか」

潜水艦の耳、聴音機を操作する聴音室から伝声管を通じて報告が入った。「他に音は聞こえません」

「ということは他の船の護衛ではなく、哨戒か。敵はこの海域を相当気にしているようだな」

「妙ですね」艦長の隣で海図台を睨みつつ、航海長が答えた。

「まさか、狙いはこの艦じゃないだろうな……。まあいい、とりあえず今は目の前の敵だ」

「いっそ、食いますか。相手は旧式艦が一隻だけ、横っ腹を見せている状況です」

航海長の進言を、艦長はほんの一瞬呑むべきか考えたようだが、すぐに却下した。

「いや。この海域に我々がいると知られるのはまずい。今回もやり過ごそう」

樺山はふと、壁面に取りつけられた寒暖計に視線を送った。艦内の温度は、三十五度を超えている。壁面には、艦内と海水の温度差により無数の水滴が現れていた。

汗が、頭の脇を伝ってくる。その汗が目に入り、樺山は顔をしかめた。

突然、潜望鏡を覗いていた艦長が言った。

「敵艦、針路を変えた」

冷静な口調に、緊迫感が滲んでいる。「本艦に向かってくる。深さ五十まで潜れ。速度三ノットに上げよ」

艦長は矢継ぎ早に指示を出すと、潜望鏡を下げた。これ以上の深さに潜ると、潜望鏡は使えない。ここからは、聴音機で聞き取る敵艦のスクリュー音だけで判断することになる。

「敵艦の航走音に変化！」

聴音室から再び報告があった。「増速しているようです」

発見されたのだろうか。艦内に緊張が走る。すぐさま艦長の指示が飛んだ。

「取り舵。針路三一〇度。深さそのまま、速度五ノットに上げ。最大戦速即時待機」

「艦長、それでは敵艦に真っ正面から」

心配そうな声を出した航海長に、艦長は言った。

「かまわん。敵の真下を突っ切る」

航海長は驚いた顔をしたが、すぐに艦長の意図を察したらしい。補足する指示を各所に下しはじめた。

「爆雷防御。各部、水密扉閉めよ」

敵艦の行動は、伊一二六を発見した可能性が高いことを示している。こちらへ向かうことで、雷撃を断念させようとしているのだ。おそらく敵は、伊一二六が雷撃に有利な位置を取りなおすため離れていくと考えているはずだ。

だが、艦長はあえて真っ正面から敵に突進する決断を下した。もとより伊一二六に雷撃の意図がない故にできることだ。うまくいけば敵艦の真下ですれ違い、そのまま離脱できる。

蒸し暑く淀んだ空気の中、皆が息を潜める。艦体が、最大水中速力の六・五ノットで海水を切り裂く音だけが響いていた。

奇妙な交響楽に、少しずつ不協和音が混じりはじめた。敵艦のスクリュー音だ。敵艦との距離がぐんぐんと縮まるにつれ、それは明確に聞き分けられるようになってきた。

爆雷による攻撃があるとすれば、すれ違った直後だ。

今ごろ聴音室では、ヘッドホンを被った聴音員が目を瞑り、爆雷の着水音を聞き取るべく集中しているにちがいない。

他の皆は、天井を見上げていた。すぐそこに、敵がいるかのように。

「敵艦、直上」

聴音室から、囁くような声で報告が入る。

樺山は、ふと思った。

アメリカにも自分や楠田中佐と同様の連中はいる。今は連絡を取りづらくなっているが、自分のように軍に入った者もいるだろう。上を通り過ぎていく敵艦に、連中の誰かが乗っていたとしたら。

——まったく、いつまでこんな馬鹿げたおこないに付き合わされるのか。

樺山は、いつの間にか胸のポケットに手を遣っていたのに気づいた。そこに収めた手帳には、一枚の写真を挟んでいる。自分は、緊張しているのだろうか。所詮は俺も人間ということか。

やがて、敵艦のスクリュー音は小さくなっていった。爆雷も、降ってくることはなかった。

「敵艦、遠ざかる」

しばらくして入った聴音室の報告は、明らかに安堵した口調だった。張り詰めていた糸が切れたように、多くの者がため息をついた。

樺山は胸ポケットから手帳を取り出し、挟んであった写真をそっと半分だけ引き出した。

そこには、大きな瞳でふっくらとした唇の、長い髪の女性が写っていた。


敵艦は十分に遠くへ去ったと見極めた艦長が戦闘配置を解除すると、樺山は発令所を出た。医務室に戻る前に、艦内をざっと見回っていくことにする。

通路には長距離航海に備え、貯蔵庫に収まりきらなかった缶詰などの箱や米袋が至るところに積まれている。身体をよじってそれらの間を抜けていき、艦の後部、機雷格納庫に入った。改装し、燃料タンクを増設した場所だ。

ひと気のないその区画に、頭を押さえてうずくまる人影があった。

狭い艦内にひしめき合う乗組員の数はそれほど多くはなく、顔は全員覚えていた。やや面長で団子鼻のその男は、樺山同様、今回の作戦にあたり乗り組んできた人物だ。目的地の偵察要員として海軍水路部から派遣されてきた士官で、松島《まつしま》中尉といったか。水路部とは、海象・気象観測や測量などを担う海軍省の外局である。

松島中尉は目的地に着いて実際に偵察活動を始めるまで仕事がないため、艦内の補助的な作業を任されていた。具体的には、増設された燃料タンクの残燃料確認や点検整備であり、戦闘配置の際にはここが持ち場になっている。

松島は、緊張のあまり気分が悪くなったのだろうか。樺山は声をかけた。

「大丈夫か」

「申し訳ありません。ちょっと頭が痛……ふらついただけです。戦闘配置が解けたので、休憩に戻ります」

松島はそう言って無理に笑うそぶりを見せると、去っていった。

樺山は、その背中を見つめつつ思った。あの男に会うのは今回の航海が初めてのはずだ。だが。

松島がうずくまりながら押さえていたのは、右耳の後ろだった――。

2

錠一郎と礼司の前に現れた、黒い服で全身を包んだ女性は、二十数年前に突然姿を消した藤野弥生その人だった。

建物のあいだから弱い風が吹きつけ、昔より短くなった彼女の髪をふわりと揺らす。

だが、変わったのは髪型くらいか。長い睫毛の下、大きな瞳が、よく見ると微かに茶色がかっているのは昔のままだった。ふっくらとした唇も、艶やかな髪からはみ出した耳も。

そうだ、俺はあの耳のかたちが好きだったんだ。

なつかしい記憶が、次々によみがえってくる。

脳裏をよぎる映像が再び目の前の女性に重なった時、錠一郎は自らが恐れていたものの正体を知った。

——どうして、弥生はあの頃のままなんだ。

昔と変わらない、ほんのり焼けたような色の肌には、しみもくすみも見当たらない。自分と同じだけの時間を過ごしてきたとは思えなかった。

何か未知の存在を前にしているような、畏怖にも似た感情を覚える。まさか、あれほど会いたかったはずの弥生を前にそんな気持ちになるとは。俺が恐れていたのは、これなのか。

「驚かせてごめんね」

弥生が、静かに言った。やはり、昔と変わらぬ声だった。

「いや……大丈夫だ。久しぶりだな」

錠一郎は、必死で冷静さを保ちつつ答えた。とはいえ、頭の中では疑問が渦を巻いている。

「ホント、久しぶりだね。なんか赤城くんも青葉くんも、まるくなった感じ」

「そりゃあ、もうオッサンだからな。こいつは物理的にもまるくなったけど」

錠一郎は、驚愕の表情のまま固まっている礼司を指して言った。そこでようやく我に返ったらしい礼司が、「おい」と片手で突っ込みを返してくる。

「そのやりとり、昔みたい」

弥生は小さく笑った。「来てくれてありがとう。あの映画のネタ、よく覚えてたね」

「忘れるわけねえだろ」

錠一郎は、そう口にしてから少し照れくさくなった。

「面倒なことをさせちゃったね。でも、確かめる必要があったの。本物の赤城くんと青葉くんなら、あれでわかるかなと思って」

「そうか……。なあ、訊きてえことがたくさんある」錠一郎は言った。

「それはそうだよね。でも、今は先にお願いを聞いてくれないかな」

「お願い？」

「赤城くん、この大学に通ってたんでしょ。建物の中を案内してほしいの。ちょっと古い資料を探してて、ね、赤城くんの記憶力が頼りなんだ。学生時代のこと、覚えてるでしょ」

「……？　いや、まあ、そりゃあ多少は覚えてるけどよ」

なんのことかわからず、錠一郎が答えに詰まっていると、エントランス扉に手をかけて礼司が言った。

「んなこと言っても、鍵かかってて入れねえぜ。……ていうか、普通に昼間来りゃあいいだろ。なんでこんな夜中に来させたんだよ」

「不思議に思うのは仕方ないよね。だけど、理由があるの」

そうして弥生は「一緒に来て」と歩き出した。錠一郎は礼司と顔を見合わせた後、彼女についていった。

弥生は農学部の建物を囲むクスノキの列に沿って進んでいき、正面入口から半周したところで立ち止まった。窓のないスチール扉の前だ。通用口である。

「どうする気だよ」

錠一郎の問いかけに軽く首を傾げた弥生は、あたりをすばやく見回した。防犯カメラの存在を確かめたようだ。しゃがみこむと、服のポケットから何かの道具を取り出し、扉に細工を始めた。

「お、おい……」

弥生は見事な手際で、あっさりと施錠を解いてしまった。スチールの扉をぎい、と開ける。

「大丈夫。防犯システムは切ってあるから」

「って、何やってんだよ」

弥生の行動の意図が、まったくわからない。

「案内して。探してる資料っていうのはね――」

弥生の動きがふいに止まった。緊迫した様子で、視線を周囲に巡らせている。

「どうした？」

「ごめんね。やっぱりまた今度。二人とも、急いでここから離れて！」

そう言ってすぐに、弥生は扉の向こうへ駆けていった。建物の中、暗い廊下を走り去っていく。

呆然としていると突然、クスノキの陰から二人組の男が現れた。一人は黒いスーツ、もう一人は腕の筋肉を見せつけるようなタンクトップ姿だ。

誰もいないと思っていたのか、男たちは少し驚いているようだ。そのうちの一人、スーツの男には見覚えがあった。以前、家の近くで待ち伏せていた金髪のチンピラだ。相手も、錠一郎に気づいたらしい。

「てめえか」

金髪は目つきを鋭くして言った。「てめえのせいで、兄貴にヤキ入れられたぜ」

「……何言ってんだ？」

錠一郎の問いは無視して、金髪はいきなり訊いてきた。

「女はどうした」

「あぁん？　知らねえな」

錠一郎は目一杯ガンを飛ばして答えた。相手の言動に、昔の血が抑えきれなくなっていた。

金髪は睨み返してきたが、今やりあっている暇はないと判断したのだろう。どけ、と錠一郎と礼司を手で押しのけ、建物に入っていこうとする。

こいつらを、通すわけにはいかない。錠一郎は直感的に思った。

弥生がなぜ逃げているのかはわからないが、彼女に危害を加えそうな相手は何がなんでもブチのめす。仮に弥生が犯罪者で、彼らが警察だとしてもかまわない。

「待てやオラァ！」

背中を見せた男たちに声をかけるや否や、その片方、金髪の足をめがけてスライディングをかます。サッカーであればレッドカード確実な、足裏を思い切り相手のふくらはぎに向けた危険なスライディングだった。手加減などしない。ルール無用の、久しぶりの喧嘩に全身が燃えるように熱くなっていた。

もんどりうって倒れた男は、顔を床にしたたか打ちつけた。もう片方のタンクトップ男が振り向くと、立ち上がった錠一郎に「てめえ！」と叫び大振りで殴りかかってくる。

その顔をめがけ、長い腕がすっと伸びていった。拳がタンクトップ男の顔面にめり込み、男が倒れ込む。

男を殴り飛ばしたのは、礼司だった。もとから厳つい顔が、極限まで厳つくなっている。それは昔よく見た、頼もしい顔でもあった。こいつも久々に全開らしい。

と、礼司は「おぉ、痛え」と手のひらをぶらぶらさせた。

「やだなあ、喧嘩。おっかねえったらねえよ」

「バカ、後ろ！」

錠一郎は叫んだ。

タンクトップ男が頭を振りつつ起き上がってきている。顔を打った金髪も、立ち上がっていた。

二人とも鬼の形相だ。「てめえらぁ！」と怒鳴りながら突進してくる。

錠一郎と礼司は、一瞬だけ視線を交わした。

「やってやんよ！」

「ああ、いやだ。しようがねえなあ」

二人は、突っ込んでくる相手をカウンターパンチで迎え撃った。錠一郎の相手は金髪、礼司はタンクトップ男だ。

喧嘩の仕方は、身体が覚えていた。自転車の乗り方を忘れないようなものだ。ただし、乗り方自体は忘れていなくとも、歳を取った身体がついていかないのも自転車と同じだった。昔同様のフォームで繰り出したつもりのパンチは、イメージしたよりも小ぶりな軌道を描いた。四十肩で、肩の可動域が狭まっているのを忘れていたのだ。咄嗟に軌道を修正し、なんとか金髪の頰にはヒットした。

同時に、肩に激痛が走る。

——痛ぇ。

すぐ横では、礼司のパンチを再び顔面へ食らったタンクトップ男が床にのびている。体重が増えた分、昔よりさらに威力が増したのだろう。

しかし、金髪はまだ立っていた。錠一郎のパンチは、やはりパワーが足りなかったようだ。

金髪がにやりと笑い、錠一郎は苛立ちを覚えた。

こんなチンピラ、昔なら一発ＫＯだったのによ。情けねえな。

助太刀に来ようとする礼司の姿が視界の隅に見えたが、錠一郎は片手を上げて大丈夫だと伝え、自ら金髪に向かっていった。

またパンチで攻撃してくるのだと思っていたらしい相手は、虚を衝かれたようだ。

錠一郎は両手をすばやく差し出すと、金髪の頭を抱え込み、自分の頭を後ろへ反らせた。その直後。

「うおりゃあああ！」

裂帛《れっぱく》の気合とともに、フルスイングで前頭部を相手のおでこにぶち当てる。ガン、という鈍い音が頭の中に響き渡った。久しぶりに繰り出す必殺の頭突き《チョーパン》だ。

次の瞬間、金髪の身体から力が抜けるのがわかった。白目をむき、くにゃりと崩れ落ちる。

これで二人とも、しばらくは起き上がれないだろう。

ふう、と息をついていると、呆れ顔の礼司が横に立った。

「レッドバット！　久しぶりに見たぜ」

「もう髪赤くねえし。だいたいそれ、昔から礼司しか呼んでねえよ」

「そっかな？　ていうかお前さあ、この歳でやって、ここ平気かよ」礼司が、自分のおでこを指して言った。

「こんなもん、屁でもねえよ。……いてて」

錠一郎は、頭ではなく肩を押さえた。

「なに、もしかして……四十肩かよ」

礼司はなんだか嬉しそうだ。バレてしまったらしい。

「うっせえな。仕方ねえだろ、歳なんだから。そんなことより、弥生だ」

「ああ、そうだった。どこ行ったんだ」

「資料を探してるみてえなこと言ってたな」

南武大学の農学部には長い歴史があり、一階の奥の記念展示室には、農学関連の古い資料が保管されている。錠一郎も学生時代、整理を手伝わされたことがあった。二十年前の話ではあるが、そう変わりはしないはずだ。

いったい、弥生は何の資料を探しているのだろう。こんな夜中に忍び込むということは、それを盗み出すつもりなのか。

錠一郎と礼司は一階の廊下を覗きこんだが、人のいる気配はなかった。さっきの連中が来たため、弥生は他の場所へ逃げたのかもしれない。それにしても、なぜ追われているのか。

その時、どこか遠くで鉄の扉のようなものが開く音が聞こえた。

階段のほうからだ。その音は、学生時代にも聞いたことがある。

「屋上の扉だ！」

錠一郎は叫んだ。礼司とともに駆け出す。

五階建ての屋上へ通じる階段を、一気に上っていった。四階、五階と通り過ぎる頃には礼司が息切れしかけていたが、足を止めるわけにはいかない。

五階の上、階段の踊り場で折り返すと、屋上の扉が半開きになっているのが見えた。二人は扉を開け、屋上へ転がり出た。

「弥生！」

コンクリート敷きの屋上、端の手すりに寄りかかり、弥生が地面を見下ろしていた。こちらを振り返る。

「赤城くん、青葉くん……」

「さっきの奴らのことなら、心配ねえ」錠一郎は言った。

「心配ないっていうと？」

「まあ、あれだ。昔よくやってた」

錠一郎が頭突きをするそぶりを見せると、弥生は苦笑いを浮かべた。「赤鬼と青鬼か。相変わらずだね」

「どういうことなんだよ。あいつらは何者なんだ」

「相手が誰かもわからないのに、やっつけちゃったの？」

「そりゃあ、弥生を追っかけてたんだ。悪い奴にちげえねえだろ」

「やっぱり、変わらないね――」

弥生は、続けて何か言いかけたようだったが、口を閉じると視線を錠一郎たちの背後へ向けた。

錠一郎も、気配を感じて振り返った。開けっ放しの階段扉から、男が姿を現していた。先ほど倒した二人組とは、別の男だ。金髪野郎と同じような黒いスーツ姿だが、一つ異なるのは、男の手に大型の自動拳銃が握られていたことだった。

男の顔はやや面長で、団子鼻が目立った。

こいつは……あの男だ。弥生がSNSでつながっていた柏原宏という男。そして二十年前、学会でラパマイシンについて質問していた男でもある。

SNSの画像のとおり、男の見かけは二十年前とほとんど変わらなかった。

錠一郎は声をかけた。

「てめえ、何もんだ」

しかし、男は錠一郎を無視して弥生のほうへ向かっていく。

「おい、待てよ」

錠一郎は男の前に立ち塞がった。男が視線を弥生に据えたまま、拳銃の銃身を横に振る。どけということか。

「……ぁんだ、てめえ。どいてたまっかよ！」

錠一郎が叫んだ時、視界の隅で何かが動いた。目を向けると、弥生がすばやく柵を跳び越えたところだった。

その行動を予想していなかったのか、男の反応も遅れた。

柵の向こう側、屋上の端に立った弥生はこちらを向いて頷いたように見えた。

錠一郎は、背筋がぞくりと震えるのを感じた。掛けようとしていた声が、喉元で止まる。

そして次の瞬間。天を仰ぐように両腕を大きく開いた弥生は、後ろ向きにゆっくりと倒れ込み、錠一郎の視界から消えていった。

3

伊一二六潜水艦は、航海を続けている。

現在地は南太平洋、ピトケアン諸島の北東およそ千二百キロメートル。南緯二十度、西経百十八度付近だ。現地時間で午後七時過ぎ、月明かりの洋上を、潜水艦は南東のイースター島へ向け十ノットの速度で進んでいた。

「艦長、発令所へお越し願えますか。まもなく定時連絡を発信する時間です」

艦長室の扉を開けた水兵が、敬礼して言った。

その時、樺山は艦長室を訪ねていた。樺山の向かいに座る艦長は、水兵に頷いた後で言った。

「軍医長の話はわかった。たしかに気にはなるが、今は任務のほうが大事だ。また時間をあらためて話すとしよう」

「承知しました」

樺山はそう答え、小さな机に広げていた資料をまとめようとした。と、手が滑ったかに見せかけ、それらを床に散らばす。

「申し訳ありません」

「ああ。では私は先に行くから、片づけておいてくれ」

そう言い残し、艦長はいつものように鍵を気にせず艦長室を出ていった。扉が閉まる。

樺山はゆっくり三つ数えて立ち上がり、艦長が普段書類を仕舞っている棚を調べはじめた。そこに、目的の書類があるはずだ。

伊一二六の艦内に潜んでいる鳥人の仲間は、海軍水路部から派遣されてきた松島中尉ではないか。樺山はそう睨んでいた。

先日、敵艦と遭遇した直後、松島中尉は右耳の後ろを押さえうずくまっていた。しかし乗組員のカルテを確かめたところ、彼に持病はなかった。単なる緊張ゆえの頭痛かもしれないし、彼が鳥人の仲間だとしても不可解な点はあるが、もう少し調べる必要がある。

そこで艦長だけが持つ乗員の履歴簿を確認するため、樺山は一計を案じた。艦長の健康状態に心配な点があり、近々お話をしたいと申し出たのだ。二人きりで話せるよう面談場所には艦長室を希望し、定時連絡をおこなう正午直前の時間を指定していた。

棚に、黒い帳簿を見つけた。これだ。棚から抜き出してページをめくっていく。

——あった。

松島渉《わたる》中尉。大正二年生まれ。東京帝国大学農学部卒。農学部では土壌の研究を専攻。卒業後、短期現役の技術士官として任官、海軍水路部所属とある。

異色の経歴といえた。海象・気象観測や測量などをおこなう水路部に、土壌研究をしていた人間が技術士官として所属しているのも異例だし、イースター島偵察のためにわざわざ潜水艦に乗り組むのも妙だ。何か、裏で工作があったのか。海軍の上層部、いや帝国中枢にすら入り込んでいるという鳥人の一味ならば、それも可能か……。

樺山は帳簿を閉じて棚に戻すと、そっと艦長室を後にした。

発令所では、艦長はじめ皆が忙しそうに定時連絡の準備をしているところだった。誰も樺山のことを気に掛けない。直接の指揮系統から外れている軍医長という立場は、こういう時に便利だ。

発令所の隅にある黒板には、現在の当直が記されていた。確認すると、まさにいま松島は機雷格納庫にいるらしい。樺山は発令所を離れ、艦の後部へ向かった。

緊急時に水を食い止めるため小さく作られた水密扉を、いくつも腰を屈めてくぐっていく。後部兵員室を過ぎ、艦尾近くの機雷格納庫へ近づくにつれ、次第にひと気はなくなっていった。

機雷格納庫への扉を抜ける前に、樺山は腰に手をかけた。作業着のポケットには、密かに艦内へ持ち込んだ拳銃——南部式小型自動拳銃を仕舞ってある。

探していた相手は、そこにいた。

増設された燃料タンクの圧力計に向き合っていた松島中尉は、近づいてくる樺山の姿を認めると笑いかけてきた。

「ああ、軍医長。どうも」

「松島中尉。少々、話をしてもいいかな」

「ええ。……もしかして、私の身体についてでしょうか」

松島は、不敵な笑みを浮かべた。「何か病気が見つかったわけじゃないでしょうね。私の場合、あえて言うなら頭痛程度ですが」

機先を制され、樺山が黙っていると、松島は追い打ちをかけてきた。

「軍医長、あなたも頭痛持ちなんでしょう?」

――やはり、そうか。だが、不可解な点は残っている。松島の顔に、見覚えはなかった。頭痛持ちの仲間なら、知っているはずなのに。

樺山は念のため周囲を見回した。狭く、隔離された機雷格納庫に、他の乗組員はいない。エンジン音だけが相変わらず響いている。

樺山は、意を決して口をひらいた。

「そうだ。俺は――『ランガ』だよ」

その言葉を口にするなり、遠い記憶が奔流のようにあふれ出してきた。

樺山が生まれた場所は、イースター島――現地語でラパ・ヌイ(大きな島)と呼ばれる島だった。千年ほど昔のことになる。

それより前、その島へ人類が渡った時期は四世紀とも五世紀ともいわれるが、樺山の生まれる前であり、文字の記録もないため正確な年代はわからない。

何世代かを経て島内各地に集落が築かれた頃、ある集落だけに、いつまでも若いままの姿を保つ者がいることが知られるようになった。

個人差はあれ、その者たちは十代後半から三十代前半くらいを境に一切成長も老化もしなくなっていた。自分の息子娘たちが成長し、年老いた後も。

病気にかかることもなく、常人とは比べものにならない身体能力を持つため、崖から飛び降りてもせいぜい捻挫する程度ですぐに癒えてしまう奇妙な人々。彼らが数十人ほどに増えたところで、島民たちはようやくその原因に気づいた。科学的なメカニズムなど知る由もなく、神の力云々という解釈ではあったが。

不死化した人々は、幼少期、「トロミロ」の木の実を一定量以上食べていたのである。それも、効果があったのは特定の場所——聖域と呼ばれる場所で育ったトロミロに限られていた。

それからしばらくのあいだ、島民たちは選ばれた子どもに対して儀式的にトロミロの実を食べさせ、不死化させた。ラパ・ヌイでは年に一度、島内各部族の代表者を危険な競技で競わせる祭礼があり、それに参加させるためだ。

その子どもたちの一人が、樺山だった。

しかし不死化した者が百人を超えた頃には、彼らは周囲から恐れられはじめた。人類の宿痾《しゅくあ》ともいうべき、異なる存在に対する排除が始まったのだ（のちにそれを、樺山たちは何度も繰り返し経験することになる）。聖域のトロミロを食べることも、禁じられた。

こうして血のつながった親族からも疎まれ、迫害されるようになった百数十人——彼らは自らを、島の言葉で「逃げる者」を意味するランガと呼んだ——はおよそ七百年前、ついに生まれ故郷の島を追われ、世界各地に分散していった。ラパ・ヌイに住むポリネシア人は、元をたどればモンゴロイドである。彼らの外見は、アジアやオセアニアならばそれほど違和感もなく受け入れられた。

ランガたちは、定期的に名前や身分、住み処を変えつつ生きてきた。時には普通人と家族を持つこともあったが、妻も子も、孫たちも、自分より先に老い、死んでいくのは避けられない運命だった。聖域で育ったトロミロの実を食べられない以上、ランガにはなれないのだ。

愛した者を何度も見送るしかない、果てしなき流浪の日々の中、ランガたちはやがて生き続けることに絶望していった。それでも、彼らは自死を選ぶことができなかった。多少自らを傷つけたところで治ってしまうし、そもそも自ら命を絶つことはランガの掟によって禁じられていたのだ。幼い頃、心に刻み込まれた掟は、千年の時を経てもなお彼らを縛っていた。

そして、永遠に続く日々をより苦痛に満ちたものにしているのが、ランガの記憶力だった。人間には、過去を忘れることで前へ進めるような時もある。しかしランガは、あらゆる物ごとをいつまでも克明に覚えていた。思い出の重みは、ふとしたきっかけで右耳の後ろに刺すような痛みとして現れた。

樺山についていえば、ラパ・ヌイを出た後は二百年ほどかけてポリネシアを西へ向かい、東南アジアに着いてからも各地を転々とした。その中で普通人と生活したこともあったが、やはり別れの苦しみに耐えられなくなり、フィリピンのルソン島にいた頃には数人のランガ同士で家族を装って暮らすようになっていた。

ルソン島には、小さな日本人町があった。当時、日本は戦国時代にさしかかっており、堺の商人が南蛮貿易のためルソン島にも渡航してきていたのだ。そしてある時、商人たちの一人が、日本へ来ないかと樺山たちを誘ってきた。数百年生きた経験にもとづく商才を見込まれたのである。

樺山たちは、既に同じ場所で二十年近くを過ごしていた。そろそろ移動しなければいけないタイミングでもあったため、その提案は渡りに船でもあった。日本には、のちに海軍人事部の楠田中佐となる人物をはじめ何人かのランガが先に移住していたこともある。こうして、樺山たちは日本へ渡ったのだった。

そのようにして世界に散らばったランガのあいだには、互いに連絡を取りあい、助け合うための組織が自然と生まれた。組織の上層部は今では「評議会」と呼ばれ、各地のランガ代表十数人により構成されている。それは秘密裏に運営されており、ランガであっても全貌を把握している者は少ない。メンバーが揃っての会議なども余程のことがなければおこなわれず、通常の連絡は暗号文書でやりとりされていた。長い時間をかけ、ランガたちは一般社会の裏側に連絡ルートを構築してきたのだ。

評議会は各地のランガの意見をまとめ、指導する役割も担っているが、普通人の社会に対しては今までどおり秘密を守っていくという方針が長年にわたり堅持されてきた。

しかし二十世紀に入った頃、「ランガであることを隠すのではなく公表し、その力によって世界を導くべきだ」との意見が匿名で評議会に寄せられた。そう唱えた者はまた、世界のどこかにランガが安心して暮らせる場所を確保すべきだとも主張していた。

普通人の社会がそこからはみ出した者をどのように扱うか嫌になるほど経験していたゆえ、評議会は否定的な立場を取ったが、それでもその考え方はランガたちのあいだにじわじわと広がっている気配はあった。ただ、秘密のヴェールに覆われたランガのつながりにおいて、誰が同調しているかはよくわからないのが実情である。

ランガは自ら入ってしまった籠から飛び出すべきだと訴えるその一派は、いつしかラパ・ヌイの言葉で「鳥人」を意味するタンガタ・マヌと呼ばれはじめた。

長い長い、永遠にも感じられる牢獄のような日々を送ってきたランガ。自らの運命を呪い、安らかな死を願いながらも、普通人の社会に溶け込んで生きていくしかないと考えてきたが、そうではない道もあるのかもしれない。タンガタ・マヌの訴えは、世界中に隠れ住むランガたちの心に浸透しつつあった——。

「貴様もランガなのか。タンガタ・マヌの一派か」

樺山は鳥人と呼ばず、ラパ・ヌイの言葉を使った。久しぶりに口にする、故郷の言葉だった。

「タンガタ・マヌ。ええ、そういうことになりますね」

松島の「タンガタ・マヌ」という発音の響きは、あまり自然なものではなかった。

「だが、俺は貴様など知らない。あのとき一緒に島を出た百数十人の顔は、皆覚えている。貴様はランガではなく、普通人の協力者じゃないのか」

「その腰の拳銃で、試してみますか?」

松島は自信ありげに笑って言った。「私はれっきとしたあなたの仲間。頭痛持ちですよ」

樺山は、自らの表情が険しくなるのを感じた。

——俺の記憶が間違っていて、知らないランガがいたということか? いや、今はそれよりも。

「タンガタ・マヌは、ラパ・ヌイで何をしようとしている。……もしかして、貴様らが考えている安住の地というのは」

「五年ほど前、チリ政府が日本にラパ・ヌイ——イースター島の購入を打診してきたのはご存じですね。話は流れましたが、日本政府内に入り込んだ我々の仲間は、この戦争という機会を活かし、あらためて武力で奪い取ることにしたんですよ。その準備のために、私が派遣されてきたわけです」

「イースター島まで侵攻するなど、日本の国力では無謀だろう」

「仮に占領はできたとしても、維持は無理でしょうね。勝利に目がくらんだ人たちは、わかっていない。そこで、我々ランガがもらえればよいのです」

「まさか……第二段作戦はそのために？　日本政府の戦争指導を操り、利用しているのか。第一段作戦で戦争は終えられたはずなのに」

「ご想像にお任せしますよ」

松島が意味ありげな顔をする。「タンガタ・マヌは日本の政府や軍部、そして宮家にも入り込んでいる。とりあえず、この戦争では日本に勝ってもらうとしましょうよ。アメリカや他の連合国にもランガはいますが、彼らだって別に今いる国に忠誠を誓っちゃいない。あなただって、結局はそうでしょう？」

その問いに、樺山は答えられなかった。

――だが、とにかく。

樺山は、与えられた任務をあらためて思い出した。タンガタ・マヌがこの潜水艦に乗り込ませた者を見つけ、その目的を探るため、評議会によって自分は送り込まれたのだ。

樺山は戦国時代の日本へ来た後、ある武将お抱えの忍びとして暮らしたことがあった。その経験を買われて評議会議長直属の特務機関に所属するようになり、時にはランガの秘密を守るため、人に言えないようなことも為してきた。

樺山は腰から南部式拳銃を抜き、松島に突きつけた。

「軍医長、私らにそんなものが効かないことは、あなたもよくわかっているでしょう」

「貴様がランガというのは、嘘かもしれない」

「だったら撃ってみます？」

松島が、挑発的に顎を向けてくる。

「さっきも言ったが、俺は貴様など見たことがない」

話している途中で、樺山は気づいた。「まさか――」

松島は頷きこそしなかったが、にやりとした表情が答えだった。

「いつ、誰がそんなことを。タンガタ・マヌを指導しているのは、誰なんだ」

その時、ディーゼルエンジンの音越しに、遠くから叫び声が聞こえてきた。艦の前方、発令所のほうだ。続いて、何かが頭上を通り過ぎる音。

直後、爆発音がして艦が大きく揺れた。直撃は受けていないが、至近弾のようだ。衝撃で何かが壊れ、パイプから水が噴出する音がした。

「敵か」自分でも意外なほど、落ち着いた声が出た。

松島が、余裕のある態度で言った。

「見張りが気づくのが遅れたようですね。というか、毎日正午に定時連絡するのはどうなのでしょうね」

「どういう意味だ」

「そのうち敵も、日本の潜水艦は正午になれば必ず電波を発信することがわかるでしょう。狙い撃ちにされますよ」

「……可能性はあるな」

「実際、今そうなっているのかもしれません」

樺山は、拳銃を腰に収めた。いったんは休戦だ。松島とともに機雷格納庫を出ると、艦内は蜂の巣をつついたような騒ぎになっていた。

「急速潜航！」

「先ほどの至近弾でメンタンクが損傷した模様！　潜航できません！」

不吉なやりとりが聞こえてくる。

すぐ横を、水兵が数人駆け抜けていった。樺山たちに声をかける者はいない。混乱する艦内で軍医長が何かしていても、今はそれどころではないのだ。

「潜航は中止する！　水上砲戦用意！」

艦長の声が響いている。この状況でも、主砲で戦うつもりなのだ。

「まあ、無理でしょうね」

松島は他人事のように言うと、踵を返して艦尾側へ向かった。

「どこへ行く」

「艦尾の非常用ハッチから上に出ましょう。この艦はもう終わりです。沈む艦内に取り残されたら面倒だ」

再び衝撃があり、照明が消えた。潜水艦に窓はない。緞帳《どんちょう》が急に落ちたように、周囲は暗黒に包まれた。

手探りで進んでいく。暗いのは、脱出するには好都合だ。赤色の非常灯が点く頃には、非常用ハッチはすぐそこだった。

「主砲まだか！」

「面舵《おもかじ》一杯！　最大戦速！」

発令所から艦長や航海長の声が聞こえてくる。数週間だけとはいえ寝食をともにした彼らがどんな運命をたどるかは、もうわかっていた。どうしようもない。そう冷たく見放しているにもかかわらず、心の片隅に残された部分が少しだけちくりと痛んだ。

松島が梯子を登り、天井に取りつけられた非常用ハッチのハンドルを回していた。がこん、という音がしてハッチが開き、光が射し込む。

外は夜だったのでは、と訝しみつつ松島に続いて上に出ると、眩しいほどの月明かりが甲板を照らしていた。満月が、波頭を白く染めている。

樺山と松島がハッチを出てきたのは、艦尾近くの甲板だった。前方にある艦橋の頂部に、何人かの頭が見える。皆、艦首のほうを向いているため樺山たちには気づいていないようだ。

艦橋の陰になっている前部甲板では、砲員が主砲の防水カバーを取り払い、射撃準備を進めているはずだった。そしてその先、夜の海の彼方には敵艦が――。

突然すさまじい金属音が響き、艦橋の向こうが明るくなった。艦橋が黒いシルエットになって目に焼きつけられる。同時に、主砲の破片が――それを操作していた何人もの砲員たちも――飛び散るのが見えた。

「あーあ」

また他人事のように松島が言った。

「貴様」

自分が何に怒っているのか、樺山はよくわからなかった。これから松島と同じように逃げ出すつもりなのに。人の死には、とっくに慣れているはずなのに。

「いや、不思議だなと思いましてね。我々だって、あそこまでバラバラになったらさすがに復活はできない。なのに、どうしてこんなに恐怖心が湧いてこないんでしょう。普通人は、怖いという感情があるそうじゃないですか。私は、それを感じたことがないんですよ」

「それは……貴様が普通ではないからだ」

「ランガと認めてくれましたね。しかし、私が普通でないなら、あなたも同じだということになります」

たしかにそうだ。自分は普通ではない。それを思い知らされながら、この千年を生きてきた。

「そもそもあなた自身、評議会に命じられて人を殺したことがあるのでしょう。ランガの秘密を知った相手を」

松島の指摘に、樺山は黙り込むしかなかった。

何度目かの爆発音が響く。今度被弾したのは艦橋だった。艦橋頂部にいた者の姿は、見えなくなっている。

「そろそろ、逃げたほうがいい。艦が沈む時の水流に巻き込まれると厄介です」

松島は、舷側から海へ身を投げようとしていた。艦橋のちろちろと燃える炎がその横顔を照らしている。

「ああ、そうだ。軍医長……いや、樺山さん。いっそ、タンガタ・マヌに入りませんか」

「馬鹿を言うな」

「あなただって、こんな暮らしを七百年もしてきて、うんざりでしょう。私は早々に嫌になりましたよ。何十年かおきに何もかも投げ捨てて、一からやりなおす。そうして、いつまでも隠れ続ける。昔ならともかく、現代の科学技術や社会の進歩は著しい。戸籍やら何やらも整ってきた。この先の世の中では、生きづらくなる一方のはずです」

「仕方ないことだ」

「仕方ない、で済みますか。ランガとして、堂々と生きたくはないですか」

一瞬答えに詰まった後、樺山は言った。「そんなことより、評議会では我々を普通の人間に戻す研究もしていると聞いた。それさえうまくいけば」

「そんなものがうまくいくとお思いですか」

松島は痛いところをついてきた。「それよりも、せっかくランガになったんだ。永遠の命を楽しんでいきましょうよ」

「………」

「そのほうが結局は、人類のためかもしれませんよ。ああ、そろそろかな。先に行きますね」

そうして、松島は最後まで笑みを浮かべつつ海へ身を投げた。

次の瞬間、直撃弾を受けた艦橋が爆散した。衝撃で海へ放り出される。樺山は、意識を失った。

目を覚ました時、周りはもう明るくなりはじめていた。

波が樺山の身体を揺らしている。無意識のうちに、何かにつかまっていたようだ。見ると、それは伊一二六の艦内に応急処置のため積み込まれていた木材だった。

夜明けの光が、水平線をくっきりと浮かび上がらせている。

伊一二六も、敵艦もいなかった。松島も、他の乗組員たちも、誰もいない。近くを漂っているのは、いくつかの破片だけだ。島影すら見えない。

――さて、どうするか。

この木材につかまりながら、どこかに着くまで泳いでいくしかないだろう。疲れはするが、ランガにとってそれほど大変な話ではない。

問題は、その後だ。

また死んだことになるのか。まあ、仕方がない。どうせあと十年もすれば、やりなおす予定だったのだ。

ああ、しかし手帳を医務室に置いてきてしまったな。あの写真、またいつか撮ってもらうことはできるだろうか。

葉月――。

4

「弥生……」

錠一郎は呆然と呟いた。隣では、身体から力が抜けてしまったらしい礼司がぺたりと膝をついている。

——なんでだ。やっとまた会えたってのに、どうしてあんなことを……ちくしょう……。

錠一郎たちの目前で、弥生は五階建て校舎の屋上から夜空に身を投げた。飛び降りたのは、拳銃を持っていた男——柏原から逃げるためなのか。そこまでして、なぜ逃げる必要があったのか。

その柏原の姿は、いつの間にか見えなくなっていた。

追わなければ。いや、それより前に確かめなければいけないことがある。

錠一郎は勇気を振り絞り、弥生が跳び越えた柵に歩み寄っていった。この高さから落ちた人間がどうなるかは、容易に想像がつく。弥生のそんな姿を、見たくはなかった。

それでもと意を決し、錠一郎は柵からぐっと乗り出して下の地面を覗きこんだ。

想像していたものは、そこになかった。

「おい」

錠一郎は、礼司を呼んだ。「来てくれ」

「嫌だよ。見たくねえ」

「いいから来いよ！」

強い口調で言うと、へたり込んでいた礼司は渋々腰を上げた。隣に来ておそるおそる下を覗く。

「……どういうこった」呆気に取られたような顔で言った。

「俺にもわからねえよ」

礼司は大きな身体を乗り出し、建物の壁面を見回している。途中に弥生が引っかかっていないか、確かめているのだろう。

「そんなとこ、とっくに見たよ。どこにもいねえ。とにかく、下に行ってみよう」

錠一郎と礼司が階段を一階まで駆け下りると、先ほど倒した金髪野郎とタンクトップ男の姿は消えていた。意識を取り戻した後、どうしたのか。奴らが柏原の手下だったとしたら、一緒に弥生を探しに行ったのだろうか。

錠一郎と礼司は建物の外に出て、屋上から見下ろした場所へ向かった。地面にはくぼんだ跡も、血痕もない。その周辺も注意深く調べたが、やはり弥生が落ちてきた痕跡は何もなかった。

「いねえな。……警察とか消防にはどうする？」礼司が訊いてくる。

「落ちた本人がいなくなっちまったんだ。知らせたって仕方ねえだろ。それより、もっとよく探そう」

それからしばらく、二人は深夜のキャンパスを探しまわった。しかし弥生も、彼女を追ってきた男たちも見つからなかった。

時計の針が二時を回った頃、錠一郎と礼司は釈然としない気分のまま、諦めて引き揚げることにした。

バイクを駐めていた、工学部裏へ向かう。研究室の灯りはさすがにすべて消えている。駐輪場への通路は、建物の壁に反射した街明かりでうっすら照らされているだけだ。足下もおぼつかない闇の中、二人は注意して歩いていった。

「なあ」

礼司が話しかけてくる。「わけがわかんねえよ。弥生はどこ行っちまったんだ」

「それは俺の台詞だ」

錠一郎は投げやりに答えた。そのうちに、駐車していたバイクが見えてきた。銀と赤に塗り分けられた、スズキ・カタナ。

ポケットからキーを取り出したが、差し込み口が暗くて見づらい。うつむいて目を近づけていると、「おい」と礼司の声がした。その声色は、どこか怯えて聞こえた。

礼司の視線を追った先で、闇が動いていた。目を疑う。

やがて音もなく、全身を真っ黒い服で包んだ人影が、夜の奥から抜け出してきた。大きな瞳だけが濡れた光を放っている。

「……弥生？」

5

弥生の目前で、錠一郎が「……弥生？」と戸惑った声を上げた。その隣の礼司は、ひどく驚いた表情のまま固まっている。

四十代になった二人の顔をあらためて見つめながら、弥生は二十数年という時の重みを実感していた。

——でも、二人ともいい感じに年を取れてるよ。

心の中で呼びかけていると、錠一郎が再び訊いてきた。

「弥生なのか」

小さく頷く。

「無事だったのか、よかった」錠一郎は、心から安堵した様子で言った。

「怒らないの？」

「怒る？　どうしてだ」

「だって、呼び出しておいて急にあんなふうにして……驚いたでしょ」

「そりゃ驚いたけどよ。あれってなんかのトリックだったんだよな」

「ううん」

弥生は首を振った。「本当に、飛び降りたの」

「おいおい、冗談こくなよ。五階建ての屋上からだぜ」

錠一郎の声が大きくなり、弥生は周囲を見回した。礼司が小声で言った。

「なあ、ここで話していいのか」

「……場所は変えたほうがいいね」

「追われてるんだな」

錠一郎は、理由までは訊ねてこなかった。

「さっきの人たちは撒いたはずだけど……。かといって今日はもう農学部の建物には戻れないだろうし」

そう言って、少し考える。

「どっか別の場所だったら、話を聞かせてくれるか」

錠一郎の問いに、弥生は答えを迷った。

「おい、どうしたんだよ」

「やっぱり……知らないほうがいいかもしれないなって」

「ちょっと待てよ。そりゃねえだろ」

「でも、迷惑をかけるかも」

弥生は飛び降りた後、錠一郎たちの前に戻るつもりはなかった。

しかし、柏原とその手下らしき連中が自分を探しに街へ出ていくのを確認し、キャンパス内を移動していたところで、錠一郎と礼司を見つけてしまったのだ。自然と、二人の前へ足を踏み出していた。

どこまで事情を伝えるべきだろうか。もともと、協力してもらうためにある程度は話そうとしていたのだけど。

弥生は、ためらいつつ言った。

「赤城くんたちを危ない目に遭わせたくないの。さっきだって……」

「おい、俺たちを誰だと思ってんだ。危ない目だぁ？　上等じゃねえか。話してみろよ」

「でも……」

「じゃあ、なんでまた俺たちの前に出てきたんだ」

たしかに、そうだ。

「……あなたたちを頼りたかったのかな」

SNSに届いた、錠一郎からのDMを思い出す。

画面に表示された、「今でも味方だ」という言葉。あれを目にして、思ったのだ。

――この世界に、まだわたしの味方がいる。

弥生の答えを聞いた錠一郎が、力強く言った。

「俺たちは昔も、今も、ずっと味方だ。当たり前じゃねえか」

それは、彼の本心からの言葉だろう。弥生にはわかった。

錠一郎と礼司、二人の目を交互に見つめる。その瞳の輝きは、裏山で笑いかけてきた時のものとまったく変わらなかった。

視界がにじみ、二人の輪郭がぼやけた。こういうとき普通の人ならば、年だから涙もろくなっちゃって、なんて言うのだろうか。

「わかった。どこかに行こう。そこで話すよ」

その時、礼司が「ん？」とスマホを取り出した。間が悪い奴だな、という錠一郎の視線を浴びつつ操作していたが、やがてぼそりと呟いた。

「ヤベえ」

顔が、やや引きつっている。

「どうしたよ」と訊ねた錠一郎に、礼司は「いや……ヨメさんがさ」と弱々しい声で答えた。どうやら、帰りが遅いため奥さんが怒っているらしい。

礼司の左手薬指には、指輪が光っていた。そうだよね、二十年以上経ったんだから、と弥生は思い、そっと錠一郎の左手を盗み見た。そこに指輪はなかった。

礼司が、錠一郎に言った。

「弥生の話は気になるけど、帰ってもいいかな。お前、そのバイクで弥生をどっか安全なとこへ送ってやれ。走りながら話を聞かせてもらえよ。俺には、後で教えてくれりゃいい」

「いいのかよ」

「それでみんな丸く収まるってもんだ。さっさと行けよ。俺も早く帰らねえと」

「つっても、とっくに終電は飛んじまったし、始発はまだ先だぞ」

「大人だからな。タクシーって手があんだよ」

礼司が得意げに答える。

「……弥生は、それでいいか」

錠一郎が困ったような表情で訊ねてきたので、弥生は頷き返した。

柏原たちは、まだキャンパス近辺にいるかもしれない。バイクで少しでも遠くに連れていってくれるのなら、助かるのはたしかだ。

錠一郎の隣の大型バイクに目を遣り、弥生は訊いた。

「それ、高校の頃に欲しがってたバイク？」

「ああ。スズキGSX1100Sカタナ。やっと手に入れたぜ」

錠一郎は急に嬉しそうな顔になり、銀と赤に塗られたバイクのシートを撫でながら言った。

「礼司の実家で中古を探してもらったんだ。青葉モータースでな」

「青葉くん、実家のバイク屋さんを継いだの？」

「いや。兄貴がやってる」

「こいつ、システムエンジニアになったんだ」

錠一郎が教えてくれた。

「昔、わたしが言ったとおりになったじゃない」

「ああ……そういや、そんなこと言われたっけな。よく覚えてんな」と、礼司。

――それはそうだよ。わたしは、ぜんぶ覚えている。

弥生は心の中で答えた。

二十数年前に錠一郎や礼司と交わしていたやりとりを思い出し、時が巻き戻されたかのような気持ちになる。一方で、もし会話を聞いている人がいたら首を傾げるだろうなと想像した。四十代の男二人と、十代に見える女が同級生だとは、ふつう思うまい。

「じゃあ……」

錠一郎が訊いてきた。「どこへ送ればいい」

「そうね……。とりあえず都心のほうへ向かって、適当に走ってよ」

弥生が今住んでいるマンションは、都心にあった。この時間なら多摩にある南武大学から三十分程度で着いてしまうだろうが、途中で降ろしてもらい、始発電車が動き出すまでどこかで時間を潰せばいい。さすがに家まで送ってもらうつもりはなかった。

「わかった。じゃあ、乗れよ」

錠一郎はそう言って、バイク本体に留めてあった二つのヘルメットの片方を渡してきた。中に、グローブが入っている。

「かぶり方、わかるか」

「それぐらいわかるよ」伊達《だて》に千年も生きてはいないもの。

「ああ……あと、これも着とけよ。暑いかもしんねえけど、万一コケた時のためだ」

やはりバイクにくくりつけていた赤いスカジャンを、少し照れたそぶりで渡してくる。錠一郎自身は、使わないで運転するつもりらしい。

スカジャンはだいぶ年季の入ったものだった。それを黒いブラウスの上に羽織り、ヘルメットをかぶっているうちに、錠一郎はバイクにまたがって走り出す準備をしていた。

「後ろの席、乗り方わかるか」

「それもわかる」

ロングスカートをたくし上げ、タンデムシートにまたがる。一瞬、脛が露わになった。

「さっき落ちた時にぶつけたとこ、ちょっと赤くなっちゃった」

「落ちた時にぶつけたって……大丈夫なのかよ」

「大丈夫だって。ほら、たいしたことないでしょ」

弥生はスカートの裾をめくってみせた。錠一郎が慌てて視線を逸らす。

「バカ、見せなくていい。戻せって。ていうか、なんで屋上から落ちてその程度なんだよ。ああもう、わけがわからねえ」

「走りながら話すよ。あ、このヘルメット、インカムがついてるんだね。ちょうどよかった」

「ああ。礼司が二ケツするのに、実家から持ってきたんだ。こいつ、まだ俺の後ろに乗る気満々でいやがる」

文句を言われても、礼司は錠一郎と弥生を見て笑っている。

「じゃあ、俺は行くぜ。駅前だったら、タクシーの一台くらいつかまるだろ」

「青葉くん、気をつけてね。さっきの人たち、もういないとは思うけど……」

「心配すんな。そんなことより、これからタクシーで帰って、ちょっと寝たら会社ってほうが俺は嫌だね。オッサンにはつらいぜ。じゃあな」

礼司はそう言い残し、歩き去っていった。背中を向けたまま、上げた片手を振っている。

弥生はふと思った。青葉くん、気を遣ってくれたのかな。

「行くぜ。つかまってろ」

ヘルメットの耳元で、インカムを通して錠一郎の声がした。

両手を錠一郎の腰に回す。背中に身体を預けると、彼が一瞬びくりと震えるのを感じた。

錠一郎は何も言わずにアクセルを大きくふかし、スズキ・カタナは走り出した。

6

深夜、大学前の通りを歩く人はほとんどおらず、行き交う車も少ない。

その道を、黒いカウルの大型バイク――カワサキ・ニンジャH2がゆっくりと流していた。ハンドルを握る男が身につけたライダースジャケットもヘルメットも、やはり夜に溶け込むような黒だ。

男は、ヘルメットのバイザー越しに鋭い視線を周囲へ向けている。

今のところ、男が探している相手の影はどこにもなかった。

大学の正門近く、通りを挟んだ児童公園。その隣に小さな神社を見つけ、男は思った。

――あの神社、まだあったのか。

男は以前にも、この街を訪れたことがあった。八十年近く前、遠い昔だ。

瓦礫の山が広がり、方々に粗末なバラックが立つ中を、すり切れた軍服を着てとぼとぼと歩いたものだ。復員兵はそこかしこにおり、皆気持ちがささくれ立っていたのか、理由もなく殴り合いに発展することもあった。

そのうちの一人、特攻くずれの若い男のことを思い出す。酒場で見知らぬ者同士で飲んでいた時、戦争で死にそこなったという話をしたらいきなり怒り出したのだ。生きたくても生きられなかった仲間たちがいるのに、聞き捨てならないということだった。

店を出て喧嘩をした後、二人して壁にもたれ、まだ瓦礫の残る街並みをぼんやりと見つめた。焼け残った神社の森だけがやけに立派に見えていたものだ。あの男、妙に強かったが今頃どうしているだろうか。

その森は、今や立ち並ぶ家々やビルの合間へ窮屈そうに押し込められていた。

男は道の反対側、延々と続く大学の敷地へ目を向けた。やはり昔はなかった五、六階建ての校舎が並んでいる。

だがこれらの景色とて、数十年も経てばまた大きく変わっていくのだろう。あらゆる物ごとが、明け方に見る夢のように移ろっていく。

かつて樺山と呼ばれていた男は、南太平洋で伊一二六潜水艦とともに死んだ。

その後はたどり着いた南米で、いっそこのままひっそり暮らそうかと思いもした。しかし仕事を放り出すわけにもいかず、どうにか日本に帰ってきたのだ。

浮き草のように時代も場所も渡り歩いてきたランガが、生きていくためとはいえ組織とのつながりを捨てられないのは皮肉なことだった。

第二次世界大戦。千年を通じて、あれほどの惨禍を見たことはなかった。戦争が終わった時には、普通人といえどもさすがに二度とこんな過ちは繰り返すまいと思っていた。なのに今日も、世界のどこかで戦争は続いている。どれだけ時が流れても、人は争いをやめない。人類の進歩など、まやかしだ。人の本質は、永久に変わらない。この先百年、千年経とうとも、人は同じ歴史を繰り返すだろう。

——また、つまらないことを考えてしまった。男は道の両脇に注意を戻した。

監視していた人物が妙な時間に動き出したのを察知し、バイクで駆けつけたのだが、相手は姿を消してしまった。大学周辺をバイクで探し回ったものの、不死のランガといえどさすがに千里眼までは持っていない。

男は大学前の通りを曲がり、駅へ向かった。駅の周辺をもうひと回りして見つからなければ、今日は諦めて引き揚げるつもりだった。

駅前ロータリーの近くにはまだ開いている居酒屋があり、こんな時間でも人影があった。タクシーも何台か並んでいる。しかし、ここにも探している相手の姿はなかった。

ロータリーを回って大学のほうへ戻るところで、交差点が赤信号に変わり、男はバイクを止めた。角の交番に、警官の姿が見える。できるだけ目立たぬことがランガとして生きる術だ。よほどの状況でなければ、交通ルールは遵守するようにしていた。

信号を待っていると、後ろに車が一台やってきた。バックミラーで確認する。ロータリーを出てきたタクシーだった。後部座席に乗客の影が見えるが、一人だけのようだ。探している相手ではないだろう。

その時、目の前の交差点を一台のバイクが横切っていった。

確認しきれないうちに走り去ってしまったが、それは銀と赤に塗られたスズキGSX1100Sカタナに見えた。普通人の基準なら、だいぶ昔のモデルだ。タンデムシートにはスカジャンをまとった女性を乗せていた。顔は、ヘルメットでわからなかった。

追いかけて確かめたくとも、信号はまだ青に変わらない。交番の警官がこちらを見ている。こんな夜中に走るバイクが気になっているのかもしれない。

――くそっ。やけに長い信号だ。

信号が青に変わるやいなや、男はスロットルを開いた。

排気量千cc、スーパーチャージャーを搭載し、最高出力二百馬力を叩き出す水冷4ストロークDOHCエンジンが唸りを上げた。

7

夏の夜風を受けて、スズキ・カタナを走らせる。身体がひどく熱いのは、蒸し暑い空気のせいだけではないだろう。

錠一郎の腰をつかむ、グローブをはめた弥生の手。背中には、彼女の身体のぬくもりを感じる。

錠一郎のバイクのタンデムシートは、長らく礼司の指定席だった。高校の頃に乗っていた原チャリも、このカタナも。まさか、後ろに乗る二人目が弥生になるとは。思えば高校の頃、弥生を乗せたことはなかった（それとなく誘ってみたことはあるが「原付って二人乗りは違反でしょ。だめだよ」と叱られたのだった）。

大学の裏門を出た後は、まず駅のほうへ向かった。礼司は駅前でタクシーを拾うと言っていたが、こんな時間にタクシーがいるだろうか。それだけ確認しておこうと思ったのだ。ロータリーまで入らなくとも、近くの交差点を通り過ぎる際に駅前の様子くらいはわかる。

後ろの弥生は、黙ったままだ。それがまた、錠一郎を緊張させていた。バイクを転がしていてこんな気分になるのは、初めて原チャリを運転した時以来かもしれない。

我慢しきれず、錠一郎はインカム越しに弥生へ声を掛けた。

「こわくねえか」

「大丈夫」

耳元に返ってきた弥生の声に、ますます身体が熱くなってしまう。

何を話題にすればいいか迷っているうちに、ようやく弥生が話しはじめた。

「昔、わたしの見かけが変わらないっていろんな人に言われてたでしょ」

穏やかな口調だった。ああ、とだけ返事をする。

「あれはね、本当だったの。そう言われる度、どきっとしてたんだ。わたしは年を取らないし、死なないの。正確にいえば、死ねない、だけどね。高いところから飛び降りても、ちょっとケガする程度ですぐに治っちゃう。病気にもならない。いわゆる、不老不死なの」

「…………？」

理解が追いつかない。その時、前方で信号が黄色に変わるのが見えた。駅前の交差点だ。普段なら止まるため減速するタイミングで、一瞬判断が遅れた。急ブレーキにならぬよう、逆にアクセルを開く。

赤に変わった直後、ほとんど信号無視で交差点を突破することになった。交差する道を横目で確認すると、信号待ちのバイクの後ろにタクシーが一台おり、その向こうの駅前ロータリーにも何台か客待ちしているのが見えた。あれなら礼司は大丈夫だろう。

交差点の角に交番があったのを今さら思い出したが、追いかけてくる様子はなさそうだ。

後ろで、弥生が言った。

「危ないなあ。わたしはともかく、赤城くんは普通の人間なんだから気をつけてよ……どうかした?」

「いや……。なんていうか、あんまりにもブッ飛んだ話だからよ……」出過ぎたスピードを少し緩めつつ、錠一郎は答えた。

「まあ、無理はないか。でも、さっきわたしが飛び降りたのは見たでしょう?」

「あれは、トリックだったんじゃねえのか」

「だから違うんだって。トリックなんかじゃなくて、本当に落ちたの。といっても下まで落ちると軽い捻挫くらいはしちゃうから、途中で窓の庇《ひさし》に飛びついたんだけどね。わたしの身体能力、けっこうすごいんだよ。今だから言うけど、高校の体育とかはセーブしてたんだ」

ふふっ、と弥生は笑い、話を続けた。

「庇にぶつけちゃったのが、さっき見せた部分。普通人ならひどい傷になってるはずだけど、ちょっと赤くなってるくらいだったでしょ。それも、ひと晩で消えちゃうと思う」

「まさかそんな……いや、弥生を疑ってるわけじゃねえんだが……」

「仕方ないよね。でも、信じてもらうしかない。わたしの本当の年齢は……正確には自分でもわからないんだけど、だいたい千歳ってとこかな。西暦でいうと、一〇〇〇年頃の生まれってことになる。あと、わたしたちが生まれた場所は日本じゃないの。イースター島って知ってるでしょ。今はモアイで有名になったよね」

「……わかった。いや、全部はわかってねえが、いちおうわかった。うん。だけど、いろいろ訊きてえことはある……。たとえば今、わたしたち、って言ったよな。弥生の他にもそういう人がいるってことか」

「うん。イースター島では千年くらい前の一時期、大勢の『ランガ』が生まれたの――」

それから弥生は、ランガについて話してくれた。弥生たち、ランガと呼ばれる不老不死の人間は、出生時にはごく普通の人間だった。その体質は後天的に備わったものだという。

「もしかして、ラパマイシンが関係してるのか？」錠一郎は訊ねた。

イースター島の土壌細菌から見つかった抗生物質ラパマイシンにはヒトの寿命を延ばす作用もあるとされ、研究が進んでいる。高校の頃、弥生が図書室でそれについての記事を読んでいたことには、こんな背景があったらしい。

「そう。関係してる。さすがは大学院まで行っただけあるね。昔の赤城くんからはちょっと想像もできないけど」

「なんだよ、弥生まで礼司みたいなこと言いやがって」

予想もしていなかった話の連続だが、多少は軽口を返す余裕が出てきた。ごめんごめん、と弥生も笑って答える。

「ラパマイシンを投与したマウスの寿命が延びたって話は知ってるけど、そんな極端な効果が出るなんて聞いたことねえぞ」

「それはそう。ラパマイシンだけじゃ、こんなふうにはならない。組み合わせが大事なの。トロミロの木の実とのね」

「トロミロ……?」

その名前を、錠一郎は最近他の人物からも聞いていた。ついさっきブチのめした、あの金髪男である。以前に待ち伏せされた時、金髪が言っていたのだ。トロミロっての、てめえが持ってんのか、と。

しかし、今は弥生の話を聞くのが先だ。

「トロミロっていうのは、イースター島固有種のマメの仲間。ラパマイシンを含む細菌が豊富な土壌で育ったトロミロの実を、小さな頃に一定量摂取することで、初めて不老不死の効果があらわれるわけ。危険な祭礼に出るため、選ばれた子どもたちはトロミロの実を食べさせられたの。その中に、わたしもいた」

「いったい、どういう理屈なんだ」

「わたしたちの身体の細胞が、常に入れ替わってるのは知ってるよね」

「新陳代謝ってやつだな」

「そう。新しい細胞を生むための細胞分裂に必要なのが、染色体。その端の部分にはテロメアっていうタンパク質があるんだけど、細胞が分裂して複製される度に短くなっていくの。そして、一定の長さより短くなると分裂はできなくなる。細胞分裂の回数に限度があるのね。ヘイフリック限界っていうんだけど、要はこれが老化ってこと。ところが、ラパマイシンの作用したトロミロの実を幼少期に食べることで、ヘイフリック限界がなくなっちゃうのよ。しかも、細胞分裂の速度が異常に速くなる。この驚異的な再生能力を獲得した細胞を、わたしたちはUSD細胞って呼んでる」

「USD?」

「アンリミテッド・スピード・デベロップ。限りない速さで成長する、とかそんな意味かな」

「わかった。いや、正確には理解しきれちゃいねえと思うけど、俺たちはこの目で見たんだから、そういうもんなんだろ。で……弥生は、永遠に年を取らねえってことか」

「千年生きて、まだ老化の兆候はないね」

もっとも、絶対に不死というわけではないらしい。過去に何人か、死んだ者はいると弥生は話した。

「USD細胞化が不完全だと、何かのきっかけでヘイフリック限界を取り戻して、老化が始まるみたいなの。でも、まだ詳しいことはわかってない」

「なんだか残念そうに聞こえるな」

「永遠に生き続けるっていうのがどんなものか、わかってもらえるかな……。生きていて、つらいなあ、って思ったことはない？　赤城くんの場合はあんまりないか」

「おいおい。……まあ、たしかにそこまで思ったことはねえけど」

錠一郎は答えながら、会話の中に不穏な気配を感じた。わずかにアクセルグリップを捻る。スピードメーターが右へ振れていく。

「だよね。でも、そういう人もいるのはわかるでしょ。もちろんたいていの人は自ら死を選んだりしないけど、いつか死ねば楽になるって思うことで、逆に生きていける人もいる。特に、近代以前は本当に多かったの。死は、救いでもあった」

「………」

「でも、わたしたちにその選択肢はない。いつか楽になれるという幻想を抱くことすら許されなかった。永遠の命なんて、もううんざり。どれだけ運命を呪ったかわからない。ランガの掟で自殺はできないんだけど、本当を言うと一度だけ試したことがあるの。何十年か前、海に飛び込んでみたんだ」

「バカ野郎！　死んじまうだろが」

つい、大きな声が出た。弥生が笑う。

「だから死なないんだって。死んでたらここにいないでしょ。溺れても、細胞を修復して助かっちゃうの。ただ、老化や自殺じゃなく死ねた人はいる」

弥生の、死ねた、という言い方は気になったが、錠一郎は口を挟まずに続きを促した。

「昔、戦で首を切り落とされた人はたしかに死ねたの。どうやら、いくらわたしたちでもそこまでは治らないみたい。脳からの再生信号が、身体に伝わらなくなっちゃうのね」

それを聞いて、錠一郎は自然と眉を顰《ひそ》めた。グロい話は、あまり得意なほうではないのだ。

「戦争で死ぬ分には、掟を破ったことにはならない」

弥生はなぜか少し沈んだ声で言った後、明るい口調に切り替えて続けた。「つまり、手っ取り早くわたしたちランガを殺すには、首を切り落とすか、頭を潰すなり撃ち抜くなりすればいいってこと。ま、そこまではわたしも怖いし、掟のこともあるからもうやらないよ」

絶対にやるんじゃねえぞと言いかけて、錠一郎は弥生が口をつぐんだことに気づいた。

「どうした？」

弥生は首を伸ばし、錠一郎が握るハンドルについたバックミラーを覗きこんでいた。

「危ねえぞ」

「ねえ、後ろからバイクが来てない？」

「ん？」

ミラーには、だいぶ離れてはいるがたしかにバイクのヘッドライトが映っていた。夜明け前の道路に、他の車はいない。

こいつ、いつから——？

得意の瞬間記憶能力をもってしても、すべての物ごとを覚えているわけではない。ましてや、先ほどから弥生の驚くべき話に気を取られていたことは否めない。周囲には、運転上最低限の注意しか向けていなかった。

ミラーへ時おり視線を送るが、バイクを運転しているのが誰かまではよく見えない。

「まさか、柏原か」錠一郎は言った。

「わかんない……どうする？」

「どうするもこうするも、引き離したほうがいいだろ。飛ばすぞ」

錠一郎はアクセルを思い切り開いた。カタナが、ぐんと加速する。左足でペダルを蹴り上げてシフトアップ。その後も、軽やかにギアを上げていく。

次から次にやってくる街路灯の光が、今までにも増して速く流れ去る。

どうだ、とミラーを見ると、ヘッドライトの光は相変わらずの大きさでそこにあった。後ろのバイクは、やはり追いかけてきているようだ。

錠一郎は、視線を道路の先へと戻した。この道は、都心へ向かう幹線道路だ。今の時間なら車も少ないし、スピード勝負に出るか？　半端な奴には負けない自信があるが、万一ぶっちぎれなかった場合、弥生が危ない。

「そもそも、あの柏原って奴は何者なんだ。なんで追われてたんだ」錠一郎は訊いた。

「あの人とは、ＳＮＳで知り合っただけ。ラパマイシンに関心があって、わたしの知りたい情報を持ってるみたいだったから、接触したんだけど……」

その時、前方で信号が変わりかけるのが見えた。錠一郎は弥生の話をさえぎり、言った。

「続きは後だ！　しっかりつかまれ！」

交差点に突っ込む直前で急減速、車体を目一杯にバンクさせて右折した。もちろん、対向車がいないからこそできることだ。

信号が赤になる。

これで足止めできたはずだ――と、ミラーを確認する。だが、そこには同じように交差点へ突っ込み、こちらへ向かってくるバイクの姿が映っていた。

「くそっ、マジか」

ミラーの中、交差点を曲がるバイクの車体が一瞬見えた。黒地に緑のアクセントが入った、航空機を思わせる複雑な流線型のカウル。その映像を記憶した錠一郎は、知っているバイクの車種に頭の中であてはめた。

「あの野郎、ニンジャH2か」

「ニンジャ?」弥生が訊き返してくる。

「ああ。カワサキのバイクでも最新、最高級のマシンだ。野郎、よっぽど金持ちだな」

「ニンジャ、ね……」

弥生は、確かめるように呟いた後で訊いてきた。「まだ来てる?」

ああ、と答えた錠一郎は次の信号でタイヤを軋ませて再び曲がり、脇道へと入った。丘陵地帯に広がる住宅街の、入り組んだ道だ。このあたりは学生時代にもよく走っていたので土地勘はある。いくつもの角を、連続して曲がっていった。

夜明け前の住宅街に大型バイクの爆音を轟かせるのは申し訳ない気がしたが、今はそうも言っていられない。制限速度は当然オーバーし、一時停止もほとんど無視して駆け抜けていく。下手をすれば、警察に通報されかねない。

追っ手との距離は、やや開いてきたようだ。長い直線へ出た後、しばらくして同じ道へ曲がってきたニンジャのシルエットは、先ほどより小さくなっていた。

「あの野郎、小回りは得意じゃねえのかな。それか、お巡りに捕まるのがよっぽど怖えのか」

もちろん錠一郎も警察の世話になどなりたくないが、弥生を守るほうが大事だ。今は交通違反など気にしていられない。

——いや、案外。

「いっそ、わざと捕まるか。変な奴に追われてます、って駆け込んじまうってのはどうだ」

「だめ。警察が絡むと、あとあと大変なの。身元を調べられるのは避けたい」

弥生は錠一郎の提案を断った後で、「あ、ちょっと待って……」と何か考えはじめた。

しばらくして、弥生は言った。

「近くに、警察はある？」

「えーと……この先で大通りに出て、少し走ったら所轄署があったな」

学生の頃、制限速度をオーバーしてその前を通り過ぎた際、すぐに白バイが追いかけてきて切符を切られたのを思い出す。

「それがどうした？」弥生に訊き返した。

「その近くに行くまで、できるだけ後ろのバイクを引き離して」

「ぶっ飛ばすのはいいけど、そんなことしたら、飛んで火に入る夏の虫じゃねえか」

「警察の前でも飛ばしてとは言ってないよ。わたしの読みが当たってたら、相手はスピードダウンするはず。そこで距離を稼いだら、また脇道に入るとかして目をくらますの。とにかく、後で説明するからやってみて。ずっと逃げ回ってはいられないでしょ？」

「わかった」

錠一郎は再びスロットルを開き、ニンジャを引き離しにかかった。スピードをほとんど緩めず交差点に突っ込み、ドリフト気味で大通りへと曲がっていく。

ニンジャも追いかけてくるが、さらに距離をあけることはできた。この先の緩いカーブを抜けたところ、大きな交差点の角に警察署がある。

シフトアップを続け、トップスピードに。他に車のいない時速五十キロ制限の道路を、百キロ超で駆け抜けていく。ここで捕まったら一発免停は間違いない。

カーブにさしかかり、車体を軽く倒す。そろそろ減速を始めなければ。

ミラーへ視線を送って、錠一郎は舌打ちした。前に確認した時から、たいして距離は稼げていない。あの野郎、全速で追いかけてきてやがる。

――くそっ、どうする。

カーブの終わりが見えてきた。

もうじき、警察署のある交差点だ。

交差点の信号が、黄色に変わった。いま突っ込めば、ちょうど赤に切り替わるタイミングだ。

だが、それでは制限速度を五十キロ近くオーバーしたまま、まるで喧嘩を売るような形で警察の前を通り過ぎることになる。

白バイはいるか？　いねえ。いねえように見える。

――ままよ。

錠一郎は一切減速することなく、交差点に突っ込んでいった。

瞬間、信号が赤に変わった。

警察署の表玄関には、立哨の姿があった。こちらに視線を向けているかまではわからなかったが、明らかな制限速度オーバーのバイクにどんな対応をするだろう。

バックミラーの中、赤信号でニンジャが止まるのが見えた。

「よし、今のうちだ！」

白バイが追ってくる気配もない。錠一郎は、右手のアクセルグリップを思い切り捻った。フルスロットルだ。

青葉モータースが念入りにチューンナップした、カタナのエンジンが雄叫びを上げる。

次々に後ろへ流れ去っていく道路標識や、道沿いの看板。その中には三脚に載ったカメラがあったようにも思えたが、今の錠一郎には気にならなかった。

俺は無敵だ、という気分だった。今この瞬間、俺はずっと恋していた彼女を乗せたバイクでぶっ飛ばしている。いったい、他に何を望む？

脇道に入る必要なんかねえ。このまま、真っ直ぐ突っ走るだけだ。

錠一郎は言った。

「海まで行こう。飛ばすぜ」

8

——ええ。藤野葉月を大学内で見失いました。評議会支給のスマホも、電源を切っているようです。駒に使っている二人は、赤城錠一郎ともう一人にやられました。

いいえ、問題はありません。藤野葉月は、また必ず赤城を使って例の資料を手に入れようとするはずです。

タイミングをみて、彼女を急かしてください。そうですね、いっそタンガタ・マヌが動いているとでも伝えるのはどうでしょうか。

それにしてもあんなところにヒントがあったとは、九十年前、わざわざ中佐のお力添えで帝大に入った意味はなかったですね。

ああ、南樺太の件、手配できましたか。はい、わかりました。

そういえば、他にも彼女を追っている者がいるのですか？　ええ、それらしき影を見たものですから……。

9

東の空が、みるみるうちに明るくなってきた。

東京湾に面する川崎港。海底トンネルを抜けた先、東扇島《ひがしおおぎしま》という埋立地の端にある公園だ。少し離れたところを通る首都高速湾岸線からは、行き交う車の音が聞こえてくる。その音量は、徐々に増してきていた。街は、目覚めつつあるようだ。

怪しいカワサキ・ニンジャH2がその後追いかけてくることはなく、錠一郎はこの公園でバイクを停めていた。

弥生と錠一郎が見つめる彼方、朝靄に煙る沖合を、貨物船の影がゆっくりと横切っていく。潮風に吹かれて立つ弥生の傍らでは、錠一郎がバイクのシートにもたれていた。二人の手には、公園の自販機で買った缶コーヒーがある。

「なんか、ちょっと前の青春漫画みたいね。バイクに二人乗りして、朝の海を見にいくの」

弥生がぽつりと言うと、錠一郎は答えた。

「ちょっと前って……もう何十年も前の漫画じゃねえか、そういうの」

「わたしにとっては、ちょっと前だよ。ついこないだみたいなもの。ていうか赤城くんだって、当時でも昔のヤンキー漫画ばっかり読んでたじゃない」

「そうだったかな」

錠一郎はごまかすように、コーヒーを口に運んだ。弥生も、同じものを手にしている。

公園の自販機では、黄色地に茶色い波線が描かれた缶コーヒーが売られていた。昔、礼司が好んで飲んでいた銘柄だ。二人ともなつかしくなってそれを選んだのだが、弥生には少々甘すぎた。

その甘いコーヒーをひと口飲んで、弥生は言った。

「さて。ここまでのお話、信じてくれた？」

走るバイクのタンデムシートで、弥生はランガの数奇な運命を語ってきたのだ。

「俺は百パーセント、弥生の言うことを信じるって決めてんだ。ただ」

錠一郎が頷いた。

「ただ？」

「もうちょっと説明してほしいことはある。まずは、そうだな……ラパマイシンはイースター島の土壌細菌に含まれてて、そのトロミロって木もイースター島に生えてるんだろ。なのに、イースター島に不老不死の人間がいるなんて話、聞いたことねえぜ」

「ランガになる効力があるのは、聖域として秘密にされてた場所で育ったトロミロだけなの。その土壌に含まれてたラパマイシンの細菌は、特に高い濃度だったのね。わたしたちが島を出る時に、聖域のトロミロは全部抜いてきたから、新しくランガになる人はいない」

その時は、二度と悲しい運命を背負う者が生まれないようにと皆が思っていた。

「聖域から持ち出したトロミロの実が少しだけあるんだけど、七百年のあいだにほとんどなくなっちゃったし」

弥生は説明しながら考えた。これは、協力してもらうつもりだったことにも関わる話だ。今、どこまで伝えるべきか。

迷っているうちに、錠一郎は質問を重ねてきた。

「そうか……。だけど、島にまだトロミロの木はあるんだろ？　だったら、いつかまたその聖域ってとこに生えてくるかもしんねえ」

「イースター島のトロミロは、一九六〇年代に野生絶滅したの。ヨーロッパにわずかな種子が保護されてて、それを復活させる試みがあるらしいけど、成功したとしてもまた島に定着するには長い年月がかかる。それに、聖域の土で何世代も交配を重ねないといけないし、ランガになるには小さな頃に一定量を食べなきゃいけないって言ったでしょ。そんな条件が偶然にでも揃うことは、ないと思う」

「じゃあ、島に残った普通の人たちはどうだ？　不老不死の人間がいたなんて大事件だ。記録とかに残ってるんじゃねえか」

「当時、イースター島の住民は文字を持っていなかった。だから、わたしたちみたいな人間がいたことも、聖域の場所も口頭でしか伝えられていかなかったの。それに、彼らはその後ほぼ絶滅してしまった」

「絶滅……？」

「十八世紀に島を訪れたヨーロッパ人やペルー人は、多くの島民を奴隷として連れ出したの。その時に感染症も持ち込まれ、十九世紀の後半には、人口は百人くらいになってしまったそうよ。そこで、伝えられてきたほとんどの文化は断絶してしまった。だからランガの秘密はもう誰にも知りようがないってわけ」

朝日に輝く海へ目を向けながら、弥生はランガになる前にともに暮らしていた人々——とうの昔に、土に還った人々のことを思い出した。不老不死になった自分たちを、異なる存在として恐れ、やがて排除しはじめた家族や友人たち……。

すべてを克明に思い出せる記憶力が、時々ひどく忌まわしく思える。また頭が痛み出すのではと、少し怖くもなった。

錠一郎が心配そうに訊いてきた。

「どうした。大丈夫か」

「え?」

「いや、なんかつらそうな顔してっから」

大丈夫、と笑みを返しつつ、弥生は昔のことを思い出した。

どこへ行っても、社会と壁をつくって暮らさざるを得ず、周囲から疎ましがられ、時には陰湿に排除されたことを。

「いろんな経験をしたのを、ちょっと思い出しちゃっただけ。隣の人間が何をしても死なない、自分と違う生き物だと知った時、人がどう接してくるかわかるかな。人が異質な存在をどんなふうに扱うか、赤城くんにも似たような経験はあるんじゃない?」

弥生は、錠一郎の目を見つめて言った。

いわゆるギフテッドの赤城くんなら、少しはわかってもらえるだろうか。

錠一郎と初めて出会った中学二年の時、弥生はその能力を見抜いた。話をしてみれば、やはり彼はつらい過去を持っていた。

弥生と出会う前の小学生の頃、錠一郎は神童と呼ばれていたらしい。人より記憶力に秀で、テストの成績が際立って良いだけでいじめられたという。自らと異なる者をのけ者にしようとする社会、その中で生きる息苦しさ。それは、弥生が千年にわたって苦しめられてきたものと本質的には同じだ。だからこそ、弥生は錠一郎に共感し、交流を深めたのである。

「そうか……大変だったな」

「まあ、我慢できなくなったら逃げて名前を変えちゃえばいいんだから、ある意味楽なんだけどね」弥生は、笑って言った。

「そういや、葉月って名前は」

「弥生の前に使ってたの。身分を変える都度まったく新しい名前にしちゃうと、自分でもよくわからなくなっちゃうから、いくつかの名前を使い回してるわけ。今は藤野葉月だけど、弥生でいいよ。苗字は変えてないの。そのせいで誰かさんにバレちゃったみたいだけどね」

弥生は舌をぺろりと出した。「赤城くん、SNSなんてやらないと思ってた」

「いや、同窓会で他の連中がやってるって聞いたからよ。弥生もやってんじゃねえかなって……」

錠一郎はそこまで言って、照れくさくなったようだ。

「弥生、俺を昭和の人間だと思ってねえか」

「実際、昭和生まれでしょ。それを言うなら、わたしなんか日本でいえば平安時代生まれの人間だよ。ちょっと古風な名前にしちゃうのはそのせいもあるかもね。もっと昔は、皐月《さつき》って名乗ってたこともあるんだ。弥生に葉月、皐月って、風流でしょ。たいていのランガは、そんなふうに一定のルールで名前をつけてるの。ちなみに日本にいるランガは、杉とか松とか植物の名前を苗字に使う習わし。わたしは『藤』だし。八百比丘尼《やおびくに》って、知ってる？」

「いや、わかんねえな」

「八百比丘尼は、八百歳なのに姿は十七、八にしか見えないっていう不老長寿の尼。日本中に伝説が残ってるの。たいていのストーリーは、家族に死なれた後で出家して、各地に杉や松の木を植えてまわるっていうもの」

「それって……」

「そう、ランガのこと。もしかしたら、わたしもモデルの一人になってるかもしれない。秘密がどこかで漏れちゃったみたいね。まあ、このくらい脚色されてればたいして問題はないけど。日本だけじゃなく、世界中に残ってる不老不死の伝説には、同じようにランガがモデルになってるものもあるんだよ。サンジェルマン伯爵とか、さまよえるユダヤ人とかね。わたしたちの外見が溶け込みやすいのはアジアやオセアニア圏だけど、ヨーロッパやアメリカに進出したランガもいるの」

　黙って聞いていた錠一郎は、しばらく何か考えた後で訊いてきた。

「桐ヶ谷も、そうなのか」

さりげない口調だが、気にしているのが丸わかりだ。

桐ヶ谷聡。弥生たちの隣の高校に通っていた男。

弥生はかつて、彼のことを幼馴染みだと錠一郎に話した。それで、錠一郎は彼を一方的にライバル扱いしてきたのだ。二十数年の時を経ても、錠一郎の中にはまだ高校生の頃と同じような感情が残っているらしかった。

「……そうだよ。彼も、ランガ。そういえば葉月って、彼がうっかり言っちゃったんだよね。わたしたちは四百年くらい前、他の何人かのランガと一緒に、フィリピンのルソン島から日本に渡ってきたの」

「奴とは、連絡を取りあったりしてるのか」

「ううん。もう二十年くらい音信不通」

「そうか」

錠一郎の声からは、安堵の気持ちが感じ取れた。

「彼が日本にいるかどうかもわからない。同じ国にいても、それくらい会わないのはランガにはよくあることよ」

「ランガ同士で連絡を取らなきゃいけねえ場合だってあるだろ。そういう時はどうするんだ」

「いろいろね。石垣とかの隙間に手紙を隠すのも、よくやる手なんだ」

昔、その方法を教えてくれた相手の顔が頭に浮かんでくる。弥生は、それを必死でかき消した。

「何年かおきに名前や住所を変えるってのは、どうやってるんだ」

「ランガ同士で助け合うための組織があるの。そこが役所や警察、システム会社なんかに入り込んで、戸籍とかを操作してる。ランガを潜入させたり、お金で協力者を得たりしてね。引っ越す必要が出てくると、新しい身分を斡旋してくれるわけ」

いかに社会システムの隙を見つけていくかは、昔からランガが生きていく上で重要なことだった。各種の社会制度が整ってきた近代においては、なおさらである。そのために組織は、ランガが千年にわたり身につけた知識や、世界中に築いた人脈をフル活用して資金を貯め、必要に応じ投資していた。時には、裏社会と関係せざるを得ない場合もあった。

「それでか……」

錠一郎は、警察ともつながりがある礼司が調べた結果、弥生が表向きは二〇〇四年の水害で死んでいることがわかったという話をした。

「そこまでできるなんて、いったいどんな組織なんだ」

「組織の全体像は、ランガの中でも秘密にされてるの。特に秘密の上層部は『評議会』って呼ばれてて、世界に散らばったランガを指導する役割も担ってる。何十年か前に議長が変わったのは知ってるけど、他のメンバーとか、どんな活動をしてるかはトップシークレット。評議会の仕事をちょっと手伝ってるわたしですら、関わってる部分の他はほとんど何も教えられてないの。こっちから連絡する時も、厳重な暗号化を求められるし」

「なのに、SNSなんかやっててよかったのか」

「わたしの仕事は、トロミロやラパマイシンの情報収集だから。あの柏原って人がラパマイシンについてSNS上でやりとりしてたのを見て、あくまで普通人として接触したわけ。そしたら、ちょっと妙な感じになってきちゃってね」

「そういや、さっき柏原の話が途中だったな。妙って、どういう」

「赤城くんが友達申請してきた頃から、あの人、なんだかわたしのことを詳しく知りたがってる感じになってきて……」

「ってことは……くそっ、あの野郎、弥生のストーカーだったのか」

「どれだけ本気だったかわからないけど、時々あることだよ」

千年のあいだには、いろいろと面倒な経験もした。「ただ、ランガの秘密を知られるとまずいからね。それにあの人、どうやらヤクザみたいな感じで。だから逃げてたの」

それでアカウントを削除し、念のため引っ越しもしたのだった。

「ヤクザがストーカーかよ。拳銃まで出してきやがるなんて、まともじゃねえ」

「あの時、拳銃の前に出てよく平気だったね」

「そりゃあ、弥生を守ろうと思って必死だったからな。ストーカーといやあ、高校の頃は御子柴につきまとわれてたじゃねえか。気をつけろよ、美人なんだから」

そう言った後で、錠一郎は自分の台詞に気づいたのか顔を赤くした。

「ありがと。お世辞でも嬉しいね」

弥生が微笑んでみせると、錠一郎は少しまごまごした様子になってから訊いてきた。

「だけどよ、あの柏原って野郎、二十年前の学会で見たことがあるんだ。そんときと見かけが変わってなかった。奴も、ランガじゃねえのか？」

「ううん。あの人は違うと思う。ランガなら、みんな顔見知りだからね。何人か減っちゃったといっても、せいぜい百何十人だもの。百年以上会ってない人もざらにいるけど、どうかな……普通人だって、年取っても若く見える人はいるでしょ」

イースター島を一緒に出た百数十人の顔は、はっきり覚えている。その中に柏原はいなかった。

「だとしても、二十年前の学生が、今じゃヤクザとはな。ま、二十年も経ちゃあ、いろいろ変わるか」

錠一郎はぶつぶつと呟いている。たしかに、普通人にとって二十年とは長い時間だろう。

「ニンジャH2なんていいバイクに乗ってるくらいだ。ヤクザなら金はあるんだろうし……」

やや短絡的な気もするが、追いかけてきたバイクを運転していたのは柏原だと錠一郎は考えているようだ。

弥生自身も、初めはそう思っていた。

でも。

あれは、桐ヶ谷だったという可能性もあるのではないか。そうだとしたら、自分は柏原と桐ヶ谷の二人に追われていることになる。

錠一郎にそのことを話していないのは、桐ヶ谷だったという根拠は薄いし、彼の名前を出せば面倒になるのは確実だからだ。

ただ、あのバイクが大学のそばから自分たちを追ってきていたのは間違いない。公園に着いて錠一郎がスマホを確認すると、礼司から何度も着信があったのだ。錠一郎が掛けなおして聞いたところ、駅前でタクシーに乗った直後、不審なカワサキ・ニンジャを見かけて心配になり電話したのだそうだ。

ニンジャに乗る、元忍者。

桐ヶ谷は二十数年前、高校に通っていた頃、そう言って笑っていた。彼は当時、もう少し小型ではあったが、やはりニンジャという名前のバイクに乗っていたのである。彼には、そういうところがあった。いくつになっても（本当にいくつになっても）子どもっぽいというか。よくいえば、ちょっとした洒落っ気があるというか。

今も、ニンジャの名にこだわりがあるのだとしたら。

——あれが桐ヶ谷くんだったのなら、なぜあんなふうにわたしたちを追ってきたのだろう。

弥生は疑問に思ったが、答えは出なかった。

錠一郎が訊いてきた。

「そういや、警察んとこで奴を引き離した時、後で説明するって言ってたのはなんだったんだ」

「ああ……。追いかけてきてるのがもしランガだったら、警察の前では目立たないようにするはずだから、スピードを緩めると思ったの」

「じゃあ、やっぱり柏原はランガなんじゃねえのか」

「でも、よく考えたら普通の人間であっても警察の前でわざわざ違反はしないよね。だから、あれが柏原であったとしても、ランガだってことにはならないと思う」

「そりゃそうか。だけどランガだろうがなんだろうが、あのストーカーヤクザ、弥生が南武大に来るのを知ってたってことじゃねえか」

「そうね……どうしてバレたのかわからないけど。あの金髪の男たち、たぶん手下だよね。あの人たちを見張りに使ったりしてたのかな」

弥生が言うと、錠一郎ははっとした顔になった。

「そうだ！　大事なことを言ってなかった。あの金髪野郎、前にも俺んとこに来て、トロミロを持ってんのかって訊いてきたんだ」

「そうなの？　でも、なんで赤城くんに。待って……そうか。わたしと赤城くんがＳＮＳ上でつながったことは、柏原にもわかるはず。そこから、赤城くんについて調べたのかも」

「なんで住所までわかるんだ」

「いろいろと調べようがあるのよ。今、青葉くんはそういう仕事してるんでしょ？　後で聞いてみなよ。怖くなるよ。でも、金髪男は柏原に言われて赤城くんのところに行ったんだとして……柏原はなんでトロミロのことを知ってたのかな」

「柏原は、二十年前からラパマイシンについて調べてたってことは……ランガの秘密を知ってるんじゃねえか？　それで、手下に調べさせてるのかもしれねえ」

「まさか。千年も守ってきたランガの秘密が知られるなんて、あり得ないよ」

そう、あり得ない。ランガの素性を知った者に排除された苦い経験をもとに、わたしたちは秘密を守るためのルールをつくったのだから。

「だけど、八百なんとかいう伝説の例があるって、弥生も言ってたじゃねえか。同じように秘密が漏れたのかもしれねえ。とにかく、柏原が金髪野郎を使ってトロミロを探してたのはたしかだ。ただのストーカー目的じゃねえのかも」

そう言われて考え込んだ弥生に、錠一郎は続けた。

「つっても、島から持ち出したトロミロはもうねえって話だったよな」

「え？　うん、まあ……」

弥生は口を濁した。それよりも、憂慮すべきことに思い至っていた。

もしかしてこの事態には、「鳥人」――タンガタ・マヌが絡んでいるのではないか？

不老不死の秘密を世界に公表し、ランガの力で世界を導くべきだと唱える一派、タンガタ・マヌ。彼らは、評議会が進めているランガを普通人に戻す研究には反対の立場だ。こちらの動きを妨害しようとすることは、十分に考えられる。そのために、なりふり構わずヤクザまで利用しているとしたら。

これは考えていたよりも、かなり危険な状況といえる。

赤城くんたちを、これ以上巻き込んでいいのだろうか。そもそもは、南武大学の資料を手に入れるため協力してもらうだけのつもりだったのだけど――。

弥生は言った。

「ねえ。やっぱりわたしは赤城くんたちに甘えるべきじゃなかった。迷惑はかけられないよ」

錠一郎は驚いた顔になり、それから不満そうに返してきた。

「おいおい、急にどうしたんだよ。ヤクザ相手に、俺らじゃ頼りねえってのか」

「そうじゃないよ。でも赤城くんたちは、銃で撃たれたらおしまいじゃない」

「そんなことねえって」

「そんなことあるでしょ！」

つい、むきになってしまった。「……ごめん」

錠一郎は長い時間黙って下を向いた後で、ようやく口をひらいた。

「……わかった。だけど、もともと俺らに手伝ってほしいことがあったんだろ。俺にできることなら、なんでもすっからよ」

「ありがとう」

弥生は微笑みを浮かべて言った。「やり方を考えて、そのうちまた連絡する。本当に申し訳ないけど、危ないことがあるかもしれないから気をつけてね」

「ああ。そこは心配すんな」

「そしたら、今日はここまでにしよう。もう月曜の朝だけど、これから会社だよね。赤城くん、帰らないと」

「俺はかまわねえけどよ……。弥生はどうすんだ」

「そうね……近くの駅まで送ってくれる？」

弥生は甘いコーヒーを飲み干し、最後に一目海を見てから言った。

「今日の話は、秘密だよ」

「わかってる。ああ……礼司には」

「青葉くんはともかく、他の人には絶対に言わないで。ここまで話しただけでも、わたしは相当危ないことをしてる。普通人にランガの秘密を知られちゃいけないのは、わかるでしょ」

「もちろんだ。だけど、もし知られたらどうなるんだ」

弥生は首を振り、小さく答えた。

「もう二度と……会えなくなる」

10

錠一郎は、仕事の合間にスマホを手に取った。

最近はスマホの操作にもだいぶ慣れてきた。ニュースをチェックすると、中に一つ、錠一郎の目を引くものがあった。なんでも、農林水産省のサーバーがハッキングされていたらしい。

こういうのは礼司の仕事と関係あるのかなと思ったところで、しばらく離席していた同僚の総務部員、水川が隣の席に戻ってきた。錠一郎に話しかけてくる。

「赤城さん。これ、よかったら」

水川が差し出してきたのは、鉄道のおもちゃだった。錠一郎が小さな頃からある、青いレールの上を電池で走るものだ。透明なプラスチックの窓がついた箱に、デフォルメされた蒸気機関車が入っている。

「何、これ?」

「限定グッズなんですって」

水川は、各部署の出張の手配も担当している。そのため関連会社の旅行代理店ともやりとりをしており、時々グッズをもらってくることがあった。

「お友達のお子さん、鉄道好きなんですよね」

そういえば朝の挨拶をした際、今日は終業後に礼司の家へ行くのでバイクで出勤したと話していたのだ。最近キャブレターの調子が悪い愛車のスズキ・カタナを預け、礼司の実家のバイク屋で点検してもらうためだ。

礼司の息子が鉄道マニアであることは、以前の雑談で水川に伝えていた。なおバイク通勤は就業規則違反だが、水川がそれを咎めたり上司へ報告したりすることはないだろう。

「鉄道好きなんて、よく覚えてたね」

「よかったら、おみやげにどうですか」

「ああ、ありがとう。助かるわ」

錠一郎がそのおもちゃを受け取ると、水川は少し照れたように微笑んだ。


終業後、西新宿の会社を出発し、葛飾区にある礼司の家には一時間ほどで到着した。

小さめの三階建て、一階部分のほとんどを占める駐車スペースには軽のミニバンが収まっていた。礼司が大きな身体で窮屈そうに乗り込む様子を想像して、可笑しくなる。錠一郎はその車の前にカタナを駐めた。

ジャージ姿の礼司が、玄関で出迎えてくれた。今日は早めに帰宅したという。礼司の後ろから、かわいらしい少年が顔を出した。礼司の息子、小学四年生の京太郎《きょうたろう》だ。会う度に、父親に似ないでよかったなと思う。

錠一郎は、水川にもらったおもちゃの機関車を京太郎に手渡した。

「すごい！　C62の50号機だ！　どうしたの、これ？　限定品だよね」

C62のどうたらというのが何なのかはさっぱりわからないが、喜んでくれたのは何よりだ。

礼司が言った。

「ありがとな。お前にしちゃあ気が利く」

「会社の同僚がくれたんだけどな」

「まさか、脅して持ってきたとかじゃねえだろうな」

「ちげえよ。友達の息子が鉄道好きって話をしてたら、関連会社でもらったとかでくれた」

「へえ。お前にそんなことするたあ、やっぱ元ヤンとかか」

「だからちげえっての。水川さんって、若い女の子だ。ほら、俺のこと頼もしいって言ってた」

「嘘くせえなあ。ホントはそんな子、実在しねえんだろ。イマジナリー同僚だ」

「ホントだって」

「はいはい」

礼司はまったく信用していない様子だ。錠一郎は一つ、仕返しするネタを思いついた。

「そういや、こないだは奥さん大丈夫だったのかよ」

「こないだ?」

「大学行った時だよ。奥さんから連絡が来て、急いでタクシーで帰ったろ。怒られなかったか」

「多少は文句言われたけど、問題ねえ」

「浮気でも疑われたか」

「そこまでじゃねえよ」

「あの時、女も一緒でしたって教えてやろうか。女子高生くらいの見かけの……」

話をややこしくすんな、と礼司は慌てて錠一郎を自分の部屋に押し込んだ。

パソコンが何台も並ぶデスクに礼司が座り、錠一郎はフローリングの床に置かれた座布団にあぐらをかいた。

腰を落ち着けてすぐに、礼司は訊いてきた。

「あれから、もう十日か。弥生から連絡はあったか」

「いや。ねえな」

弥生に聞いた話は、電話でひととおり共有していた。礼司は何度も「嘘だろ?」と連呼していたが、気持ちはわかる。もちろん、他の誰にも秘密だということはよく言い聞かせてあった。

「それにしてもよお、あん時はちょっと心配したぜ。怪しいバイクが追いかけてったっぽいのに、お前は電話に出ねえし、どこにいるかもわからねえし」

「悪かったな」

「弥生の話だと、また危ないことがあるかもしれねえんだろ? せめて居場所ぐらいわかるようにしとけ。ちょっとスマホ貸してみ。設定すっから」

「なんの設定だよ」

深く考えずにスマホを渡すと、礼司は妙なことを言い出した。

「GPSでお前の位置がわかるよう、アプリ入れる」

「おい。俺の居場所が丸わかりってことか? 嫌だな。気持ちわりい」

「俺のほうもわかるようにしとく。ちなみにZ世代は位置情報の共有なんて普通らしいぜ」

礼司は、二人分のスマホを操作しながら言った。

「俺らはその世代じゃねえだろが。就職氷河期世代か」

「お前はもっと上の世代っぽいけどな……。まあ、アプリは万が一のためだよ。俺だって嫌だわ。この件が終わるまでだ。何もねえ時は俺も見ねえから、お前も見んじゃねえぞ」

「浮気してたらバレるな」

からかった錠一郎に礼司は「むしろ、してねえ証明になる」と急に真面目になって言い、例のバイクに話を戻した。

「あのバイク、カワサキのニンジャH2だったよな」

「ああ。俺にもそう見えた」

「『トップガン』の続編でトム・クルーズが乗ってたやつな。ってことは、映画だったらあっちが主人公だな」

にやりと笑った礼司に、「ケッ、くだらねえ」と返す。

「そういや高校の頃、ニンジャ250Rに乗ってる奴がいたな。ZZR250の逆輸入モデル」

「……そうだったな。すっかり忘れてたぜ」

錠一郎は顔をしかめた。桐ヶ谷のいけすかない面が頭に浮かぶ。「俺が原チャリしか乗れねえってのに、高校生の分際でイヤミな野郎だと思ってたけどよ。まさか、奴もランガだったとはな。待てよ……」

弥生の話では、桐ヶ谷とは二十年くらい会っていないということだったが。

「あのバイク、柏原じゃなくて桐ヶ谷だったんじゃねえだろうな」

錠一郎は言った。そう考えると、無性に腹が立ってくる。

「だとしたら、なんでランガがランガを追うんだ」礼司が首を捻った。

「わからねえけど……」

「なあ。弥生は、俺たちにまだ話してねえことがあるんじゃねえか。そもそも大学で資料を探すのをお前に手伝ってもらうつもりだったみてえだけど、結局なんだったのか教えてくれなかったんだろ」

「ああ」

「ランガになるために食べたっていう実、なんつったっけ……」

「トロミロか」

「そう。俺なりに考えてたんだけどよ。弥生が農学部で探そうとしてた資料ってのは、そのトロだかなんだかってのに関係したもんじゃねえかな。で、弥生を追いかけてたのが誰なのかはともかく、そいつの手下の金髪野郎はトロ……なんとかを探してお前を待ち伏せてたんだ。つながってるじゃねえか」

「どうかな。大学でそんな資料、見たことはねえぞ」

「いくらお前だって、全部の資料を覚えてるわけじゃねえだろ」

「そりゃそうだけどよ」

「とにかくその資料に、ミロのことが書いてあるんじゃねえかな」

「だからトロミロな」

「うっせえな、細けえこたあいいんだよ。問題はそこじゃねえっての。その実はもうねえって、弥生は言ってたんだよな」

「……いや。弥生はあの時、イースター島から少しだけ持ち出したっていう話をした後、『ほとんどなくなっちゃったの』なんて言い方をしてたな。それにもう一度訊いた時も、なんだか曖昧な返事だったような気がする」

「ってことは、どっかにまだ残ってる分があるのかもしれねえな。案外、資料ってのは、それの隠し場所を書いたもんじゃねえの。要はお宝の地図だ」

「なんで地図を残す必要があんだよ。そもそもランガは死なねえんだから、隠した奴に教えてもらえばいいだけじゃねえか」

「千年も生きてりゃ、わかんなくなっちまうんじゃねえの。俺だってこないだ買った本、三日くらい積んだままにしといたらどこだかわかんなくなっちまったぜ」

「礼司と一緒にすんな。……待てよ。弥生は、死んじまったランガもいるって言ってたな……」

「それだよ」

「だけど、トロミロを隠したランガが死んじまったんだとしても、なんで今さら探してるんだ」

「俺に聞くなよ」

礼司はお手上げのポーズをつくった後、急に何か考え込む様子を見せた。

「どうした」

「……そもそも不老不死の人間が何百年も世の中に紛れて生きてるのに、これまで誰も気づかなかったってのは妙だと思わねえか？」

「例の、八百比丘尼だっけか。そんな伝説は残ってんだろ」

「それは大昔の話だ。だいたい、昔ですら秘密がバレたからそんな伝説になったんだろうに、現代でまったく噂にもならねえってのはおかしいぜ。今どき、誰とも関わらずに暮らすことなんてできねえだろ」

「秘密を知られた相手と、誰にも言わねえよう約束してんじゃねえの」

「お前はホントに単……純粋だな。あのな、世の中には悪い奴がいるんだよ。ツッパリとかヤンキーとか生やさしいもんじゃなくて、マジでヤべえ、悪い奴。そんな奴が、こんなすげえ話を知って、はいわかりました誰にも言いませんなんて律儀に約束守ると思うか？　なのに、これっぽっちもバレてねえってことはだよ」

「ってことは？」

「ランガは、秘密を知った相手を始末してるんじゃねえか？」

礼司は言った。ゴツい顔に、さらに厳しい表情を浮かべている。

——そういえば弥生は、秘密を知られたらもう二度と会えなくなるとか言っていた。

弥生が自分たちに危害を加えるなどとても想像できない。しかし、錠一郎はある出来事を思い出してしまった。

高校時代。あの死んだ美術教師、御子柴。事故死という話ではあったが、まさかランガの秘密を知られてしまった弥生が？　たしかに、弥生が急に転校して姿を消したのは、御子柴が死んですぐだった……。

いやいや、それはねえ。いくらなんでもあり得ねえ。

錠一郎は、心の中にその疑いを封じ込めた。

礼司が、心細そうに口にする。

「こんなことに首を突っ込み続けて、大丈夫かな」

弱気の虫が顔を出すのも、わからないではない。

だが。

弥生と初めて出会った、中学二年の春。

世界に居場所がないように感じていたあの頃、俺は人の気持ちがわからなかった。いや、わかるための方法がわからなかった。生きづらさしかなく、どこかへ漂っていってしまいそうな気がしていた。

そんな俺のことを、弥生は理解してくれた。そうして、俺は人の気持ちをわかろうとすることを覚えたのだ。

弥生は、俺を救ってくれた。彼女が、俺をこの世界につなぎとめてくれた。

その弥生自身が、本当に世界に居場所のない存在だったというわけだ。

――だったら、今度は俺があいつを救う番じゃねえか。

錠一郎は言った。

「大丈夫だ。そもそも俺たちは、ずっと弥生の味方だったんじゃねえのか？」

11

「他人に期待したり、好意をもったりしないほうがいい。恋するなんて、もってのほかだ」

四百年前。当時、柘植野《つげの》と名乗っていた男にそう言われた時、弥生は何も答えられなかった。

まさに、彼に恋をしていたからだ。

弥生が生涯で初めて恋をし、もっと遠くまで一緒に行きたいと願った相手。彼はランガとして生きた数百年のあいだに、何もかもを達観してしまった節があった。誰にも期待せず、好意を持たず生きていこうとしている男に、思いを告げる勇気は弥生にもなかった。

彼と弥生は、イースター島からずっと一緒に過ごしてきた。他数人のランガとともに日本へ渡ってきたのは、永禄十二年、西暦でいえば一五六九年が暮れようとしている頃だった。

この年の五月には、徳川家康《とくがわいえやす》の軍勢が今川氏真《いまがわうじざね》の立てこもる掛川城を包囲、開城させ、十月には織田信長《おだのぶなが》が伊勢を制圧していた。戦国の世は、激しさを増しつつあった。

弥生は日本に来るまで、戦の何たるかをよく知らなかった。堺から京の都へ、さらにその先へと移り住む中で見た土地はどこもひどく荒み、悲惨な死と貧困に満ち満ちていた。こんな国になど来なければよかったと何度も後悔したものだ。

今でも、戦国時代を描いた映画やドラマを観る度に思う。現実は、あんなものではなかった。山河を埋めた死体の一つひとつに名前があり、家族や友人がいて、ささやかであっても夢を持っていた。彼らはそうした物語をはぎとられ、歴史の壁に塗り込まれた。今となっては学生が語呂合わせで覚える年の、なんとかの乱、なんとかの戦いといった無数の殺し合い。その結果の、死者数千、数万という単なる数字となって。

そして彼らをただの駒として扱った人物は、数百年の時を隔てれば英雄としてもてはやされる。

その一人、織田信長が浅井長政《あざいながまさ》に裏切られ、越前の朝倉《あさくら》攻めから撤退する中で金ヶ崎《かねがさき》の戦いが起きた。元亀元年（一五七〇年）のことである。この際には、弥生や柘植野たちランガも戦いに巻き込まれた。商人として近江の豪族・朽木元綱《くつきもとつな》を訪れていたところだったのだ。

そこで遭遇したのが、浅井・朝倉軍の追撃を受けていた織田軍の後衛だった。

親切心か気まぐれか、柘植野は織田軍のある武将に撤退する道を教えた。その武将こそ木下藤《きのしたとう》吉郎《きちろう》——のちの豊臣秀吉《とよとみひでよし》であったのだが、話に尾ひれがついて伝説が生まれた。木下藤吉郎が「朽木越え」の際に配下へ加えた盗賊の一味は、やがて忍びとなって太閤秀吉が天下を取る手助けをした……というものだ。後世、猿飛佐助《さるとびさすけ》の一族と呼ばれる忍者伝説の誕生である。実際にその後、柘植野や桐ヶ谷ら何人かのランガは忍びとして活動することになった。

彼らの伝説は時代を下るにつれてさまざまな物語に形を変え、ゲームセンターで礼司がプレイしていたようなゲームにも影響を与えた。それらの出来事をすべて見届けているのだと思うと、弥生はなんともいえぬ奇妙な気持ちになる。

弥生が柘植野と最後に会ったのは、戦国から長い時が過ぎた昭和十五年のことだ。柘植野——その時は違う名になっていた——が表向きの仕事で訪問していた欧州から帰ってきて、半年ほど経った頃だった。

彼はそろそろ仕事を辞め、また次の名前と身分に移ると語った。そして新しい苗字は杉津《すいづ》にするつもりだと教えてくれた後、ふいに言ったのだ。

「昔、城の石垣に手紙を隠したことがあったろう」

「ええ。あれはいい手だったわね。さすがは忍びをしていただけある」

急にどうしたのだろうと不思議に思いつつ、弥生は答えた。

「そうだろう？　なんといっても、僕は隠れたり隠したりすることにかけては伝説的存在だ」

「あの隠し方、わたしも真似しようと思って」

「それはいいが、近頃は古い建物であってもどんどん壊されてしまうからね。長く隠しておくには、場所をよく考えないと。……この前ちょっとしたものを隠したのは、正確には石垣じゃなくて石積みっていうのかな、城ではないけどしばらくは大丈夫そうな場所だった」

「何を、どこに隠したの」

「今は、まだ言えないな。この国のどこかとだけ伝えておくよ。未来の誰かが、それをきっと必要とするはずだ」

「そんなこと言ってないで、教えてよ」

「いつかね。……それに、必要な時がくればわかると思う」

彼はそれだけ口にして、ただ笑っていた。

しかし彼の言っていた「いつか」は、二度と来なかった。

彼は次の年、ランガとしては珍しい死を迎えた。中国大陸の戦場で、砲弾に身体をばらばらに砕かれて死んだのである。

新しい身分を得るにあたり、彼は杉津という変わった姓にこだわっていたらしい。そのため評議会では戸籍を操作する際、徴兵対象の身分しか用意できなかったのだ。彼は粛々と徴兵に応じた後、喜んで危険な任務に身を投じたという。

自殺を戒めたランガ千年の掟に逆らわず、いつ来るかもわからぬ老化にも頼らず、自ら命を絶つ方法——戦場における死。彼はそれを選んだのだと、弥生にはわかった。

——やっと、死ねたというわけね。

知らせを聞いて、取り残されたような気分になったのを弥生は覚えている。

彼が隠したものについてわかったのは、つい最近のことだ。

それは、七百年前にイースター島の聖域から持ち出したトロミロの実だった。

ランガたちは、いつか何かの役に立つかもしれないと、乾燥させた実を島から持ち出していた。乾燥したものであっても効果はある。それが災いのもとになりかねないものだとは、皆よくわかっていた。ゆえに実は世界の数カ所に分散して隠され、その場所を知る者も限られたが、長い年月のあいだにさまざまな事情で失われ、残っているものはないとされてきた。

本当に残っていないか、近年になり評議会が調べなおしたのは、ランガを普通人に戻す研究において島から持ち出したトロミロを分析する必要が出てきたためである。そして調査の結果、わずかに残された実があったことが判明した。

欧州に渡ったランガが、それを保管していたのだ。

そのランガはナチスのユダヤ人狩りに巻き込まれて命を落としたが（これもまた掟に反することなく死ぬ方法ではあった）、直前に別のランガへ最後のトロミロを託していた。

託した相手こそ、農林省の研究員として欧州視察中だった柘植野であった。柘植野は欧州からシベリア鉄道を経由して日本へ帰国後、トロミロをどこかに隠したらしい。だが、その場所だけはわからなかった。場所を誰にも伝えぬまま、戦死してしまったためだ。

そんな状況で、弥生はトロミロに関する調査を評議会に命じられた。かつて、柘植野と長い時間を過ごしていたからだという。もっとも、評議会が弥生の思いまで把握しているとは考えられなかった。何しろ、彼への気持ちを弥生は誰にも伝えたことがないのだ。当時一緒にいた桐ヶ谷にさえも。

とはいえ、評議会が弥生を選んだことは間違ってはいない。柘植野が弥生に語った「隠したもの」とは、今にして思えば最後のトロミロを指していたのだろう。

その隠し場所に関して、弥生は最近になって思い出したことがあった。柘植野は農林省を辞めるにあたり、欧州訪問の手記を残したと言っていたのだ。手記に、何らかのヒントが書かれている可能性はある。

そして手記の行方を追ったところ、今では歴史的資料として別の場所に移されていることが判明した。

それが、南武大学農学部だった。

学内奥深くに収蔵されたそれを確認するタイミングを、弥生はずっと待っていた。調査の期限は評議会から特に示されていなかったため、いずれ機会をみて、近づきやすい身分を手に入れればよいと考えていたのである。待つことにかけては、ランガは普通人よりもよほど気が長い。

一九九九年に東北のある地方都市へ引っ越し、しばらく夜の街で働いていた弥生は、二〇〇四年の水害を機に別の戸籍を手に入れた。それから西日本各地で住所や仕事を変えつつ二十年ほどを過ごし、関東に戻ってきたのは最近のことだ。その間、弥生は与えられた任務を仲間のランガにも秘密にしたまま、時を待ち続けていた。

その状況が、かつての同級生、赤城錠一郎と接触したことで変わった。

錠一郎は、南武大学農学部を卒業していたのだ。弥生が評議会に報告すると、彼を使って手記を見つけるようにと指示があった。偶然や運命の巡り合わせを信じなくなって久しいが、案外、本当にそんなものがあるのかもしれない。

そのような時に、柏原が現れたのは想定外の出来事だった。もう少しで手記が保管されているはずの部屋まで行けるというところで、いったん引き揚げざるを得なくなってしまった。しかも、単なるストーカーだろうと思っていた柏原はトロミロを探しており、タンガタ・マヌと関わっている可能性が浮上してきた。

タンガタ・マヌが絡んでいるのであれば、錠一郎たちを巻き込むのは危険すぎた。手記に接触する方法を、あらためて考えなおす必要がある。

そうして二週間ほどが過ぎた今日、評議会議長から弥生のもとに連絡があった。

タンガタ・マヌの動きが活発になっているという。どうやら本当にタンガタ・マヌはトロミロを探しているらしい。

なんとしても、彼らより先に最後のトロミロを見つけねばならない。事態は一刻を争う状況であり、目的達成のためにはどんな手段を用いてもかまわないとの連絡だった。

ならば、やはり錠一郎と礼司に協力してもらうしかないだろう。普通人の協力を得ることについても、例外的な措置が認められるはずだ。何しろ議長の指示なのだから。

弥生は心を決め、スマホを手に取った。

錠一郎をコールする。錠一郎の顔が柘植野の顔を上書きするイメージが頭をよぎったが、弥生はそれを振り払った。今はそんな感傷は置いておくべきだ。

電話は、すぐにつながった。

赤城くん、と呼びかけた後、弥生は言った。

「あらためて、お願いしたいことがあるの」

12

『あらためて、お願いしたいことがあるの』

ヘッドホンの中で、声が響いた。弥生——葉月の声だ。

ひと気のない、夜の駐車場。その隅に停まったカワサキ・ニンジャH2。

シートにまたがったまま、男はヘルメットを脱いでヘッドホンを耳にしていた。

評議会がランガに支給している特殊なスマホ。それを盗聴することが、評議会の特務機関員であるその男——二十数年前に桐ヶ谷と名乗っていた男には許されていた。

彼女の声を聞きながら、男は強く目を瞑り、思った。

葉月、いいのか。これ以上、あのバカどもを巻き込むなんて。

あいつらを、死なせることになるぞ。それに、お前も。

第三章　我々はどこへ行くのか

1

盆休みが終わった次の週末、土曜日。

南武大学正門近くの児童公園には、小さな子どもたちの声が響いている。

その公園内、ケヤキの木陰にあるベンチで、錠一郎と礼司は弥生を待っていた。土曜日だというのに、礼司は会社へ行くようなスーツと鞄の姿である。錠一郎もビジネス用のリュックを背負い、ジャケットを着ているが、ジャケットはいつもと同じ裏地が虎柄のものだった。

先日、弥生から錠一郎に電話がかかってきた。農学部にある資料を手に入れるため再び協力してほしいという。もちろん、断るという選択肢はない。礼司にも当然手伝ってもらうことにして、これから実行するところなのだ。

「そういや、預かってたカタナだけどよお」

ベンチの隣に座る礼司が、思い出したように言った。錠一郎の愛車、スズキＧＳＸ１１００Ｓカタナは、礼司の実家のバイク屋へ点検に出していた。

「仕上がったらしいぜ。直接取りに来るか？」

「わりいけど、もうちょっと青葉モータースに置いといてくんねえかな」

「なんだ、忙しいのか」

「忙しいってわけでもねえんだが……。じつは通知が来てよお」

錠一郎が事情を話すと、礼司は爆笑した。

「なにお前、やっちまったの」

弥生を乗せて海まで走ったあの日。警察署の前を時速百キロでぶち抜いた後、白バイが追いかけてくることはなかった。だが、三脚に載った可搬式オービス（速度違反自動取締装置）とその傍に潜む警官によって、錠一郎のカタナはしっかりと撮影されていたのだった。

「免停九十日だとよ」

「うわー。でも、九十日はちょっと長えな」

礼司は少し困ったような顔を浮かべた。「そんなに工場のスペースに余裕あるわけじゃねえし……」

「うちまで乗ってきてくんねえ？　飯くらいおごるからよ」

「おいおい。俺、大型二輪は免許取ったばっかだぞ。お前んち、幡ヶ谷じゃねえか。都心抜けてくのなんておっかねえよ」

「頼りねえなあ。それでもバイク屋かっての」

「バイク屋は実家であって、俺は関係ねえ。それより、そろそろ弥生が来るだろ。その前に」

礼司は、声を潜めた。「こないだ俺が言ったこと、覚えてるか」

「なんのこった」

「首を突っ込み続けて大丈夫かって話。なんか、弥生も不穏なこと言ってたらしいじゃんか。二度と会えなくなるとかなんとか」

「礼司、まさか弥生が俺たちをどうにかするとでも思ってんのか」

「怒んなって。俺だってあいつのことは信じてるけどよお……」

その時、公園の入口から弥生が現れた。

先日とデザインは多少違うものの、やはり全身を黒でコーディネートしている。ブラウスもロングスカートも、肩から提げた小さなポシェットまで真っ黒だ。よほど、黒が好きなのか。

「急にごめんね」

二人の前に立った弥生に、錠一郎は言った。

「かまわねえよ。しばらく連絡がねえから、心配してたぜ」

「ごめん、いろいろ忙しくて……。青葉くん、わたしの話は赤城くんに聞いたんだよね」

「ああ。ちょっと、ていうか、だいぶびっくりしたけどな」

「そうだよね。赤城くん、他の人には……」

「大丈夫。話したのはこいつだけだ。約束だからな」

ありがとう、と弥生が頭を下げる。

礼司が言った。

「なんか危ねえことがあるんで、やり方を考えなおすって話だったんだよな。それが、どうしてまた頼んできたんだ。そこは教えてもらいてえな。錠一郎にも、まだ理由は言ってねえんだろ」

弥生は頷くと、ブランコや砂場で遊ぶ子どもたちに目を遣り、少し声のトーンを落として話しはじめた。

「評議会って組織のことも、聞いてるよね。そこでは、わたしたちランガを普通の人間に戻す研究もしてるんだけど、研究はあと一歩というところで停滞してたの。それが最近になって、トロミロの実が必要ってわかったわけ」

「そのトロミロってのが、ランガになるのに必要なんだろ。それを食べるとなんとかって細胞ができるんだっけか。ウルトラ・スーパー・デラックスみてえな」

途中で口を挟んだ礼司に、弥生はくすっと笑って訂正した。「USD細胞ね。アンリミテッド・スピード・デベロップ」

「だけど、トロミロはイースター島にはもう残ってねえし、七百年前に島から持ち出した実もなくなっちまったって話だったよな」錠一郎は言った。

「ごめんね、こないだは言わなかったけど……ほんの少しだけ残った実が、日本のどこかに隠されてるの。それさえ見つかれば、研究を次の段階に進められる」

──なるほど。話をしてくれた時、弥生は「ほとんどない」という表現をしていたが、そういうことか。

「でもよお、ランガが隠したんだったら、そいつに教えてもらえばいいんじゃねえか？　不老不死なんだし、どっかで生きてるんだろ」礼司が訊いた。それは、錠一郎も考えたことだ。

「もう……その人はいないから」

弥生の目に一瞬、愁いの色が浮かぶ。「ランガも死ぬことがあるって言ったでしょ。最後のト

204

ロミロを隠したランガは、もう死んじゃったの。でも、彼はある資料に隠し場所を書き残していた。それが南武大学に保管されてるはずなのよ」

弥生の言い方からすると、その人物は男性らしい。

「そもそもそれを見つけてほしくて、こないだは来てもらったわけ。でも、あの柏原って人が現れちゃったから。それで、別の方法を考えてたんだけど……やっぱり、早く手に入れなきゃいけない事情が出てきたの。勝手に思えるかもね。ごめん」

「それはかまわねえけどよ。早くしなきゃいけなくなったってのは、どうしてなんだ」

「柏原はただの手先で、もっと危ないもの……タンガタ・マヌとつながってるかもしれないの。彼らが動き出したって、評議会から連絡があったのよ」

「タンガタ……?」

「タンガタ・マヌ。『鳥』に『人』で鳥人って意味なんだけど、ランガの中の……そうね、過激派っていうのかな。彼らは、世界のどこかにランガが安心して暮らせる場所を確保すべき、なんて主張もしてる。第二次大戦の時には、日本軍を使ってイースター島を手に入れようとしたこともあるの。でも、今さらそんな場所がこの世界にあると思う？　土地を巡って、ランガと普通人で戦争にでもなったらどうするの」

錠一郎は、その戦争の様子を想像した。もしそうなれば、あっという間に普通人など駆逐されてしまうはずだ。そうしたら、その後は――永遠に生きる人間だけになった世界というのは、どんなものになるのだろう。

「タンガタ・マヌは最近また積極的に動きはじめてて、ランガを普通人に戻す研究を妨害しようとしてるみたいなの。不老不死のまま生きていくつもりの彼らにとって、研究は邪魔ってことね。彼らより先に、トロミロを手に入れなきゃいけない」

「その連中の気持ちも、わからんでもねえな。せっかくの永遠の命が要らねえなんて、なんかもったいねえ話だ」礼司が言った。

「そう思うかもしれないね。でも実際には、延々と思い出が増えていくだけ。長い長い、永遠の牢獄みたいなものだよ……」

弥生が積み重ねてきた悲しみを理解するのは、普通人には難しい。それでも、寄り添うことはできる。錠一郎は言った。

「つらかったよな。……わりい、俺にはそれしか言えねえ」

弥生は何も答えずそっと笑みを浮かべただけで、本題に入った。

「それで、あらためて二人にお願いすることだけど」

「ああ。記念展示室の資料だろ」

その話は、先に電話で聞いていた。

弥生が探しているのは、昭和十四年に当時の農林省職員が記した、欧州渡航に関する手記ということだった。それは他の古い書類とともに、展示室に保管されている。農林水産省を退職後に大学へ教授として招かれた人物が持ち込んだのだ。

その教授こそ、錠一郎が所属していた研究室の教授だった。錠一郎とそりが合わなかった人物だ。学生時代にさんざん資料の整理をさせられた際、戦前の文献類を目にした覚えはある。それは、瞬間記憶能力によりはっきりと脳裏に焼きついていた。

今ではその教授は引退し、同様にそりが合わなかった当時の助手が教授となって研究室の後を継いでいた。そこを、礼司とともにこれから訪ねるのだ。目当ての手記をどうするか、算段はつけてあった。

「ま、御子柴の昼飯かっぱらってきたのと同じだわな」

礼司は笑った。高校時代、弥生にちょっかいを出していた美術教師のおにぎりを錠一郎が持ってきた件だ。

「人聞きのわりいこと言うな。あん時、俺言ったろ。悪い奴からしか盗らねえって。だいたい、今度は片がついたらちゃんと返すんだしよ」

言い返した錠一郎には反応せず、礼司は弥生に訊いた。

「万一ヤバいことになっても、ランガの評議会とやらが手を回してくれるんだろ?」

「できるだけのことはする」

「頼むぜ。錠一郎はいいけど、俺は家族持ちで捕まりたくはねえからな。ただ、うまく持ち出せたとして、どこで調べるよ。さすがにこの公園じゃまずいだろ」

「ここでは無理だね」

弥生は答えた。持ってきた資料を渡して終わりということではなく、錠一郎たちも一緒に話し合うつもりでいるらしい。

「他の人に聞かれずに、落ち着いて作業できるとこがいいんだけど」

「喫茶店だのカラオケ屋だのってわけにもいかねえか……」

腕を組み考えていると、礼司が口をひらいた。

「うちの会社はどうだ」

「俺らは社員じゃねえぞ」

「もちろんオフィス部分には入れねえけど、来客用の会議室があるんだ。仕事柄、セキュリティも万全だ。管理者権限は俺が持ってるし問題ねえ」

助かる、と礼をした弥生に、礼司は言った。

「ま、乗りかかった船だ。やってやろうじゃん」

2

錠一郎と礼司がキャンパスの正門へ向かうのを見送った後、弥生はここで二人を待とうと木陰のベンチに腰掛けた。

汗がひと筋、首の脇を流れていく。少し先では、陽射しが公園の地面を灼いていた。蟬がやかましく鳴き続ける中、子どもたちが走り回っている。

目を閉じると、蟬の声と子どものはしゃぐ声が重なり、渦を巻いていくように思えた。遠い昔、遠いところで、同じような声を聞いた気がする。自分がいつの時代にいるのか、よくわからなくなってきた。

トロミロもランガもすべてが夢で、目が覚めたら千年前のイースター島に戻っていればいいのに。そうして毎日、海に沈む太陽と昇る月を見ながら、年を取って穏やかに死んでいくのだ――。

弥生の白昼夢を、重々しいエンジン音が破った。

瞼を開ける。公園の入口に大型のバイクが停まるのが見えた。ヘルメットを片手に、黒いライダースジャケットを羽織った男が歩み寄ってくる。

「……桐ヶ谷くん？」

「今は違う名前だけどな。まあいいさ。だいたい二十年ぶりか」

目の前に立った男は、昔と変わらぬ彫像のような濃い顔を、ほんの少しだけ綻ばせた。

「どうしてここに……やっぱり、この前追いかけてきたのはあなたね」

「そうだ。俺の仕事は、知ってるだろ。ランガの秘密が漏れそうな場合、必要な対応を取らなきゃならない。時には、仲間にも嫌われる仕事だ。お前にも、今度こそ嫌われるかもしれねえな」

桐ヶ谷が昔から、ランガの秘密を守るため評議会の特命を受けて活動しているのは知っていた。秘密が漏れた相手をどうするかも――。

「ちょっと待って。まさか」

立ち上がった弥生を片手で制し、桐ヶ谷は言った。

「なんであのバカどもを巻き込んだ。お前だって、さんざん経験してきただろう。秘密が漏れた時、どんなことが起きたか」

「わたしの仕事を、知らされてないの？　……それもそうか」

評議会の秘密保持は、徹底している。弥生が最後のトロミロにつながる資料を探していることを、桐ヶ谷が知らなかったのも無理はない。資料を手に入れるため、普通人の錠一郎や礼司に協力してもらっていることも。

弥生はベンチから立ち上がり、桐ヶ谷を公園の奥、ひと気のないほうへ誘った。

歩きながら事情を説明すると、桐ヶ谷は驚いた様子を見せた。どうやら桐ヶ谷は、錠一郎が彼の周辺を嗅ぎ回っていたことに気づき、そこから弥生が妙な動きをしていることまで察知して追いかけてきたようだ。

「やれやれ、あのバカどもを消さなきゃいけないところだった」

「でも、今言ったとおり、評議会の……」

「事情はわかった。別系統で動いている以上、知らせる必要はなかったってことか」

「教えてくれてもよさそうなものだけどね」

「まったくだ。ただ、お前を信用しないわけじゃないが……悪いけど、俺も仕事だ」

桐ヶ谷はそう断ると少し離れた場所に歩いていき、スマホで誰かと話しはじめた。内容は聞き取れない。

通話を終えて戻ってくると、桐ヶ谷は言った。

「確かめさせてもらったが、本当みたいだな。お前に協力するよう、念を押されたよ。タンガタ・マヌが今まさに動いているらしい。できるだけ早く対応しろということだ」

「そう。相手は誰」

「議長だ」

「あの人の秘密主義、ちょっと極端よね。昔よりだいぶ厳しくなった」

弥生は、数十年前に評議会議長に就任した男の顔を思い出した。いつも髭を伸ばしていた、あの男。

「仕方ないさ。今どきは、ほんのちょっとしたことで秘密がバレかねない。で、これからどうするんだ」

「手記が手に入ったら、青葉くんの会社で調べることにしてる」

「持って来させるだけじゃないのか」

「それだけであの二人が納得すると思う？　それに、タンガタ・マヌより先にトロミロを見つけるには、二人に手伝ってもらったほうがいい。緊急事態だもの」

「赤鬼青鬼か……。仕方ない。状況は逐一知らせてくれ。トロミロのありかがわかったら、すぐに俺へ報告すること。実際に探すのには、俺も動く」

「わかった」

それから桐ヶ谷は、少しだけ迷ったそぶりを見せて言った。

「青葉の会社は、秋葉原といったな。俺のバイク、乗っていくか」

「ヘルメット、二つはないでしょ。警察に見つかったらどうするの」

「近くにホームセンターがある。そこまでは俺のをかぶってろ。裏道を抜けていけば、見つからないだろ」

「なんだか、赤城くんに似てきたね」

「あんな元ヤンと一緒にするな。いいか、あいつらに俺のことは知らせるなよ。ただでさえ面倒ばかりなのに、バカどもの相手なんかしてられん」

3

「弥生から連絡があった。先に礼司の会社の近くへ行ってるってよ」

鍵一郎は、スマホに届いたメッセージを礼司に伝えた。

南武大学のキャンパス中央を貫く並木道。鍵一郎と礼司が、弥生に頼まれた文献を取りに（正確には盗みに）向かっているのは、一カ月ほど前にも訪れた農学部の建物である。

礼司が訊いてきた。

「しかしトロミロって、そんな昔の実、腐ってたりしねえのかね」

「発掘された二千年前の実が発芽して花も咲かせた、大賀《おおが》ハスっていう例がある。それに、研究するためなら発芽までしなくても成分さえわかればいいんじゃねえか」

「へえ。さすが農学部」

それから、礼司は小声になって言った。「でも、その実をタンガタ・マヌとかいう連中が欲しがってる理由って、なんだと思う」

「ランガを普通人に戻す研究を邪魔するためだろ」

「それもあるんだろうが……俺が思うにだな、戦争のどさくさでイースター島を分捕っちまおうなんて考えたり、ヤクザを使ったりする奴らのことだ、もっと何かたくらんでるんじゃねえか」

「たくらむ？」

「弥生の話じゃ、タンガタ・マヌはランガの存在を世界に認めさせようとしてるんだろ。トロミロをそれに使うつもりなんじゃねえかな」

「不老不死の秘密を公開するとか？」

「皆さん科学の進歩に役立ててください、ってか。バカ。そんな素直な連中かよ。秘密をバラすにしたって、世の中みんなにってわけねえだろ。考えてみろよ。永遠の命が欲しいなんて奴は大勢いそうじゃねえか。政治家とか、経済界の大物とかよ。そういう連中を釣るための餌だな。ランガになれることを餌に、人間の社会を操るわけさ」

「礼司、陰謀論に気をつけろとか俺に言ってなかったか」

「ノストラダムスよりはあり得るだろ」

「うーん……まあ、そうか？　だけどトロミロを一つぽっち手に入れたって、そんな連中をランガにすることはできねえだろ。ランガになるには、子どもの頃に一定量食べる必要があるって話じゃねえか」

「成分を分析して大量生産するとかできんじゃねえの。その辺は農学部出に任せる」

「なんだ急に丸投げしやがって」

――しかし、礼司の想像は案外いい線をついているのかもしれない。

ランガを普通人に戻す研究をしているのなら、トロミロの作用機序も分析しているはずだ。その過程で、トロミロと同様の成分を用いて普通人をランガにする別の方法を見つけられるのではないか。そうすれば……。

考えているうちに、農学部の建物の前に着いた。中から出てきた、白衣を着た研究者らしき人物が二人の脇を通り過ぎていく。先日閉まっていたエントランスは開放されているようだ。

二人は、建物に足を踏み入れた。昭和時代に造られた建物の廊下は、錠一郎が在籍していた頃とほとんど変わらず薄暗かった。

一カ月前、弥生を追いかけて走った階段を歩いて上りながら、錠一郎は礼司に念を押した。

「わかってんな。今日のお前はフリーの科学ライターだかんな」

手記を手に入れるため研究室を訪ねるにあたり、錠一郎は架空の用事をでっち上げていた。知人のライターが記念展示室の古い文献を取材したがっているというストーリーを組み立てて、元関係者のコネで頼みこんだのだ。

錠一郎は、礼司の顔を見て言った。

「冷静に考えると、こんなゴツい顔の科学ライターなんて無理があるかもな。どっちかっつうと、ヤクザとか裏社会のルポライターか」

「うっせえな。ルッキズム反対」

「とにかく、ボロ出すんじゃねえぞ」

三階の研究室前に着く。希望と不満、両方の思い出に満ちた部屋。その前に再び立った錠一郎は、ドアをノックした。

「どうぞ」という声を受け、室内に入る。

「ご無沙汰しております。赤城錠一郎です」

「ああ、久しぶりだね」

錠一郎よりも少し歳上の教授――かつての助手が、机に座ったまま手を上げて挨拶した。カジュアルなジャケット姿だ。服装にうるさい先代の教授がいた頃は、いつもスーツをびしっと着こなし、錠一郎のヤンキー趣味丸出しのファッションに冷たい視線を送っていたものだが。

「お忙しいところ、今日はありがとうございます」

「いやいや、昔のご縁だ。歓迎ですよ」

そう言って教授は笑った。その目は、錠一郎のジャケットに向けられている。裾がめくれ、虎柄の裏地が見えてしまっていた。

それに気づいたのか、すばやく礼司が前に出て挨拶した。

「青葉礼司と申します。フリーの科学ライターをしております」

うやうやしく名刺を渡している。このために急いで作ったものだ。「今日はお時間頂戴しまして恐縮です。夏休み中の土曜日だというのに申し訳ありません」

「かまいませんよ。しかしまたずいぶんと大きな方ですね」

教授は、礼司を見上げて言った。顔が引きつっているように見えるのは、礼司の強面のせいか。

「さて、土曜日といっても暇ではないので……昔の文献ということでしたね。さっそく、記念展示室に行くとしましょう」

さりげなく嫌みを挟んできた気がしたが、もちろん言い返したりはせず、錠一郎と礼司は素直に教授の後についていった。一階の端にある記念展示室を目指す。その部屋は展示室といっても基本的に一般公開はしておらず、開けられるのは研究者など限られた者が申請した時だけだった。

先に立って廊下を歩く教授が、振り返らずに訊いてきた。

「それで、青葉さんは科学ライターだそうですが、専門分野は」

「あ……ええとですね」

礼司の顔が、錠一郎に向けられる。こんなふうに質問された時のことなんか決めてなかったじゃねえか、と文句を言いたげな表情だ。

「ええと、ＩＴ関係……でしたかね」礼司は答えた。

「ＩＴ？　それが、どうして農業関係の古い文献になど」

「ああ、そのですね……」

また礼司が助けを求めるような視線を送ってくる。錠一郎は、いいからノリでなんとかしろ、と目だけで答えた。

「最近はリモートワークの普及にともない、地方に移住するＩＴエンジニアも増えているんですね。中には副業として農業を始める人もいるようで、それと昭和の頃の脱サラブームで農家になった人との比較をしてみたいというのが発端でして。それで、こちらには昔の就農状況の記録などあるのではと……」

よく急にそんな話をでっち上げられるな、と錠一郎は呆れ半分で礼司の説明を聞いた。それでも、教授はいちおう信用してくれたようだ。

「ふむ……昭和時代のデータでしたら、まさに農林水産省の資料にあったと思いますが」

「あるんですか」

「あると思ったから来たんでしょう？」

訝しんだ教授に、「あ、はい。そうです。ぜひ拝見したく」と礼司が慌てて答えたところで、三人は記念展示室の前に着いた。

鍵を開けながら、教授が「資料は持ち出し禁止ですよ」と念を押してくる。

「はい、承知しております」

そう言った礼司が、にやりと錠一郎に笑いかけてくる。

バカ、と声に出さず口の形だけで返した。

扉が開き、教授に続いて展示室に入った。年代物のガラスケースや書棚に、古い標本や文献が並んでいる。換気などはしっかりおこなわれているはずなのに、どこか黴臭かった。

「昔のままですねえ」

錠一郎は、なつかしむ様子を演じつつ部屋の奥へと進んでいった。

奥のほうは、棚が入り組み迷路のようになっている。学生の頃に整理を命じられた時と、そう変わらずに見えた。これならば。

棚の向こうでは、教授が礼司に見せる資料を探しているようだ。教授の気を逸らすためか、礼司はやたらと話しかけている。

「そういえば、こちらには農林水産省の古い文献だけでなく、南武大学創立当時の貴重な資料も揃っているとか……」

そのあいだに、錠一郎は棚から棚へと移動していった。

昔、半ば嫌がらせのように整理させられた資料。来る日も来る日も、ほこりっぽい本の山に埋もれて作業をしたものだが、その時の記憶がよみがえってくる。

戦前の、農林省時代の文献。このあたりにあったはずだ――。

錠一郎は、ガラスの引き戸がついた木製の書棚を覗きこんだ。学生時代に整理した時とまったく変わっていなかった。昭和十二年、十三年と年ごとのラベルが貼られた下に、本や書類が並んでいる。昭和十四年は、一つ隣の棚か。

「私が研究室を引き継いだ時、前任の教授に約束したのは、この部屋の貴重な資料を守りぬくということでして」

礼司に別の資料を見せようとでもしているのか、教授の声が近づいてきた。「前任者のご縁で、私も農林水産省にはちょっとばかり顔が利きましてね。先日は大臣や事務次官と……」

暇ではないと言っていたわりに長々と自慢話を始めそうだが、対応は礼司に任せておこう。ともかく、早く手記を見つけなくては。

錠一郎は隣の書棚に移動した。昭和十四年のラベル。ここだ。引き戸に鍵はかかっていない。音を立てぬよう、そっとスライドした。並ぶ本の背表紙を見ていく。

「そうなんですか。すると、教授もいずれは国の農業政策に深く関わっていかれるわけですね」

棚の向こうからは、話を合わせようと必死な礼司の声が聞こえてくる。

探すべき手記は、弥生の話によれば製本されたものではなく、手書きらしい。ということは、ノートの類か。

本のあいだに、ノートや紙の綴りがまとめて挟まっているのを見つけた。抜き出して、一冊ずつめくっていく。「昭和十四年度農林省予算検討ニ於ケル諸問題」……違うな……「地主と小作人の関係に就ひて」……たぶんこれも違う。

何冊目かの大学ノートを開くと、「欧州視察ニ関スル覚へ書キ」の文字が目に飛び込んできた。

——これだ。

錠一郎はノートの中身を急いで確認した。読み込む暇はないが、最後のほうのページまできっちりと字で埋まっている。解読は後だ。ノートをリュックに仕舞い、他の資料は元通りの並びで棚に戻した。

「ああ、赤城君、ここにいたのか」

ガラス戸を閉めたところで突然、教授の声がした。慌てた様子の礼司がついてきている。

「は、はい」

錠一郎は弁解した。「なつかしくなっていろいろ見ていました。取材は終わりましたか」

「いやー、おかげでいい取材ができましたよ！」礼司が強引に割り込んでくる。

「もういいんですか」

「あ、はい。これ以上聞いてられ……いえ、なんでも」

礼司は言った。「では、記事ができたらお知らせいたします」

もちろん、記事などできるわけがない。頃合いをみて、都合によりボツになったと連絡するつもりだった。

礼をして辞去する間際、教授は思い出したように口にした。

「ああ、そういえばちょっと前に問い合わせがあってね。うちの研究室に昔、赤城錠一郎という人物が在籍していたかどうか確認してきたんだよ。修士論文を見たいとも言うので、公開していないと伝えたらそれで終わりだったけどね」

「誰からだったんですか」

「フリーのライターと名乗ってたね。うさんくさい感じだったが」

目の前の礼司もライターという設定ではあるのだが、教授は気にしていない様子だ。

「ま、たいした話じゃないでしょう。そもそも赤城君が当時取り組もうとしていた研究、仮に研究室に残っていても、ものにするのは難しかったと思うよ」

教授は薄ら笑いを浮かべて言った。

——二十年前も、この人は俺の研究を冷笑してたな。

錠一郎を博士課程へ進ませないよう、裏で教授へ働きかけたという話も聞いたことがあった。錠一郎が自分の邪魔になるからだったのかもしれない。

建物を出てキャンパスを歩きつつ、錠一郎は礼司に言った。

「な。悪い奴からしか盗らねえっつったろ」


秋葉原に着いた錠一郎たちは弥生と合流し、礼司の会社へ向かった。

歩きながら、弥生が小声で言った。

「タンガタ・マヌにまた動きがあるらしいの。急がないと」

「何か、連絡があったのか」

錠一郎が訊くと、弥生は少しだけ間を置いて「そうね」と答えた。

やがて、礼司は大きなビルの前で足を止めた。礼司の会社の、自社ビルだ。土曜日とあってエントランスには誰もいない。

礼司は「ちょっとここにいてくれ」と言い残してから、ゲートに自分のＩＤカードをかざし奥に入っていった。

待っているあいだ、錠一郎はふと思って弥生に訊ねた。

「タンガタ・マヌが動いてるっつってもよ、トロミロの隠し場所につながるヒントは、この資料しかないんだろ？」

件の手記を入れたリュックを指差す。

「ってことは、こいつを俺たちが持ってる限り、タンガタ・マヌの連中は動きようがねえだろ」

「それはそうだけど……」

弥生は言った。「こっちで把握できていない他のヒントがあるのかも。とにかく、早く解読して先にトロミロを見つけないと」

そうか、と言ったところで来客用のＩＤカードを手にした礼司が戻ってきた。ゲートを抜け、エレベーターでビルの上層階へ上がる。会議室に入るのにもＩＤカードが必要で、セキュリティはかなり担保されていることがわかった。

扉を閉め、三人だけになった会議室の中で、錠一郎は古い大学ノートを取り出した。

「これでいいんだよな」

ありがとうと嬉しそうに言った弥生はノートを手に取り、しばらくじっと眺めていたが、何かを振り切るようにページをめくりはじめた。

「どうだ。隠し場所、書いてあったか」

錠一郎が待ちきれずに訊くと、横で礼司が呆れ声を出した。

「あのなあ、そんなわかりやすく書いてあるわけねえだろ。お前じゃあるまいし。それにしても、びっしり書いてあんな。そん中から、ヒントなんて見つけられんのかよ」

「ヨーロッパにいる時の記録は、たぶん関係ない」

弥生が言った。「彼が日本に帰った後のページだけ調べればいいはず。トロミロを隠したのが日本であることは、間違いないんだから」

「なんでわかるんだ」

「彼自身に、直接聞いたんだもの」

弥生は、その男と交わした会話を教えてくれた。隠し場所について、「この国のどこか」と言っていたことも。

「彼は、こうも言ってた。未来の誰かが、それをきっと必要とするはず、って……」

弥生は遠い目をして語った。言葉の端々から、弥生が彼に何らかの思いを抱いていたことが察せられる。その男とは、どういう関係だったのだろう。錠一郎は、そんなことを考えてしまった。

そのあいだも、弥生は手記を確認し続けていた。時々読み上げてくれる内容から、シベリア鉄道経由で帰ってきた男を乗せた船は、福井県の敦賀港に着いたことがわかった。そこから東京へ向かったようだ。

礼司が、スマホで調べる。

「大陸から日本へ来る船に敦賀で接続する、欧亜国際連絡列車ってのがあったみてえだな。米原から東海道線回りの東京行きだったらしい」

「ん？　でもよお」

錠一郎は言った。「この人は、北陸線で福井とか金沢のほうを回って帰ったみてえだぜ。なんでわざわざそっちのルートを通ったんだ」

「どっか、途中でトロミロを隠すつもりだったとか？」

そこで、手記を確認し終えた弥生が言った。

「一カ所だけ、気になるところがあった。この部分。『敦賀を出て二駅で下車、宿を取る。噂通り、誠に見事な景色。うみのながめのたぐひなきと歌にある通り也』」

「たった二駅で降りて宿泊なんて、ちょっと不自然だな」

錠一郎が感想を口にした横で、礼司はまたスマホで検索を始めた。

「敦賀から北陸回りで二駅目っていうと……」

思うような検索結果が出てこないらしく、ああ鉄道関係ってよくわかんねえ、と文句を言いながら調べている。

「えーと。二駅目は、今庄《いまじょう》って駅だな。で、どんな駅かっていうと……」

礼司が、不可解そうな表情を浮かべた。

「どうした」

「ここって山ん中の駅で、海なんか全然見えなそうだぜ。手記には、海の眺めがどうたらって書いてあるんだろ」

見せられたスマホ画面の地図によれば、その駅はたしかに海からだいぶ離れた位置にある。錠一郎は困惑しつつ、何げなく窓の外に目を遣った。

とうに日が暮れた中、街明かりに照らされて、オレンジ色のラインが入った中央線の電車が横切っていくのが見えた。あのあたりは、前に教えてもらった万世橋駅の跡だろうか。

ふと、思いついた。

「……廃止になった駅とかじゃねえのか？　調べてみろよ」

錠一郎に言われ、礼司が再びスマホを操作しはじめる。

「鉄道の話って、ネットにはやたらにあんのな。どんだけマニアがいるんだか」

礼司はぼやいていたが、急に何か思いついたらしい。「そういや、鉄道マニアならすぐ身近にいたわ」

「京太郎か。しかし、子どもに頼るってのもなんだかな」

「立ってる者は親でも使えっていうだろ」

「立ってねえし。だいたい親じゃなくて息子だろが」

「いいんだよ」

息子の京太郎にかけた電話は、すぐにつながったようだ。「ああ、お父さんだけど」と口にする礼司の様子はいつもとまるで違っている。

「いま錠一郎とかと鉄道の話をしてるんだ。ちょっと、教えてくれるかな」

スピーカー通話に切り替えたスマホから、すぐに京太郎の回答が聞こえてきた。

『それなら、北陸本線の旧線だね。敦賀から今庄へ抜ける北陸トンネルができた時、それまで使ってた海沿いのルートは廃止されたんだ。いくつかあった駅も、その時なくなったんだよ』

「そうなのか」

『うん。ちなみに北陸本線って、元は米原から直江津までの路線だったのが、北陸新幹線ができたから敦賀の先は第三セクターに移管されちゃったんだけどね。第三セクターってのは……』

「あ……ああ、わかった。その辺はまた今度な」

錠一郎は口を挟んだ。「それより、廃止になった駅を教えてくれ」

京太郎もさすがにすぐにはわからなかったものの、手元で調べてくれたらしい。答えが返ってきた。

『敦賀の隣は、新保《しんぼ》。その次は、杉津《すいづ》って駅だよ』

「今、なんて？」

弥生が驚いた声を上げた。

突然割り込んできた女性の声に京太郎はやや戸惑った様子だったが、きっちり答えてくれた。

『杉津です。武蔵小杉の杉に、津田沼の津で、すいづって読みます』

どうした、と訊いた錠一郎たちに、弥生は説明した。トロミロを隠した男は、弥生に何かを隠したという話をした直後、杉津と名前を変えたそうだ。

「彼は、必要な時がくればわかると言ってた。たぶん、このことだったんだ……。きっとそう、間違いない」

「そういや、ランガの苗字には植物の名前を使うなんて言ってたな」

「ええ。隠した場所が先か、名前が先かはわからないけど……とにかく、あわせて名前を変えたのね。そして、ヒントにした。そういえば彼はあの時、石垣をわざわざ『石積み』って言いなおしてた」

「高架線とか、プラットホームの石積みってことか？」錠一郎は、万世橋駅の跡あたりを再び見ながら口にした。

「京太郎、その駅は今どうなってるか、わかるか」

しかし礼司の問いに返ってきたのは、落胆せざるを得ない情報だった。杉津駅があった場所は、今では高速道路のパーキングエリアになっていて跡形もないらしいのだ。

「じゃあ、トロミロもなくなっちまったんじゃねえか」

礼司ががっかりした声を出す。

錠一郎は、京太郎に訊ねた。

「ちなみに、他の駅はどうなんだ」

『北陸本線の旧線の駅は、ほとんど残ってないみたい』

「そうか……」

錠一郎の失望が伝わったのか、電話の向こうの京太郎は元気づけるように言った。

『あ、でもトンネルは残ってるよ。旧北陸線トンネル群って名前で、昔のまま保存されて観光資源になってるんだ。そんなに知られてるわけじゃないみたいだけどね』

「観光資源なんてよく知ってるな」

「俺の息子だからな」と隣で言った礼司は無視する。錠一郎は、手記のページを見なおした。

「噂通り、誠に見事な景色。うみのながめのたぐひなきと歌にある通り也」

口に出して読み上げると、京太郎が訊いてきた。

『赤城のおじさん？　今、なんか言ってたよね。歌みたいなの』

「歌？　ああ、たしかに歌って書いてあるな」

『それ、鉄道唱歌だよ。聞いたことない？　汽笛一声新橋を、って歌』

「おお、知ってるぞ。その先は歌えねえけど」

『はや我が汽車は離れたり、って続くんだよ。これが一番で、三百三十四番まであるんだ。北陸編の六十五番が、その歌。海の眺めの類いなき、杉津を出でてトンネルに、って続くの。杉津の駅の近くにトンネルがあったみたいだね。曽路地谷《そろじだに》トンネルだって』

「トンネル！」

錠一郎の頭の中に、昔ながらのトンネルのイメージが浮かんできた。

――そうか。古いトンネルなら、石積みで造られてるはずだ。

たぶん、そこだ。弥生と礼司も、納得した顔をしている。

京太郎に礼を言い、電話を切った。

「二人とも、ありがとう。青葉くんの息子さんにも感謝しないとね。あとは、わたしたちランガでなんとかする」

弥生はそう言った後、部屋の隅へ行って自分のスマホでどこかへ電話をかけはじめた。

そのあいだに、錠一郎はなんとなく手記をめくった。最後のほう、東京に戻った後の記述は、これまであまり確認していなかった。東京に隠すことはなさそうだと思っていたからだ。そこには、「帰京の二日後、海軍省を訪ね、旧交を温める」とあった。

「北陸線を回った理由は、彼にも話さず。彼を疑ひたくはないが、些か心配な点も在る故」ともある。なぜ農林省の人間が海軍省に用事があったのかは書かれていなかった。

電話を終えて戻ってきた弥生に訊いてみると、彼女は首を傾げつつ言った。

「たぶん、別のランガに会いに行ったんだと思う。当時、海軍省には、評議会に関係がある楠田中佐っていうランガがいたの」

「杉津は、トロミロを隠したとそいつに伝えなかったみてえだな」

「彼には、人をあまり信じようとしないところがあった。ランガの仲間であっても。だから、こんなふうに隠したのかもね……」

「そうか。言ってくれてりゃ、こんな苦労しねえで済んだのにな。ところで、さっき電話してた相手は評議会か。トロミロを探しに行くのかよ」

「それが、今日すぐには動けないらしいの」

「どうすんだ。タンガタ・マヌは先に動いてるかもしれねえんだろ」

「うん……。さっき赤城くんが言ってたみたいに、この手記の他にもヒントがあって、彼らが解読してたとしたら……」

「じゃあ、いっそ俺たちで行こうぜ。敦賀だろ？　新幹線ができたそうじゃねえか」錠一郎は提案した。

「おいおい」

礼司が唖然とした声を出す。弥生もぶんぶんと手のひらを振って言った。

「そこまで迷惑はかけられないよ。仕事だってあるでしょ？　行くなら、わたし一人で行くよ」

「バーロー、弥生一人で行かせるわけにゃいかねえよ。それに明日は日曜だ。大丈夫」

「でも、こんな時間だぜ」

礼司は腕時計を示した。既に、夜の八時を回っている。「今からだと、もう間に合わないんじゃねえかな」

「立ってる者は親でも使えだ」

錠一郎は、礼司のスマホを指差して言った。

4

カワサキ・ニンジャH2にまたがり、桐ヶ谷は夜の街を急いでいた。

弥生からトロミロのありかがわかったという電話があり、評議会議長にそれを伝えたところ、捜索に向かう前にあるランガと接触するようにとの指示を受けたのだ。

指定されたのは、皇居外苑の公園だった。ビルのあいだを貫く大通りの向こうに、ライトアップされた東京駅の駅舎が見える。

バイクを駐め、ひと気のない公園を歩いていくと、ベンチに黒いスーツの男が座っていた。彼が対象の人物らしい。しばらく会っていないランガの顔が、いくつか頭に浮かんだ。いったい、誰だろうか。

近づいていくと、相手が立ち上がった。

やや面長の、団子鼻。

「あんたは……」

「久方ぶりですね、樺山軍医大尉。八十何年ぶりですか」

「松島……タンガタ・マヌ！」

「まあ落ち着いて。ああ、今は松島とは別の名前ですよ。いくつか使い分けていますが、そうですね、柏原でいいです」

「俺になんの用だ」

「私に会うように、指示されてきたんでしょう？　つまり評議会特務機関は、これからタンガタ・マヌに協力するということですよ」

「何を言ってる……？」

馬鹿な。なぜ、評議会が。いや待て——。

桐ヶ谷の頭の中で、何かがつながっていく。

イースター島を出て以来、生まれることはなかったはずのランガ。だが、目の前の男は明らかにイースター島出身ではない、新しいランガだ。爆沈した伊一二六潜水艦から生還し、今もまったく年を取っていないのがランガの証拠である。

やはりタンガタ・マヌは、長い年月のうちに失われたとされてきたトロミロを使っていたのだ。その結果が、目の前にいる男なのだろう。

桐ヶ谷は言った。

「評議会は伊一二六に俺を派遣した時、タンガタ・マヌを見つけ出すよう命じていた。だいたい、その指示を俺に伝えてきたのは……。それが、なぜだ」

「自分の考えは誰にも話さず、胸に仕舞っておくのがランガの生き方です。秘密主義と言われてもね。そういうことです。評議会の方針には、あなたも逆らえないでしょう？　ここからは力を合わせていきましょうよ」

「……俺に、どうしろと」

桐ヶ谷は唇をかんだ。しかし、今この場ではどうすることもできない。

「トロミロのありかは私も聞きました。これから現地へ向かいますので、藤野葉月の位置情報を共有してください。あなたにも追いかけてきてもらいますが、その前に一つ頼みたいことがあります。私が使っていた駒……ちょっとしたチンピラですが、対処をお願いしたいのです」

「ランガの秘密を知られたのか」

「全部は知られていません。ただ、手伝わせるのに、トロミロというものがあるとは伝えていましてね。もう用はないですし、対処しておいたほうがよいかと。そういう仕事は、慣れているでしょう?」

5

弥生と錠一郎は、西へ向かう東海道新幹線の車内にいる。

礼司の息子、京太郎に聞いたところ、今から敦賀に行くのなら北陸新幹線には間に合わないが、この方法があると教えてくれたのだ。

姫路行き最終の「のぞみ」から名古屋で「こだま」に乗り換えれば、米原発の北陸本線最終列車に乗ることができ、敦賀には23時55分に到着するという。

二十四時間対応のレンタカーだけ予約し、二人は東京駅で「のぞみ」に飛び乗った。初めは反対していた弥生も、どうしても行くと言って譲らない錠一郎に最後には折れたのだった。

礼司は、会議室の後始末や家族のこともあり同行していない。もしかすると、以前に錠一郎のバイクに乗せてもらった時と同様、気を遣ってくれたのかもしれないと弥生は思っていた。

土曜日遅い時間の列車だけあって、車内は空いている。二人掛けの席に、弥生と錠一郎は並んで座っていた。窓際が弥生、通路側が錠一郎だ。周囲の席に人はいない。

熱海を通過してすぐ、車窓から一切の灯りが消えた。新丹那トンネルに突入したのだ。弥生がペットボトルのお茶を何度か口に運んだところで、列車はトンネルを抜けた。

――箱根の山を越えるのなんて、昔は本当に大変だったけれど。今はお茶を飲んでるあいだに通り過ぎてしまう。

弥生は思った。どれほど多くの人たちがこの線路を、またその前には東海道と呼ばれていた道を行き来してきただろう。人々の着ていた服の色や話し声、吹く風の匂いまで、弥生は頭の中で鮮やかに再現できる。

でも彼らのほとんどは、もうこの世界にはいない。

ランガの仲間にも話したことはないが、弥生がいつも黒い服を身にまとっているのには、一種の喪服としての意味があった。自らの前を通り過ぎ、二度と戻らぬ人々を弔うための……。

そんなことを考えているうちに、視界の隅がチカチカと回りはじめた。

まずいな。頭痛が来るかもしれない。昔を思い出していたからだろうか。

頭を押さえる。

隣の錠一郎が心配そうな顔をしたので、弥生は説明した。膨大な量の記憶を持つランガの宿命ともいえる、激しい頭痛について。

「どんな時に痛むんだ」

「一度にたくさんの思い出を呼び起こすようなきっかけがあると、こうなることが多いかな。千年分の、記憶の重みなのかもね」

「千年、か。そりゃあいろいろあったんだろうな。世の中も変わっただろ」

「うーん……世の中はたしかに進歩してるように見えるけど、人の行動ってあんまり変わらないんだよね。何百年経っても、国が変わっても、延々と同じこと、それも、たいていはよくないことの繰り返し。人はその時ばかりは反省しても、世代が変われば結局また同じことをする。そんなのを、わたしたちはずっと見続けなくちゃいけない」

流れ去った千年を振り返ると、悲しいことばかりだったように思える。これからの千年も、どれだけ似た出来事を目にしなければならないのだろう。

ため息をついた弥生に、錠一郎は言った。

「繰り返しって言うけどよ、俺、思うんだよな。世の中って、良くなったり悪くなったりを振り子みてえに繰り返しながら、ちょっとずつでもいいほうへ向かってるんじゃねえかって。四十年ぽっちしか生きてねえ奴が何言ってんだって思うかもしれねえけど、俺は信じてるよ。未来はちょっとずつ良くなるって。ノストラダムスの予言が外れた時から、俺はそう考えてんだ」

それから錠一郎は、照れくさそうに自分のペットボトルのお茶を口にした。


しばらくして、何かが床に落ちる音が聞こえた。横を見ると、目を閉じた錠一郎が頭を傾けている。よほど疲れていたのか、眠ってしまったようだ。音は、彼の手からペットボトルが落ちた時のものだった。

ペットボトルを拾い上げ、錠一郎がぐっすりと眠っているのを確かめる。弥生は窓のほうを向き、そこに映った錠一郎の寝顔へ向かってささやいた。

ねえ、赤城くん。わたしが今、藤野葉月って名乗ってるのはね……赤城くんが見つけてくれないかなって思ってたからなんだよ。

本当は、別の名前にすべきだったの。苗字だって、変えなきゃいけなかった。ＳＮＳに顔写真を小さく載せてたのも、そう。スカイツリーを写り込ませたのも。

弥生の告白をよそに、錠一郎は寝息を立てている。

——わたしは、柘植野を忘れる途中なのだろうか。でも、赤城くんだっていつかは。

窓の外を流れる家々の向こう、夜空には昔と同じ白い月が浮かんでいる。

乗り換えまで、あと一時間。今だけは、このまま二人でいよう。

6

街灯の光が、すさまじい速度で飛び去っていく。

深夜の高速道路を駆けるバイク。

ほとんど休憩も取らずに東名を駆け抜け、今は名神高速道路をひた走っていた。バイクを操る男の、グローブの中の大きな手はひどく汗ばんでいる。ハンドルを握る腕も痛みはじめていた。だが、休んでいる暇はない。

案内標識に、北陸道の名前が現れるようになってきた。この先の米原ジャンクションで分岐することになる。

男は、痛む腕に力を込めてスロットルを捻った。バイクがさらに加速する。

男のライダースジャケットが、風をはらみ一層大きくふくらんだ。

7

北陸本線の下り最終列車は、滋賀県と福井県の県境にある深坂トンネルを抜けたところだ。二両編成の後ろの車両に、錠一郎と弥生のほか乗客の影はなかった。

車窓には、向き合って座る二人が映っている。四十代の男と、十代に見える少女の奇妙な組み合わせ。

錠一郎は窓に顔を近づけ、目を凝らした。外は一面の闇だ。人家の灯りはほとんど見当たらない。くろぐろとした山影の樹間に見え隠れする道路を、時おり車のヘッドライトが流星のように駆け抜けていく。

首を捻って見上げれば、星の散りばめられた夜空に月が浮かんでいた。

この列車はなんだか銀河鉄道みてえだと、柄にもなく錠一郎は思った。

錠一郎にとって銀河鉄道といえば、宮沢賢治というより、幼い頃テレビの再放送で観ていた宇宙を行く列車の印象が強い。

全身黒ずくめの弥生は向かいの席で頬杖をつき、窓の外をじっと見つめている。自分たちは、さながら鉄郎とメーテルか。俺の見かけはともかくとして。ここに礼司がいれば、車掌ってとこだな。そういえばあの物語は、機械の体、つまり永遠の命をもらうため旅をするのだった。

——だけど、俺はそんなものは要らねえな。

錠一郎は強く思った。

それからほどなくして、列車は敦賀駅へと到着した。

予約していたレンタカーのスバル・インプレッサは、錠一郎が免停中のため弥生が運転した。市街地を出て、国道四七六号を北上する。目的地の曽路地谷トンネルは意外に近く、三十分程度で着くらしい。

出発した後、ろくに食べていないため、途中でコンビニに立ち寄った。錠一郎がレジに並んでいるあいだ、弥生は店の外でどこかへ電話をかけていた。

再び走り出し、国道から脇道に入る。廃止された北陸本線旧線跡を転用した道だ。一気に山が深くなり、トンネルが連続して現れはじめた。鉄道用に造られたトンネルは狭くてすれ違いができず、入口には交互通行のための信号があった。

ほとんど対向車はいなかったが、何本目かのトンネルで信号を待っていると向こうからスクーターがやってきた。ハンドルを握っているのは、煙草をくわえた初老の男性。地元の住民のようだ。走り去るスクーターを念のためドアミラーで確認した後、錠一郎は弥生に訊ねた。

「そういや、こないだ追っかけてきたバイクだけどよ……あれ、桐ヶ谷だったんじゃねえのか」

以前、礼司と話していて思いついたことだ。弥生に訊いてよいものか迷っていたのだが、つい口からこぼれ出てしまった。

「どうして、そう思ったの」

弥生は表情を変えずに言った。信号が青に変わり、車を発進させる。

「あのバイク、カワサキのニンジャだったろ。桐ヶ谷の野郎、むかし同じ名前のバイクに乗ってたじゃねえか」

弥生は少しだけ黙り込んだ後、静かに口をひらいた。

「……そうだよ。あれは、桐ヶ谷くんだった」

「やっぱし。でも、なんで弥生を追ってきたんだ」

そう訊ねると、弥生は公園に桐ヶ谷が現れた時の話をしてくれた。

「本当だったら、彼がここに来る予定だったんだけどね」

「今日は動けないって言ってたのは、奴だったのか」

「うん。その後の状況を連絡したいんだけど、さっきからつながらなくて」

「あの野郎、信用できんのかよ」

「評議会の仕事をしてるんだし、大丈夫よ」

「そういうもんかね……。それにしたってニンジャが好きな野郎だ」

「まあ、彼は戦国時代、本当に忍者だったしね」

「あの野郎が？　マジか」

「桐ヶ谷くんも、トロミロを隠した人も、忍者だったの」

弥生は、かつて柘植野と名乗っていたトロミロを隠した男が、猿飛佐助伝説のモデルになった人物であり、彼とともに桐ヶ谷も忍びとして活動していたと語った。そのきっかけになったのは、敦賀に近い金ヶ崎の戦いだそうだ。

「だから、このあたりに隠したのかもしれない。土地勘があって、地名もよく知ってたはずだもの——」

話をしているうちに、車はトンネルを抜けた。周囲は闇に包まれている。錠一郎はまたドアミラーを覗きこんだ。追ってくる光は見えない。

「礼司は、大丈夫だろうな」

錠一郎はふと心配になり、スマホを取り出して礼司に電話をかけた。だが、コール音が続くだけでつながらない。

——こんな時に何やってんだ、あいつは。

別の長いトンネルを抜けると、灯りが見えてきた。かつての杉津駅跡、北陸自動車道の杉津パーキングエリアだろう。ということは、今抜けてきたのが目当てのトンネル——曽路地谷トンネルだったのか。

弥生が、道の端に車を停めた。二人はコンビニで調達した懐中電灯を手に、街灯のない道を歩いて引き返した。

トンネルの手前では路肩の工事がおこなわれており、だいぶ下を通る高速道路が見渡せた。ガードレールはなく、工事用のフェンスだけが張られている。

その先に進むと、こんもりと茂った樹々に高速道路の光はさえぎられた。闇の中、曽路地谷トンネルの入口が不気味な口を開けている。横幅は五メートルほどか。入口は山を少し削った奥まった箇所にあり、両脇は高さ七、八メートル程度の、草木に覆われた斜面になっていた。

トンネルの内部は、夜よりも深い闇に沈んでいる。錠一郎は、懐中電灯の光を入口の石積み、トンネルポータルと呼ばれる部分へ向けた。古い造りの石積みは昔のまま残っているようだ。

「入口の、全部の隙間を探すのは大変だな。下手したらトンネルの中だったりしねえか」

「彼が隠した頃、まだここには線路が通っていた。夜中でも、夜行列車や貨物列車が行き交ってたはずだよ。だから、中に隠すのは難しいと思う」

「じゃあ、とにかくこの入口を探してみっか」

錠一郎と弥生はトンネル入口の左右に分かれ、石積みの隙間を調べていった。

暗闇の中、懐中電灯の光だけを頼りに探すのは容易なことではない。地面に近い部分はまだいいが、上のほうになるとトンネル脇の斜面を登り、石積みのわずかな出っ張りに足を乗せて確かめていくしかなかった。

気づけば、既に夜中の三時を過ぎていた。斜面に生えた木の枝に片手でつかまり、五メートルほどの高さの部分を照らしながら、錠一郎は言った。

「でもよお、このトンネルは残ってたからいいけど、工事が入ることだってあんだろ。隠した奴は、そこら辺どう考えてたんだろな」

「そんなに長く、隠しておくつもりはなかったのかな。わかんないよ……」

弥生の声はどこか寂しげにも聞こえたが、闇の中でその表情は見えなかった。錠一郎は、トロミロを隠したという男のことをまた考えた。

たぶん、そいつのことを弥生は好きだったのだろう。

俺は、そいつに勝てないのか。もうこの世にいない奴とは、喧嘩したくてもできやしねえ——。

注意力がおろそかになり、枝をつかんでいた指が滑った。

ヤベえ、と思った時には、錠一郎の身体は宙に浮いていた。咄嗟に懐中電灯を放り出し、トンネルの石積みへ両手を伸ばす。

指先が、がりがりと石の表面を滑った。爪に痛みが走る。何段かつかみ損ねた後、かろうじて数センチくらいの出っ張りに指を引っかけることができた。

「大丈夫?」弥生の懐中電灯がこちらへ向けられる。

「おう、なんてことねえ……」

指先の痛みを我慢して、錠一郎は言った。「引っかかってるとこがよく見えねえんだ。こっちを照らしてくれ」

光の向きが変わり、ぶら下がっている石のあたりが明るくなる。錠一郎は足も使って身体を持ち上げた。つかまった石と、その上の石の隙間が見える。既に一度確認した部分ではあるが、異なる角度から照らされたため奥まで覗けるようになっていた。

そこに、何かがあった。

「なあ、弥生。これって……」

反対側の斜面を下りて駆け寄ってきた弥生の手も借り、しばらく作業した後で取り出したのは、薄く小さな蠟引きの紙袋だった。蠟で封がされている。

トンネルを離れ、高速道路の灯りが届く場所に行くと、弥生は慎重に封を切った。小豆ほどの大きさの黒い実が数粒、弥生の手のひらに転がり出た。

「見つけた……」

弥生は手のひらをぎゅっと握りしめ、大事そうに胸の前に持っていった。

「ありがとう、赤城くん」

暗闇の中で、弥生の瞳は濡れているように見えた。

「俺は何もしてねえよ」

もしかしたら、それを隠した奴が教えてくれたのかもな。口には出さなかったが、錠一郎はそんなことを思った。

「どうしたの？」

弥生が訊いてきた。つい、彼女の顔を見つめてしまっていたのだ。いや……と口をひらきかけた時、エンジン音が聞こえてきた。

トンネルの奥からだ。こんな夜中に、車がやってきたらしい。

トンネル内部の壁面に光が走る。錠一郎は弥生と顔を見合わせ、路肩で車が通り過ぎるのを待つことにした。

やがてヘッドライトの光が路面を照らし、ＳＵＶ車がトンネルを飛び出してきた。黒いレクサスＲＸだ。

そのまま行き過ぎるかと思えたレクサスは、急にブレーキをかけてスピンターンし、停車した。こちらへ向けられたヘッドライトに目がくらむ。

ライトが消え、エンジンも止まった。ライトの残像に目を瞬かせているうちに、レクサスの運転席のドアが開いた。黒っぽいスーツを着た男が降りてくる。

桐ヶ谷か――？

闇が再び周囲を包む中、男は警戒する錠一郎と弥生のほうへ歩み寄ってきた。手には、スマホを持っている。数メートルほどの距離まで近づいたところで、男はスマホの画面を確認する仕草をした。画面の光に、その顔が浮かび上がる。

面長の、団子鼻。

それは、柏原だった。タンガタ・マヌの手先。

「どうしてここが……」

弥生が呟く。

睨みつけている錠一郎に、柏原は言った。

「また会ったな」

柏原のスマホの画面が、ちらりと見えた。地図のようなものが表示されている。こちらの場所を把握した上で、やってきたのか……？

「そろそろ、トロミロを見つけた頃かな」

柏原の言葉に、弥生は実を握った手をそっと後ろへ回した。それで、柏原は察したようだった。

弥生が、悔しそうに言った。

「わたしたちは、泳がされていたわけね」

「そういうことだ」

柏原がにやりと笑う。錠一郎は、拳をぐっと固めた。

「てめえ……！」

柏原が懐に手を入れ、スーツの内側に吊り下げていたホルスターから大型の自動拳銃を取り出した。以前に大学の屋上でも見た、あの拳銃だ。

柏原は、銃口を弥生に向けた。

「悪いけど、わたしには効かないよ」弥生の口調は落ち着いている。

「わかってるよ」

柏原が銃口をわずかに脇へ振る。狙いは、錠一郎へ向けられた。

「だが、こっちはどうかな」

「だめ！」

弥生は、目にも留まらぬ早さで柏原へ向かって駆け出した。以前に聞かされたとおりの、驚くべき身体能力だった。

柏原は意外にも、たいした抵抗を見せなかった。弥生が、柏原の手から拳銃を奪い取ろうとする。柏原の手の中で、トリガーに指をかけたまま拳銃がくるりと半回転した。まるでわざとしているようだと思えた時――。

乾いた破裂音が響いた。

一瞬の閃光と、その後に漂う硝煙。火薬の匂い。

柏原の身体が、ゆっくりと倒れていく。シャツの腹の部分に、赤黒い小さな穴があいていた。

「弥生！」錠一郎は叫んだ。

トリガーを引いたのは、奴の指だよな。弥生が撃ったわけじゃねえよな。まさか、弥生が人殺しになるなんてことは――。

しかし錠一郎は、次の瞬間信じがたいものを見た。

「マジかよ……」

奪った拳銃をしっかりと構えなおした弥生の、「やっぱり」という呟きが聞こえてくる。

倒れていた柏原は「ふう」と息を吐き、億劫そうに起き上がった。服についた土埃を両手で払い、立ち上がる。

弾を受けた腹の部分に、柏原は手を遣ると何かをつまみ出した。ひしゃげた弾丸だった。それを投げ捨てる。ちゃりん、とやけに軽い金属音が響いた。柏原のシャツは少しだけ赤くなっていたが、血があふれ出ているようなことはない。

「そういうことね」

再び弥生が口にし、錠一郎はわけがわからずに訊ねた。「どういうことだよ」

「彼も、わたしと一緒ってこと」

弥生の言葉を聞いた柏原が、再び笑みを浮かべて言った。

「そうだ。俺も、ランガだよ」

「ランガって……だったら、弥生は知ってたんじゃねえのか」

錠一郎の問いに、弥生は首を振った。

「ううん。彼の顔に見覚えはない。一緒にイースター島を出た仲間の中に、彼はいなかった」

「でも、現にこいつは……」

錠一郎の言葉をさえぎり、柏原は言った。

「あんたが知らないのも当然だ。俺はイースター島の出身ではない、新しいランガだからな。元は普通の日本人だよ。俺をこうしたのは、タンガタ・マヌだ」

「タンガタ・マヌ……。なぜ新しいランガが……そうか」

弥生が、はっとした顔になる。

「やっと気づいたか。イースター島から持ち出したトロミロは、今ここにあるものの他は、俺らをランガにするために使われたんだよ。タンガタ・マヌは、トロミロを保管していたランガを仲間に引き入れていたのさ。その分のトロミロがあれば、俺とあと何人かの新しいランガを生み出すのには十分だった」

柏原は、江戸時代にランガになった日本人だという。大火で焼け出されたみなしごを拾ったランガが、トロミロを一定量与えたそうだ。

「実験の意図もあったそうだが、俺としてはおかげで永遠の命を手に入れられたわけだし、そんなことはどうだっていい。むしろ、ツイてたな」

「なぜ、わざわざ新しいランガを」

「千年前にあんたら古いランガが生まれた時の記録なんて、残っちゃいない。だから文明が発達し、ある程度の記録が残せるようになった後、あらためてランガを生んだってわけだ。その実験台である俺たちがうまくいったことで、二十世紀の初め頃に彼らは本格的に動きはじめた」

「タンガタ・マヌの勢力をランガの中で増やすため？　でも、隠されてたトロミロで増やせる人数なんてたかが知れてるはず」

「そのとおり。タンガタ・マヌとしてはトロミロがもっと必要だ。いっそイースター島ごと手に入れようとして戦時中は動いたものの、日本軍の力を大きく見積もりすぎた。それでしばらく静かにしていたんだが、日本にまだ隠されてたトロミロがあったとわかれば、話は別だ」

「これっぽっちでどうするつもり。新しいランガを生むには、小さな頃に一定量を与えなきゃいけない」

「何も、そのトロミロを直接使うとは言ってないだろう」

——やはり。

錠一郎は、以前に礼司と話し合ったことを思い出した。口を挟む。

「それを研究して、量産するつもりか。そして、普通人をランガにする」

「ふうん。続けて」柏原が、面白そうな様子で促してくる。

「ランガを普通人に戻すため、トロミロを分析してるって話だったな。その研究を応用すれば、逆に普通人の大人をランガにできるかもしれねえ。子どものうちにランガにするんじゃなくてな。仲間を増やせるし、それをちらつかせて普通人の社会を操ろうって魂胆もあるんじゃねえのか」

「普通人のわりに、よく気が回るじゃないか」

しばらく黙って錠一郎と柏原のやりとりを聞いていた弥生が、何かに気づいたように呟いた。

「そうか……わたしは、まんまと」

「あんたが、最後のトロミロを見つける鍵だとはわかっていた。あんたと接触するために、SNSでラパマイシンやトロミロの話をしていたのさ。SNSで俺とつながっていたのは、みんな新しいランガだよ」

「それで、ストーカーを装ってわたしを追ってきたわけ」

「まあ、そうかな。そこのオッサンが絡んできてくれて、むしろ助かったよ。おかげで、あんたを追いやすかった」

「俺のせいだったのかよ……。なんで俺のことがわかった。あの金髪野郎どもも、ランガか」

「奴らは違うよ。俺は、表向きヤクザということになってる。連中は俺が使ってる、ただのチンピラさ。トロミロがどんなものかはともかく、そういう名前の重要なものを探してるとは伝えてあるから、俺に気に入られようと先走っただけだ。ヤクザの情報網を使えば、連中でもあんたの居場所を調べるくらいはできる」

「あの人たちに、ランガの秘密は伝えてあるの」

弥生は、心配そうに訊ねた。敵対している相手であっても、普通人の扱いは気になるらしい。

柏原が答える。

「伝えてはいないが、あいつらは所詮駒だからな」

「まさか……あの時、大学の屋上でわたしに向けていた銃は」

弥生は、構えたままの拳銃に目を落とし言った。

「ああ。ランガと無関係を装うためでもあったが、場合によってはあのチンピラたちと、あんたをな」

柏原は、錠一郎を見た。柏原の背後にあるフェンスの向こう、十数メートル下の高速道路から届く光が、その薄笑いを浮かび上がらせる。高速道路を大型トラックが通過していく音がした。深夜とはいえ、トラックの交通量はそれなりにあるようだ。

――秘密を知った俺たち普通人を、始末するつもりだったってことか。

「ランガが、生きていくために定めたルールだよ。秘密を知られたならば、その相手を……」

「やめて」弥生が大声を出す。

柏原は、すばやい動作でスーツのパンツの裾を持ち上げた。アンクルホルスターに、予備の拳銃を隠していたのだ。それを取り出して錠一郎に向かって構え、勝ち誇った顔をする。

錠一郎は、咄嗟に声をかけた。

「思い出せよ」

「何？」

「てめえがランガになった時のことを。江戸の町に、誰か大事な人はいなかったのかよ。思い出だって、たくさんあったんじゃねえのか」

ふいに、柏原の表情が固まった。錠一郎に言われて、記憶が一度によみがえってきたのだ。その顔が歪みはじめる。

柏原は銃を持ち替え、右手で右耳の後ろを押さえた。やがて咳き込みはじめ、口を拭う。その手に、血がついていた。

血？　記憶の痛みというのは、血が出るほどのものなのか？　錠一郎が驚いていると、またトンネルの奥からエンジン音が響いてきた。

――車じゃねえ。この音を、俺は知ってる。

眩い光が射してくる。そして、一台のバイクがトンネルを飛び出してきた。

スズキＧＳＸ１１００Ｓカタナ。

ハンドルを握っている大男は……礼司だ！

カタナは停車したレクサスの隣で下手くそなターンをかまし、こちらへ向きなおった。

錠一郎は叫んだ。

「礼司、突っ込め！　そいつはランガだ、死にゃしねえから遠慮すんな！　ひき肉にしちまえ！」

声は届いたらしい。礼司の操るカタナは、フルスロットルで柏原に突進していった。

頭痛に耐えていた柏原の反応は、遅れた。

鈍い音がして、柏原の身体が宙を舞う。

そのままフェンスの向こうへ飛んでいった。一瞬、柏原が浮かべた驚きの表情が錠一郎の目に焼きつけられる。

カタナは、フェンスぎりぎりのところで止まった。バランスを崩して転倒しそうになりつつも、かろうじて踏みとどまっている。

下の高速道路に柏原が落ちた直後、大型トラックが駆け抜けていった。錠一郎がおそるおそる見下ろすと、柏原の姿はどこにもなかった。ただ、路面には血の跡のようなものが残されていた。トラックが停車した様子がないのは、あり得ないところから突然降ってきた人間に気づかなかったためか。

カタナから降りてきた礼司が言った。

「え？　ヤバくね？」

「大丈夫。死んではいないはず。青葉くんが気にすることはないよ」

弥生が言った。「彼はランガだもの。どこかへ跳ね飛ばされたか、いっそトラックの荷台に乗っかっていってくれたらいいんだけど……。それなりのダメージを与えたし、再生するのにちょっと時間がかかると思う。それまでにここを離れましょう」

「そう……なのか？　うん、まあ、弥生が言うなら……」

それから礼司は、お前に関わるとこんなんばっかだ、とぼやいた後、「お預かりしてたバイク、お届けにあがりましたあ」と錠一郎にキーを渡してきた。

「いや、俺まだ免停中……って、なんでここがわかった」

「位置共有アプリ。入れただろ？」

——そういえば。すっかり忘れていた。

「でも礼司、こいつで東京からずっと走ってきたのか。一人で？」

「怖かったけどよ。ま、バイク屋の倅だしな」

得意げな顔をした礼司は、弥生に向かって言った。

「やっぱ、じっとしてらんなくてよ。赤鬼と青鬼が揃わなきゃ、しまらねえからな。錠一郎だけじゃないぜ。俺だって、今でもお前の味方だ」

「ありがとう、青葉くん……」

照れ笑いを浮かべた礼司の服装を見て、錠一郎は言った。

「ていうか、なんだそのジャケット」

礼司が着ているのは、青いライダースジャケットだった。

「どうよこれ。実家にあったんだ。いかにも青鬼って感じで、いいだろ。そうだ、お前のスカジャンも持ってきたぜ」

そう言って礼司は、カタナのタンデムシートにくくりつけた荷物から赤いスカジャンを取り出した。錠一郎の祖父の形見だ。バイクを礼司の家に預けた際、引き取る時に着るつもりで一緒に置いてきたのだった。

赤いスカジャンに袖を通した錠一郎を見て、礼司は言った。

「これで赤鬼青鬼、完全復活だな」緊張が解けたためか、ハイテンションになっている。

「あのなあ」

錠一郎は苦笑したが、二人のやりとりを弥生が楽しげに見守っているのを見て、まあいいかと思いなおした。

そんな安堵の空気が流れる中、ふいに着信音が響いた。弥生のスマホだった。

「ごめん、ちょっと待ってて」

弥生が、少し離れたところへ歩いていく。ランガの仲間からの電話だろうか。

ふと、嫌な想像をした。

さっき弥生は柏原に言わせまいとしていたが、ランガには秘密を知られた相手を殺すようなルールがあるらしい。弥生がそんなことをするはずはないが、評議会がそう指示していたら……。

通話を終えた弥生が、こちらを振り返った。

「迎えが来るって」

それから少し後、突如として山あいに爆音が響き、またしてもトンネルからバイクが現れた。

それは、見覚えのあるカワサキ・ニンジャH2だった。

ニンジャは三人の前で停まり、運転していた黒いライダースジャケットの男がヘルメットを脱いだ。

「久しぶりだな」

昔と変わらぬいけすかない顔で桐ヶ谷は言い、バイクを降りた。

錠一郎たちのほうへ歩いてくる。

「ずいぶんわかりやすい格好してるじゃねえか。赤鬼青鬼か、相変わらず単純な奴らだ」

「てめえこそランガだかなんだか知らねえが、要はただの長生きしたクソガキだろが」

桐ヶ谷と錠一郎は、顔を近づけてメンチを切りあった。

「やるか」

錠一郎の問いかけに、桐ヶ谷が頷き返す。

「ああ」

にやりと笑みを浮かべあった直後、二人はお互い弾けるようにその場から飛びのいた。

桐ヶ谷が、右フックをさっそく放ってくる。それを視界の隅で捉えた錠一郎は、軽く身体を後ろへ反らせた。

目前で、拳が風を切る。

ステップを踏みながら叩き込んだストレートは、半身《はんみ》になった桐ヶ谷に受け流された。繰り出された反撃を両腕でガードする。

桐ヶ谷が言った。

「昔はノーガードだったのによ。守りに入りやがったか」

「人間は進歩するもんなんだよ。てめえこそ中身はガキのまんまだな」

罵りあいながら、パンチやキックの応酬を重ねる。そのうちに、何発かは互いにヒットするようになってきた。

錠一郎の渾身のアッパーを食らった桐ヶ谷が、唾を吐きつつ言った。

「すっかりオッサンになったかと思ったら、やるじゃねえか」

その直後、ふいに回し蹴りを放ってくる。脇腹にそれを受け、錠一郎はあやうく膝を折りかけた。「面白れえ。そう来なくちゃな」

タイマンのあいだ、五感は研ぎ澄まされている。殴り合う二人を離れて見守る弥生と礼司の会話も、しっかりと聞こえていた。

「ほんとにもう……」

「まあ、他の奴だったらさすがに俺も止めるけどよ。こいつらだったらいいんじゃねえの。喧嘩するほど仲がいいって言うしな。拳で語り合うってやつだ」

「なんか違うような気もするけど……」

二人のやりとりを錠一郎は可笑しく思いつつ、桐ヶ谷の顔を狙って大振りのパンチを打ち込もうとした。

そこで、急に気がついた。

ヤべえ。この向きだと、肩に負担が。

ほんの一瞬、動きを止める。桐ヶ谷の視線が移動するのがわかる。見逃さなかったらしい。

隙を突かれる。パンチか、キックか。

打撃の痛みを覚悟したが、なぜか打ってこない。

不思議に思っていると、桐ヶ谷はふいに腕をだらりと下げ、戦闘態勢を自分から解いた。

「……？　なんだよ、てめえ」

「同窓会は終わりだ。そういえば、急いでたんだ。てめえらに関わってる暇はねえ」桐ヶ谷は言った。

礼司がぼそりと「だったら喧嘩売ってこなくてもいいのによ」と口にしたが、桐ヶ谷はそれには何も返さず、弥生に声をかけた。

「行くぞ。昔も言った気がするが、こんな連中とつるまないほうがいい」

8

黒いロングスカートの裾が、風を受けてはためく。ヘルメットのバイザー越し、目の前には桐ヶ谷の背中がある。

夜明け前の北陸自動車道。ニンジャのタンデムシートに弥生は乗っていた。

桐ヶ谷とのあいだには、斜めがけにしたポシェットを挟んでいる。ただし、大切なトロミロはそこではなく背負ったビジネスリュックの中だ。手記の他に、柏原から奪った拳銃までポシェットに入りきらなかったため、錠一郎が貸してくれたのだった。

「弥生の服には似合わねえけど、ないよりましだろ」

そう言って手渡してきた錠一郎に、また会ってリュックを返す機会はあるだろうか。桐ヶ谷の背中を見つめながら、弥生は思った。

錠一郎と礼司とは、曽路地谷トンネルで別れた。レンタカーを返さなければならないので、途中までカタナと二台で行くそうだ。

赤城くん、免停中なのに大丈夫だろうか。青葉くんもずっと運転してきたと言っていたし、無理しなければいいけれど。

桐ヶ谷は、ニンジャを北へ向かって走らせている。トロミロの発見を受けて評議会のメンバーに招集がかかったそうで、その場に連れていくということだ。どこというのは、まだ話してくれていない。

「よくメンバーが集まったね。世界中に散らばってるのに」

弥生は、ヘルメットのインカムを通して桐ヶ谷に話しかけた。

「こうなるのを見越して、あらかじめ議長が招集をかけていたんだ。メンバーの大半が集合しているらしい」

「普通人に戻る目処《めど》がつくかもしれないとはいえ、気の早いことね」

「そうだな」

桐ヶ谷の口数は少ない。先日、南武大学から秋葉原まで送ってもらった時には、二十年ぶりということもあったのだろうがもう少し饒舌だった。

弥生は言った。

「赤城くんと青葉くんは、大丈夫だよね」

「何が」

「例のルールのことよ。でも、トロミロ探しは議長の指示だったんだし……」

「まあ、大丈夫だろう」

素っ気ない返事の後、しばらくして桐ヶ谷は言った。

「あいつらのことは、忘れたほうがいい」

「……わたしたちは忘れることなんてできないじゃない」

言い返しながら、弥生はかつて別の男が口にした言葉を思い出した。

他人に期待したり、好意を持ったりしないほうがいい。恋するなんて、もってのほかだ――。栢植野も桐ヶ谷も、普通人との別れを繰り返してきたからこそ、そんなことを言うようになったのだろうか。

そのほうがよいとは、弥生自身もわかっている。

ランガの記憶力は、出会った一人ひとりを忘れることをけっして許してくれない。思い出が増えるほど、頭の痛みも増し続ける。

だから、できるだけ普通人とは関わらないようにして生きてきた。

時がくればすべてを放棄し、関係を断って……友達も、家族も捨ててやりなおしてきた。何度も、何度も。

――でも。

「これで、ぜんぶ終わる。このトロミロさえあれば」

弥生が思わず口にした呟きに、桐ヶ谷は答えない。

やがて、次の白山インターチェンジで高速を下りた。そのまま何も言わず、バイクを走らせる。

金沢港という表示を通り過ぎ、道沿いに長く続く岸壁と、コンテナを積み下ろしするクレーンが見えてきた。

「ねえ、そろそろどこへ行くか教えてよ」

弥生がしびれを切らして訊くと、ようやく桐ヶ谷は口をひらいた。

「もう見えてる。あれだ」

ヘルメットをわずかに揺らし、桐ヶ谷が顎で指し示したのは、一隻の貨物船だった。

9

「ここか」

朝日の射す金沢港、海岸通りの路肩に停まったスズキ・カタナ。そのタンデムシートで、錠一郎は手元のスマホを見ながら運転席にまたがる礼司に言った。

スマホは、礼司のものだ。画面に表示された地図上、ここから少し離れた岸壁に、錠一郎のスマホの現在地を示すアイコンが点滅している。それは弥生に貸したリュックの中にあった。

弥生たちと別れ、レンタカーを返した後、位置共有アプリを確認しつつここまでやってきたのだ。自分のバイクを運転させて後ろに乗るのは妙な気分だったが、免停中とあっては致し方ない。

「十代の女子をＧＰＳで追っかけるオッサン二人組か。キモい以外の何ものでもねえな。まあ、十代ってのは見かけ上だけど」

礼司はため息混じりに呟いた。「あとは桐ヶ谷の野郎に任せとけばよかったんじゃねえか。トロミロは見つかったし、邪魔者もどっか行っちまったんだ。つけてくる必要あったのかよ」

「嫌な予感がするんだ。弥生に電話がかかってきて、すぐにあの野郎が現れた。タイミングがよすぎねえか？　柏原と桐ヶ谷がつるんでたとしたら、弥生が危ねえ」

「まあな……ただ、今日は日曜だからいいけど、明日は会社行かなきゃいけねえ」

「それは俺もだ」

そう言った後、錠一郎はふと思い立ってスマホで検索した。「岸壁に停泊してる貨物船は、『ラパ・ヌイ』って名前らしい。次の寄港地はロシアみてえだな」

「ふうん。ロシアなんかで何する気だろ。ていうかお前、いつの間に使いこなせるようになってんだよ」

「俺だってアップデートしてんだよ。船の近くまで行くぞ」

港の中へとカタナを走らせ、駐車場に駐める。歩いて向かった先の岸壁には、一隻の貨物船が右舷を見せて停泊していた。車両が自走して乗降できるランプウェイという傾斜路を備えた、RORO（ロールオン・ロールオフ）船と呼ばれるタイプの船だ。

岸壁に積まれたコンテナの陰で、様子をうかがう。船の右舷後部、斜め後ろ向きに取りつけられたランプウェイを乗り込んでいくバイクが見えた。カワサキ・ニンジャH2。運転しているのは桐ヶ谷のようだ。タンデムシートに座る女性は弥生だろう。

ニンジャの後にも、何台かの車が乗り込む順番を待っている。その列の後ろのほうに、黒いレクサスRXがいることに錠一郎は気がついた。陰になってナンバーは見えないが、曽路地谷トンネルに現れた柏原が乗ってきたのもレクサスだった。まさか、奴は早々に復活して？　そうだとしたら、なぜここに。弥生たちは気づいているのか？

「どうする」礼司が訊いてきた。

「決まってんじゃねえか。あの船の中を確認する」

「マジかよ。しっかし、弥生のことになるとなりふり構わねえっていうか」

「残ってもいいぜ。会社があんだろ。家族のことだって」

そう言うと、礼司は「仕方ねえ。付き合うか」と困り顔で首を振った。

「ホントお前に関わると、こんなんばっかだ」

ぶつぶつと文句を言う礼司の肩を、軽くパンチする。

二人はコンテナの陰を出て、列の最後尾にいたトラックに近づいていった。

バックミラーに映らぬよう注意しつつ走り寄り、幌つきの荷台に転がり込む。積まれていた段ボールに隠れ、二人は息を潜めた。やがて、トラックは前の車に続いて動きはじめた。

ガタガタとランプウェイの坂道を登っていく感覚が、尻に伝わってくる。船内を少し走り、トラックは止まった。

エンジンが切られ、運転席ドアが開閉する音がした後は、船の機関らしき低い音だけが聞こえるようになった。

「ケツが痛え」礼司が小声でぼやく。

「もうちょっと我慢しろ。そしたらここを出て、探しに行くぞ」

そのとき突然汽笛が鳴り、錠一郎と礼司は顔を見合わせた。

「出航するんじゃねえの。ヤバくね？」

急いでトラックの荷台を降りる。

車が駐められている車両甲板は二層分をぶち抜いており、体育館くらいの大きさがある空間だった。船の外は見えない。両舷側の隔壁、上層階に相当する位置には、張り出した通路――キャットウォークが取りつけられている。錠一郎は、高校の体育館のつくりを思い出した。

近くには、桐ヶ谷のニンジャもあった。車両は甲板の前部に集中して駐められており、船尾側の三分の二ほどは広大なスペースになっている。周囲にひと気はなかった。

車のあいだをそっと移動していく途中、再び汽笛が鳴った。船がゆっくりと動き出したのを感じる。出航したようだ。

錠一郎は礼司に言った。「今日のうちに帰るのは無理そうだな」

「マジかあ。会社、どうすっかな」

隔壁には、十数メートルおきに扉が並んでいた。手近な扉を開けると、狭い通路に出た。上下の階層へ向かう、梯子のように急な階段もある。

「こんな簡単に入り込めて大丈夫なのかね」

礼司が言った直後、階段の下を誰かが歩いてくる音がした。急いで死角に身を隠す。

会話が聞こえてきた。二人組らしい。

「トロミロは無事に回収したようだな」

「ああ。これで、ようやく――」

二人組は下層の通路を歩き去り、その後の話は聞き取れなかった。

「今の連中も、ランガみてえだな」礼司がささやいた。

「ああ。あんなに堂々と話しながら歩いてるってことは……この船は、ランガの船なのかもしれねえな」

その時、また足音が聞こえてきた。今度は同じ階層だ。錠一郎と礼司は視線を交わしあい、階段を上にのぼった。

上がった先の階層も、似たようなつくりだった。薄暗い通路沿いにいくつか船室が並んでいる。

「迷路みてえだな。どこにいるかわかんなくなりそうだ」

後ろをついてくる礼司が不安そうに言ったが、その点は錠一郎には自信があった。通ったルートは、瞬間記憶能力によりはっきりと覚えている。

「しっ、また誰か来たぞ」

通路を曲がった先から、足音が聞こえてきた。二人は急いで踵を返した。

しばらく戻ると、また人の声がした。

挟まれている。近くにあった、上への階段を使うしかない。

「なんか、上に上に行かされてるな」

礼司が呟く。錠一郎も、追い込まれているような不気味さを感じた。

そうして階段を上がり、通路の角を覗きこんだところで、眩しい光が錠一郎の目を射貫いた。

立ち止まった背中に、礼司がぶつかってくる。「なんだよ、急に止まんなよ……」

錠一郎は、答えることができなかった。

目の前には左手にフラッシュライトを掲げ、右手で拳銃を構えた男がいた。彫りの深い顔には呆れたような、困ったような表情が浮かんでいる。

桐ヶ谷だった。

10

貨物船『ラパ・ヌイ』の船尾甲板。弥生は手すりにもたれ、霞みゆく山並みを見つめていた。

海原には白い航跡が長く伸びている。船は高出力のディーゼル機関により、三十ノット近い高速で日本海を北上していた。当面の目的地はウラジオストクと聞いているが、あくまで名目上らしい。

この船は、評議会議長の主導により偽装ルートを通じ中古のRORO船を調達、改装したものだ。もともとRORO船はカーフェリーなどの旅客船に比べ乗員数が少なく、大型船であっても十数人程度で運航が可能である。そして、改装時に徹底した自動化が施されたこの船は乗組員の全員がランガだった。

これから、船内では臨時の評議会が開かれようとしている。

弥生が手に入れた、最後のトロミロ。それをどう使っていくか、ランガの将来を決める重要な会議だ。世界に散らばる評議会メンバーの大半が集まっているという。

弥生のいる船尾甲板には屋根がなく、八月の陽射しが降り注いでいる。船がつくり出す風を受けてはいても、やはり暑かった。額の汗を拭う。

誰かが近づいてくる気配がした。振り向くと、評議会メンバーの女性だった。

「ご無沙汰」と微笑んできた彼女に、「そうね」と返す。

彼女とは四百年以上前、ルソン島でしばらく一緒に暮らしたことがある。その後も東南アジアのほうに長くいると噂で聞いていた。会うのは五十年ぶりくらいか。

「まだ、黒い服着てるんだ。今は藤野っていうんだっけ」

「そう。あなたは？」

「日本では、桃崎《ももざき》って名乗ってる。いちおうハーフって設定」

ポリネシアの血が濃く現れた彼女の顔立ちは、弥生と同様に十代で成長を止めている。白いカットソーにデニムのパンツ姿。年齢を少しでもごまかすためか、伊達メガネをかけていた。

桃崎は、感慨深げに言った。

「トロミロ、見つかったんだね」

「これで、ようやく死ねる」

明るい声になったのが、自分でも可笑しかった。桃崎も笑みを浮かべたが、どこかこわばったような笑いに見える。

「どうしたの？」弥生は訊いた。

「時々、思うんだけどね。私たちだけが永遠の命を得た意味って、なんなんだろう。わからないまま、返上してもいいものかな」

「………」

それは、弥生も考えたことがある。

生物は老化、そして死という形で世代交代をおこない、種を存続させていく。しかしそれにより、前の世代の失敗が受け継がれないのもたしかだ。悲劇を繰り返す人類の歴史が、それを証明している。

そうした普通人のおこないに、ランガの多くは失望していた。愚かな普通人よりも高みに上がるべく、自然が私たちを進化させたのだというランガもいる。あるいは、人類の歴史を見届けるためとも。人の身体の細胞が日々入れ替わっていくのに対し、脳の神経細胞だけは生まれて死ぬまで変わらないとされる。それと似たような立場だというのだ。

でも一方で、わたしたちランガは何かを生み出す力をなくしてしまったのではないか。世代交代には、新たな個体が新たな考え方を生み出す側面もある。だからこそ、人類は少しずつ進歩してきたのだ。

『世の中って、良くなったり悪くなったりを振り子みてえに繰り返しながら、ちょっとずつでもいいほうへ向かってるんじゃねえか』

赤城くんがそんな話をしていたと思い出した時、船内放送が流れてきた。

『船内に侵入者あり』

弥生は、桃崎と顔を見合わせた。妙なことに、桃崎にあまり驚いている様子はなかった。

11

錠一郎と礼司は、船内の通路を歩いていた。二人とも、後ろに回した両手を結束バンドのような簡易的な拘束具で縛られている。

銃を突きつけ追い立ててくる桐ヶ谷が言った。

「素人が。監視カメラで見えていたよ」

たしかに、通路の天井の所々にはカメラが埋め込まれていた。

「じゃあ、とっとと捕まえに来いよ。出航しちまったじゃねえか。これじゃ明日までに帰れねえ」礼司の文句は、ややピントがずれている。

「出航を待てと指示があった」

「指示？」

訊き返した錠一郎に、桐ヶ谷は答えない。歩いている途中で気づいたが、桐ヶ谷はライダースジャケットから船内用の作業服に着替えていた。

礼司は、文句を言い続けている。「だいたい、トロミロ探しを手伝った俺らをこんな目に遭わすなんてどういうこった」

桐ヶ谷はそれにも答えることなく、ある部屋に錠一郎たちを連れていった。

部屋には、楕円形の大きなテーブルを囲んで十脚ほどの椅子が並び、奥の壁には額装された絵画が飾られていた。深い青緑色の中、女性たちの群像が描かれた横長の絵。その絵には、錠一郎も見覚えがある。

錠一郎の視線に気づいたのか、桐ヶ谷が言った。

「知ってるか。ゴーギャンの絵だ。『我々はどこから来たのか 我々は何者か 我々はどこへ行くのか』。複製だがな」

見たことがあると頷いた錠一郎に、桐ヶ谷は説明を始めた。ゴーギャンはこれを、晩年暮らした南太平洋のタヒチで描いたのだという。

「絵の中の一人は、じつはランガだ。彼女はポリネシアの島々を転々とする途中、タヒチでゴーギャンと出会い、モデルになったというわけだ」

「へえ。その後、どうしたんだ」

「彼女は島を去り、数年後別の島でゴーギャンは死んだ。表向きは、アヘンの摂り過ぎとも心臓発作ともいわれている」

「表向き?」

桐ヶ谷は、能面のような無表情で絵を見つめたまま黙っている。

背後で声がした。

「その絵を飾っていることには、一種の贖罪の意味がある」

振り返ると、スーツを着た髭面の男が扉から入ってくるところだった。その後にも、十人ほどの男女が続いてくる。皆見かけは若く、スーツを着た者もいれば、Tシャツにジーンズというカジュアルな格好の者もいた。

最後に入ってきたのは、黒いブラウスとロングスカートの弥生だった。うつむいた彼女の表情は、よく見えない。

やって来た者たちは呆然とする錠一郎と礼司の脇を通り過ぎ、テーブルを囲んだ。弥生と桐ヶ谷だけが、錠一郎たちの隣に留まっている。桐ヶ谷がささやいてきた。

「評議会だ。余計なことを言うな」

髭面の男はテーブルの上座、絵の前の席まで行くと腰を下ろした。他の皆も着席する。

髭の男が、錠一郎と礼司に話しかけてきた。

「ゴーギャンは、ランガの秘密を知ってしまった。ゆえに彼を生かしておくことはできなかった。我々が絶対に守らねばならぬルールだ」

それから、男は桐ヶ谷を見て言った。「彼も、ルールを守る仕事に就いてきた」

「稲森《いなもり》議長」

そのことには触れてほしくなかったのか、桐ヶ谷が抗議するような声を上げた。どうやら評議会の議長らしき髭の男は、稲森というらしい。

錠一郎は桐ヶ谷に訊いた。

「てめえも人を殺したことがあるのか」

「……そうだ。ちなみにお前らの高校の教師――御子柴をやったのは、俺だよ」

桐ヶ谷は、淡々と告白した。弥生に執心だった御子柴は、彼女の個人情報を調べていて不審な点を見つけたらしかった。それを察した桐ヶ谷は、変装して御子柴に近づき、居酒屋で無理に酒を飲ませた上で踏切に誘導したのだという。

その話に錠一郎が衝撃を受けていると、礼司が言った。

「ってことは、俺たちも……」

「君たちの処遇は、これから話し合う」

稲森はそう告げた後、テーブルを囲む男女を見回し、あらためて宣言した。

「実際に顔を合わせての評議会は、私が議長に就任した時以来だから五十年ぶりかな。では、始めよう」

「議長。確認ですが、彼らを同席させていてよいのですか」白いカットソーにデニムパンツ姿の女性が、錠一郎たちを見て言った。

「いいんだ、桃崎君。最初の議題とも関係がある。さっそくだが……私は、彼らの助命を提案したい」

「助命？　ルールを破るのですか」

別のメンバーが驚く。「彼らはトロミロ探しに協力してくれたといっても、我々の船に侵入してきたのですよ。必要以上に知られてしまったのだから、やはり……」

「いや、まだ手伝ってもらいたいことがある」

それから、稲森は錠一郎に訊いてきた。「君は、南武大学で土壌微生物学を学んでいたね。修士論文は、抗生物質耐性菌を抑制する成分の生成に関するものだった」

――なぜ、そこまで知っているんだ。

錠一郎は訝しんだ。弥生か桐ヶ谷に聞いたのだろうか。

待てよ……そういえば記念展示室で教授が言っていた。前に、俺が在籍していたか確認してきた者がいると。でも修論は非公開だったはずだ。

「南武大学はサーバーのセキュリティを見なおしたほうがいいな」

錠一郎の疑問に答えるように稲森は言い、他の者への説明も兼ねてなのか、研究の概略を話しはじめた。

「そもそも、抗生物質とは土壌微生物からつくられたものだ。ペニシリンも、もとはペニシリウムというカビからつくられた。そうだね?」

錠一郎は頷いた。稲森が続けて解説したのは、抗生物質がいかにしてできるかということだった。土壌微生物が増殖を止めて休眠に入る際、他の微生物の攻撃から身を守るためにつくるのが抗生物質である。人間はこれを利用し、抗生物質を服用することで病原菌に対抗しているのだ。

「だが抗生物質の普及により、耐性を持つ菌も出現した。君はその耐性菌を抑制するための新たな成分を、植物から見つけ出そうとしていたのだったね。そこで、さまざまな菌を含む土壌と、さまざまな植物の組み合わせを試していた。とはいえ、組み合わせの数は無限ともいえる。君の研究を教授が評価せず、それ以上進展させなかったのには無理もない面もあるが、むしろ我々にとって好都合ではあった」

「どういうこった」

「ラパマイシンとトロミロだよ。その組み合わせで君の研究を応用、発展させれば、ランガになれるトロミロを大量に生産できる可能性があるんだ」

稲森は、錠一郎に向かって言った。「そのために、君にはあらためて研究を進めてもらいたいのだが……」

「てめえらのために研究してたわけじゃねえ」

「そうだろうか？　君の研究は、君自身で選んだものと本当に言えるのか？」

その返答に、錠一郎は虚を衝かれた。そんなことは、今まで考えもしなかった。

「何言ってんだ？　俺がそれを研究したいと思ったから、そうしたんだ。誰にも指図なんかされた覚えはねえ」

ふっ、と小さく笑った稲森は、弥生と桐ヶ谷に視線を送りつつ言った。

「二十数年前、彼女たちから報告があった。同級生にギフテッドらしき人物がいるとね」

稲森は、その時に考えたのだという。

報告にあった、赤城錠一郎という男に研究をさせてはどうかと。当時、ランガが進めていたトロミロの研究は滞っていた。そこで錠一郎をうまく誘導し、新たな発想で研究させることを計画したのだ。

「杉津の残した文献が、南武大学にあることも想定していた。いずれそれを探す役割も見越して、南武大学に進むよう仕向けたんだよ。けっして偶然でも、運命でもない。敷かれたレールだったんだ。藤野君に君がＳＮＳで連絡を取ってきたと聞いて、うまくいったと確信した。それで、いよいよ計画を開始したわけだ」

これまでも、見込んだ普通人に対してランガの利益になる道へ進むよう働きかけることはあったと稲森は語った。誘導した結果が失敗に終わってもよい。思いつく限りのことを試し、その中の一つでもうまくいけばいいのだ。ランガの時間はあり余っている。

「種まきと、収穫のようなものだ。どうだ、ここで実を生らせてみてはもらえないか。我々は、君の能力を欲している」

錠一郎は、混乱した。

二十数年前の、弥生の態度。あれは仕組まれたもの、偽りだったということか。

そして――その後の俺の人生。もちろん弥生に影響されてという面はあるが、それでも自分自身の考えと責任で、選び取ってきたつもりだった。

それが、そもそも他人の手で決められたものだったというのか。

これまで過ごした日々の記憶が、急速に色あせていくような気がする。自分の力で積み重ねてきたと信じていたものが、がらがらと崩れていく感じがした。足下が真っ黒い虚無に姿を変えてしまったようで、立っているのがおぼつかなくなる。めまいすら覚えた。

無意識に、奥歯を食いしばっていた。「ちくしょう……」

すぐ隣から、弥生の声が聞こえた。

「議長！　わたしはそんなつもりで伝えたわけでは！　あれは、ただの近況報告でしかなかったはず！」

そう叫び、錠一郎のほうへ向きなおる。「赤城くん！　そんなことをしてたなんて、わたしは知らされてなかった！　あなたたちは本当に大切な友達だったの！　桐ヶ谷くんも、そうだよね？」

桐ヶ谷は黙っている。

混乱したまま、錠一郎は稲森に訊ねた。

「俺に研究させるっつっても、トロミロをつくってどうすんだよ。あんたらは、ランガを普通人に戻そうとしてたんだろ？」

「いや……逆だよ。普通人を、ランガにするんだ」

稲森の言葉を受け、テーブルを囲む皆のあいだに困惑が広がっていく。

錠一郎は言った。「待てよ。それって、タンガタ・マヌとかいう連中がやろうとしてたことじゃねえのか」

「そうさ。私が、タンガタ・マヌなのだ」

皆がざわめいた。

だが、驚いた様子の者は半分程度だ。残りのメンバーは無表情か、苦渋の表情を浮かべている。まるで、あらかじめ知らされていたようだ。先ほど稲森に桃崎と呼ばれていた女性は、弥生に向かって申し訳なさそうな表情を浮かべていた。その顔が、ゴーギャンの絵に描かれた女性と似ていることに錠一郎は気づいた。

驚いている中の一人、スーツ姿の男が声を上げた。

「ちょっと待ってくれ、議長」

その時、扉が開いて数人の男女がなだれ込んできた。皆が黒い戦闘服で身を固め、自動小銃を構えている。

スーツの男も含め、評議会メンバーの半数は呆然としているうちに次々と拘束されていった。錠一郎や礼司と同様、両腕を後ろに捕縛されていく。弥生も縛られたが、桐ヶ谷は見逃されていた。

淡々と作業する男女を指揮しているのは、つい昨晩、高速道路へ落ちていった男だった。

「同じ日に二度、銃を向けることになるとはね」

その男――柏原は、錠一郎ににやりと笑いかけてきた。

12

「てめえ……やっぱ生きてやがったか」

桐ヶ谷の前で、錠一郎が柏原を睨みつけ怒りの声を上げている。その向こうでは、礼司が凶相に似合わぬ戸惑いの表情を浮かべていた。

柏原が引き連れてきた連中の誰も、桐ヶ谷は見たことがなかった。彼らも、タンガタ・マヌによって生み出された新世代のランガなのだろう。

柏原は錠一郎に取りあわず、桐ヶ谷に訊いてきた。

「金髪たちは、始末していただけましたか」

「……ああ」

そう答えた自分の声は、冷たかったのかもしれない。驚いた表情を浮かべた弥生が、そのまま凍りついたように動かなくなる。

桐ヶ谷は、弥生に言った。

「すまない。ただ、彼らに協力する他に選択肢はなかった」

口にしながら、言い訳じみているとは思った。

「あなたは……タンガタ・マヌの仲間だったの？　はじめから？」

「そうじゃない」

「責めないでやってくれ」

稲森が、あいだに入ってきた。「彼に加わってもらったのは最近のことだ」

弥生は何を言っていいのかわからないという顔で黙り込んだ。

拘束された評議会メンバーの一人が、稲森に話しかけた。

「独裁制をとるつもりか？　いま拘束されていない者は、既に君の仲間というわけか。それにしても、私たちランガを銃で脅しても意味はないだろう」

「それは私もわかっているよ。君らには話を聞いて納得してもらいたいんだ。銃を下ろして」

稲森の指示で柏原たちは構えを解き、銃をスリングで肩に吊った。

拘束された別の一人が、あらためて訊ねる。「いつから、タンガタ・マヌと通じていたんだ」

「いつからというか……そもそも、私がタンガタ・マヌをつくったんだよ」

再び驚愕した人々に、「少し、昔話をしよう」と稲森は語りはじめた。

「なつかしきラパ・ヌイ――イースター島を出てからずっと、我々ランガは普通人の社会で息を潜めて生きてきた。永遠の命に疲れ果ててはいたが、掟がある以上、自ら死は選べない。戦に出て死ぬ可能性はあっても、うまい具合に死ねるとは限らない。普通人のように家族をつくり、老い、死んでいくことを夢見ながらも、生き続けるしかなかった。我々は運命を呪いつつ受け入れ、評議会もその方針を堅持してきた」

稲森はいったん言葉を区切り、拘束された人々を見回した。

「一六七〇年に就任した前議長が、普通人に戻る研究を始めると宣言した時、私は喝采を送った。それさえうまくいけば、夢見ていた普通の死が実現するのだから。研究のため、各地に隠していたトロミロを再点検することになり、その仕事を命じられた私は全力を尽くした」

稲森の話は続く。「当時、隠し場所の一つだったマリアナ諸島では、植民地化を進めるスペインと先住民のチャモロ人の戦いが激しくなっていた。そこで、私はトロミロを退避させることにした。日本に持ち込むのには苦労したがね。その直後、天和《てんな》二年の暮れ、西暦でいうと一六八三年に私は江戸で大火事に遭遇した。天和の大火だ。八百屋お七《しち》の話でも有名だな。駒込あたりで出火し、三千五百人ほどが死んだ。そこで、たまたま出会ったみなしごがいてね……」

稲森は一瞬、柏原に目を遣ってから言った。「ふと、実験をしてみたくなったのだ」

「その子どもに、トロミロを与えたんだな」と、メンバーの一人。

「そうだ。成長したその子は、ある時から歳を取らなくなった。実験は成功し、ランガになったわけだ。そこで、私は思ったんだよ。なぜ我々はわざわざ死にたがっている？　それでは、トロミロによって得た永遠の命を無駄にするだけではないか？　永遠の命には、おそらく何か意味がある。それなのに、評議会も多くのランガも普通人に戻る方法を探そうとするだけだ。私は百年ほど考え続けた末、ランガの未来のためには、我々自身の意識を変えるしかないと思い至った」

「それで、タンガタ・マヌを立ち上げたのか」

稲森は頷いた。「各地でトロミロを保管しているランガとはよくやりとりしていたので、まずは彼らを仲間に引き入れた。そして、そのトロミロを使って新たなランガを増やしたのだ。評議会議長の任期は三百年。二十世紀後半にやってくるその期限まで、私は徐々に同志を増やしていった。多数派は取りきれず、タンガタ・マヌの活動を公にするには至らなかったが、幸い別の功績で前議長の推薦を得られた。前議長は、今はどこか南の島で三百年分の疲れを癒やしているのだったね。彼にも、いつかはわかってもらえると思う」

「これから何をするつもりなんだ」メンバーが訊ねた。

「せいぜい百年程度しか生きられない普通人の社会では、死んでしまえば個人の経験や反省は活かされない。口伝や書物では、完全に次の世代へ伝えることができないからね。戦争がなくならないのも、そのためだ。ランガなら、そう思ったことはあるはずだ」

人々の沈黙は、稲森の言葉を否定できずにいることを示している。桐ヶ谷も、話を聞きながら自らに言い聞かせていた。

——そうだ。普通人には、さんざん失望させられてきたじゃないか。今さら、その仲間に戻って何になる？

「我々ランガなら、普通人よりも良い世界を築けると思わないか。我々は進化した存在なんだよ。人類の文明をより高みへ導く義務があるんだ。皆、それに気づくべきだ。そうすれば、これまでの評議会の方策が間違っていたこともわかるだろう」

「まだ納得はできないが、言いたいことはわからなくもない。しかし、なぜ今なんだ。最後のトロミロが見つかったからか」

「それもある。諸君には、もう少し時間をかけて理解してもらうつもりではあったのだ。だが、もう一つのタイミングが重なった」

「タイミング？」

「ああ。第二次大戦では失敗したが、今度こそよい機会だ。話の続きを聞けば、わかってもらえると思う。ここにいる評議会メンバー以外の、多くのランガにもね」

稲森はそう言ったところで、スーツからスマホを取り出して確認した。「そろそろだ。見てもらったほうが早い。皆、来てくれ」

稲森に促され、全員が部屋を出た。柏原とその仲間に囲まれて通路を進んでいく。防水扉を抜けて甲板へ出ると、目の前には青黒い海原が広がっていた。

稲森は、皆を船べりに一列に並ばせた。しばらくして、船から少し離れた海面に変化が生じた。

突然、海中から棒のようなものが伸びてくる。ぐんぐんと長さを増していき、ついには波を蹴立てて巨大な鯨のような物体が出現した。

潜水艦であった。最初に現れた棒は、潜望鏡だったのだ。

声にならないどよめきが、一同から上がる。

現代の潜水艦らしい流れるようなフォルムではあるが、海を往く黒い艦体は、桐ヶ谷の脳裏にかつて乗り組んだ艦の姿をよみがえらせた。南太平洋の底深く眠る、伊一二六。

その記憶はまた、桐ヶ谷に一つの疑問を想起させた。稲森議長——八十年前の帝国海軍人事部・楠田中佐が、自分を伊一二六に送り込んだのはタンガタ・マヌを見つけ出すためだった。彼自身がタンガタ・マヌの首謀者だったというのなら、なぜあんなことをさせたのだろうか？

稲森が、皆に説明している。

「ロシア海軍の原子力潜水艦だ。いずれは、ランガ……いや、タンガタ・マヌ海軍の所属となるかもしれない」

驚愕する皆に、稲森は誇らしげに続けた。「我々はもう、逃亡者《ランガ》ではない。鳥人《タンガタ・マヌ》として、世界にその翼を見せるのだ」

「どういうことだ」

評議会メンバーの問いに返ってきたのは、誰も想像していなかった答えだった。

「これより我々は南樺太に向かう。そこに、ランガの独立国家を築くんだよ。いずれはその国が、人類をより高いところへ連れていくことになるはずだ」

それから稲森は、ロシアと接触していたことを話しはじめた。近年、欧米との関係が悪化し苦境に立っているロシアは、話に食いついてきたらしい。不老不死の秘密と引き換えに、南樺太の一部を自治区として提供してもよいと言っているそうだ。

南樺太は、国際法的には帰属が確定していない土地である。第二次大戦後、日本はサンフランシスコ講和条約でその土地の権利を放棄したが、引き渡し先の国は記載されなかった。そして当時のソ連が講和条約への調印を拒否したため、条約の内容はソ連とその後継であるロシアには適用されていないのだ。ロシアが実効支配する南樺太がそうした状態であることに目をつけていた稲森は、昨今の国際情勢を鑑みてロシアのある高官と接触、交渉を開始したわけだ。

相手の高官は大統領の座を狙っており、ランガから提供される不老不死の技術を権力闘争のカードとすべく、政権内でも秘密裏に交渉を進めていたという。

「我々を利用し、将来は世界の覇権をも握りたいと考えているのだろう。そうしたければ、するがいい。永遠に続く権力などありはしないのを、我々はよく知っている。逆に利用させてもらうだけさ。いずれロシアが崩壊した暁には、帰属未確定な土地であることをうまく使うつもりだ」

稲森は、いま南樺太に住んでいる人々の扱いについては言及しなかった。

桐ヶ谷は思った。定住する場所を持たぬランガとして長年苦難を強いられてきたのに、自分たちが土地を手に入れるためならばなりふり構わぬということか。

稲森は、皆に言った。

「我々は選ばれた存在なんだよ。ともに次の段階へ進もうじゃないか」

「皆がついてくると思うのか」評議会メンバーの一人が訊いた。

「現に、評議会のほとんど半分が同意してくれているじゃないか。逃げも隠れもせずに暮らせる安住の地で、誇りを持って生きていけるとなれば、ランガの多くが賛成してくれるはずだ。千年のあいだに染みついた考え方をなかなか変えられないのは、理解できる。だが、今こそ古い意識を捨て去るべき時だ」

それから稲森は、錠一郎と礼司に向き合った。

「そういうわけで、おとなしく我々についてきてもらいたい。赤城君が研究をしてくれるのなら、青葉君にもＩＴ関係の仕事を用意しよう。金の心配も無用だ。この船を見てもらえばわかるように、我々は長い時間をかけて資金を蓄えてきた」

柏原とその仲間が、再び錠一郎たちの腕を取った。どこかへ連行していくつもりだろう。

「てめえら、離せ」と振りほどこうとしているが、さすがの錠一郎も多勢に無勢らしい。柏原たちの動きは、よく訓練されているように見えた。

桐ヶ谷は、連行される錠一郎たちについていった。最後尾で銃を構える男に話しかける。

「あんたら、どこかの軍隊にいたのか」

「ああ。俺は米軍、こいつはフランス外人部隊にいた。俺たちは将来を見越して、各国の軍隊で訓練を積んでいたのさ」

男は、続けて教えてくれた。「あんた、第二次大戦の時は日本の潜水艦に乗ってたんだってな。面白いことを教えてやるよ。あそこを歩いてる奴」

錠一郎に銃を突きつけている、別の男を指差す。

「あいつ、当時はアメリカ海軍にいてな。あんたのフネを沈める作戦に参加してたそうだぜ」

それを聞いて桐ヶ谷が混乱していると、背後で声がした。

「私がタンガタ・マヌの首謀者でありながら、なぜ君を伊一二六に送り込んだのか、不思議に思っているんだろう」

稲森がついてきていたのだ。訝しむ桐ヶ谷に説明してくる。

「タンガタ・マヌとしては、日本軍を利用しイースター島を手に入れる方針だった。そうすれば、より多くのランガを同志に引き込むことも容易になったはずだ。だが、松島――今は柏原と名乗っているが――を伊一二六で事前偵察に送り込む計画が当時の評議会に漏れてしまった。海軍人事部にいた私は、阻止を命じてきた評議会の指示に従うしかなかった。私がタンガタ・マヌであることは、もちろん知られていなかったからね。それで、やむを得ず君を送り込む手助けをしたわけだ。最悪の場合、君を松島に処理してもらうことも想定してのことだった。しかし、その直後に状況が変わった。伊一二六の出航は、一九四二年の六月だったろう。その月に何があったか覚えているか」

「……ミッドウェー海戦ですか」

「そうだ。帝国海軍は大敗を喫した。戦争の潮目が変わる瞬間というのは、長く生きているのだから君にもわかるだろう？　それで、計画を切り替えたんだよ。日本が勝つ見込みがなくなった以上、イースター島侵攻は棚上げにすると。もっとも、評議会にはタンガタ・マヌの計画を阻止したとして評価され、前議長からの推薦につながったのだから皮肉なものだ」

「しかし、それならなぜ伊一二六を呼び戻さなかったのです」

「人事部の中佐に作戦変更の権限はない。それに、出航した後で命令書が開封され、イースター島へ行くことが乗組員たちに知られてしまった」

「それだけで？　まさか、米軍の哨戒網があの海域にしてはあり得ないほど密だったのは」

「情報を流したのさ。伊一二六を沈めても、ランガである君や松島にとって問題はないだろうからね。漂流の苦労をさせたのは申し訳なかったが」

——ならば、あの時死んだ他の乗組員は。

艦長や航海長たちの顔が、桐ヶ谷の脳裏に鮮明によみがえってきた。

「第二次大戦では、世界中で八千万人の普通人が死んだといわれる。その中の、たった百人程度だ。我々は千年間にどれだけの死者を見送ってきたと思うんだ？」

稲森の言葉に、桐ヶ谷は鼻白んだ。俺は、本当にこの連中についていってよいのだろうか？

いつの間にか稲森は桐ヶ谷を追い越し、先を歩かされている錠一郎と並んでいた。

「赤城君。よく考えてくれ。研究がうまくいけば、最初にトロミロを使ってもらっていい」

稲森の提案を聞き、錠一郎は黙り込んでいる。もしかして話を呑もうと思っているのか。

「なあ。君の能力を、たかだか数十年の命で終わらせるのはもったいないじゃないか」

「………」

「永遠の命を手にできるんだ」

稲森が続けて語りかけた時、錠一郎の暑苦しささえ感じさせる大声が響き渡った。

「永遠の命ぃ？　そんなもん、クソくらえだ！」

眉を顰めた稲森に、錠一郎が畳みかける。

「人間ってのはよ、いつか命に終わりが来るってわかってるからこそ、いろんなことをがんばれるんじゃねえのかよ。それで人間は進歩してきたんだ。てめえらは、なんか人に威張れることしてきたか？　人類を高みに導くだあ？　上から目線もたいがいにしろよ。いい気になって他人の人生操って、努力の結果だけかすめとろうってか？　エラそうなこと言ったとこで、しょせん中身は成長してねえクソガキのまんまだな！」

13

六畳ほどの狭い船室に、錠一郎と礼司は押し込められた。

部屋にベッドや椅子の類はなく、がらんとしている。両手を後ろで縛られた二人は壁に背中をつけ、床に座りこんでいた。

初めのうち文句を言っていた礼司は、今では目を閉じている。昨夜からほとんど休んでいないのだし、眠ってしまったとしても無理はない。その隣で錠一郎はあぐらをかき、白い壁を見ながら考えていた。

タンガタ・マヌの計画が進んだら、どうなるか。

ロシアとの件は自分たちの土地を手に入れるためだとして、彼らには普通人の社会を操る意図もあるようだ。そうであれば、以前に推測したように富裕層などに絞ってランガの秘密を公開するのかもしれない。不老不死となった一部の層にはさらに金や権力が集中し、それを永遠に独占し続けることになる。そうでない者はいつまでも底辺から這い上がれず、格差は固定するだろう。

しかし、同じ古い人間ばかりが上辺に居座る社会は、早々に行き詰まるはずだ。身体は不死であろうとも、心は老いていく。新陳代謝が途切れ停滞した社会で、人類の進歩は止まる。見聞きした限り、ランガたちが新しい何かを生み出した例はない。研究が滞り、外から錠一郎を招こうとしているのがその証拠だ。彼らは自分で気づいていないのかもしれないが、永遠の命の中で、新たなものへの好奇心を失ってしまったのではないか。

それは前から少しずつ考えていて、この船の中で確信に変わったことだった。

だからこそ、その考えをさっき稲森に対してぶつけたのだ。怒鳴りつけられた稲森が一瞬、返す言葉を失ったのが錠一郎にはわかった。

奴の、図星を突いたのかもしれない。

錠一郎は、考え続けた。

人が精神を高め、知恵を絞り、何かを生み出そうとするのは、いつか人生に終わりが来ると知っているからでもある。死は悲しいものだが、限りがあるからこそ命は美しく、価値があるのだろう。

永遠の命をくれるという誘いに、心が動かなかったといえば嘘になる。弥生と、ずっと一緒にいられるのだから。

気がつくと、固く拳を握りしめていた。開いた手のひらから、視線を少しだけ動かす。着ているものは幸い取り上げられずに済んだ。祖父から受け継いだ、大事なスカジャン。

そうだよな、じいさん。命ってのは、限りがあるからがんばって生きようって思うんだよな。

永遠の命なんて、俺は要らねえ——。

その時突然、礼司が目を開けて言った。

「背中かゆくなってきた」

ずっと着たままの、青いライダースジャケットの背中を壁にすりつけて動かしている。

「これじゃダメだわ。ちょっとかいてくんね?」

「どうやってだよ。俺だって手は使えねえぞ」

「だからこうやってさ」

床に座ったまま礼司が背中を向けてきたので、自分の背中とこすり合わせる。

「ああ、気持ちいいわあ」

礼司が妙な声を出したところで、鍵を回す音がした。静かに部屋の扉が開く。

「……お前ら、やっぱりバカだったか」

顔を上げると、桐ヶ谷が啞然としつつ後ろ手に扉を閉じていた。

「バカって言う奴がバカだって、小学生の頃に習わなかったのかよ」

「あいにく小学校には行ってないんでね」

不毛なやりとりに、礼司が割り込んでくる。「その辺にしとけ。桐ヶ谷、てめえ何しに来た」

それには答えず、桐ヶ谷はひと言だけ口にした。

「立て」

命令口調にむっとする。「いいから立て」と再びきつく言ってきたので、錠一郎と礼司は渋々立ち上がった。

すると、桐ヶ谷は乱暴に錠一郎たちを壁に向かせ、無言で拘束具を解いた。

意味がわからずに礼司と顔を見合わせていると、桐ヶ谷が不本意そうに言った。

「葉月……弥生を助けに行くんだ。お前らに手伝ってもらいたい」

「弥生を助けに？　どこかに捕まってるのか」

「そうだ。船内の別の部屋にいる」

「助けるんだったら、もちろん手伝うけどよ……てめえはいいのか。タンガタ・マヌの仲間なんだろ。裏切ることになるんじゃねえか」

「お前らが心配する必要はない」

それから、桐ヶ谷は言った。「昔、俺たちがお前のことを報告したと議長が話していただろう。それは事実だ。だが、お前の人生を利用されるとは思っていなかった」

意外にも、桐ヶ谷は詫びているようだった。

「葉月にも、そんなつもりはなかった。俺は別にどう思われてもいいが、あいつのことは信じてやってくれ」

それだけ言って、桐ヶ谷は「行くぞ」と部屋を出た。

礼司と二人、後をついていく。通路を先行する桐ヶ谷は、監視カメラの位置は把握しているという。

急な階段を下りている時、前を行く桐ヶ谷がふいに訊いてきた。

「お前、葉月のことが好きだったんだろう」

「え？　あ、いや、その……」

突然の直球に、しどろもどろになる。

礼司が口を挟んできた。

「桐ヶ谷。てめえも、そうなんだろ」

錠一郎は驚いたが、言われてみればそうだったのかもしれない。彼もまた、同じ女に恋をした男だったのだ。

その問いに桐ヶ谷は振り返りもせず、黙ったままだった。

14

弥生もまた、小さな船室に閉じ込められていた。

窓からは、陽光を照り返す海面が見える。潜水艦はこの位置からは陰になっているだけなのか、潜航したのかはわからなかった。

床に座り、窓の形に丸く切り取られた空を見ながら弥生は考えた。

稲森議長がトロミロ探しに初めから柏原を使わなかったのは、自らのタンガタ・マヌとしての素性を、評議会の中で隠していたためだろう。それで、南武大学と関係のある赤城くんと親しく、柘植野とも長く過ごしていたわたしを使ったのだ。

赤城くんの人生も、わたしの思いも、すべてが利用されていたわけだ。

柘植野は、こうなることを見抜いていたのだろうか。彼は、当時海軍省にいた議長に、最後のトロミロを隠したと知らせなかった。わたしのことも完全には信じていなかったのかもしれない。だから隠し場所を明言せず、未来に委ねた。

千年の時の中で、一人だけ愛した男。でも彼はわたしを信じぬまま逝ってしまった。

たとえようのない寂しさを覚えた弥生の頭に、錠一郎の顔がふいに浮かんできた。

――赤城くんは、ある意味柘植野とは真逆だ。人というものを、信じている。ちょっとばかり単純すぎる時もあるけれど。

その赤城くんの信頼をわたしは裏切ってしまった。

わたしは、彼の人生を変えてしまったのだ。

15

「見張りがいる」

通路の曲がり角を覗きこみ、桐ヶ谷が小声で言った。錠一郎と礼司も、代わる代わるそっと顔を出した。

並ぶ扉の一つに、弥生が閉じ込められているという。通路には、自動小銃を携えた戦闘服の男がこちらに背を向け歩いていた。柏原の仲間の一人だ。

桐ヶ谷は、錠一郎たちを説得すると言ってその男から部屋の鍵を借りたそうだ。柏原の仲間は船の運航にも関わっており人数が足りないため、扉の前に常時張りついているわけではないらしいが、今はあいにくこの通路を巡回する時間のようだった。

「仕方ない。さっき話した手はずでいくぞ」

桐ヶ谷の言葉に、錠一郎と礼司は頷いた。角を曲がっていった桐ヶ谷が、男に声をかける。

「鍵を返しにきた。ありがとう」

「普通人はどうしてた」

「おとなしくしていた。ただ、俺からも話はしたんだが……」

桐ヶ谷は、できるだけ引きのばすと言っていた。今のうちに。

「説得はできなかったか」

「ああ、強情な奴らだ。強情というか、バカだな」

桐ヶ谷がそう言った時、錠一郎は男の背後まで忍び寄っていた。背丈は、自分と同じ程度。子どものいたずらのように、その肩をとんとん、と指で叩いた。男が振り向いてくる。

錠一郎は頭を大きく後ろへ反らし、全力で男の額に打ちつけた。

男が白目をむき、がくりと膝をつく。

「どうだ、レッドバットだ」

しかしさすがにランガ、気絶までは至らなかった。頭を押さえ、身体を揺らしている。そこで桐ヶ谷がすばやく頭に袋を被せ、腕と足を縛り上げた。猿ぐつわもはめる。

やってきた礼司が、嬉しそうに言った。「技の名前、気に入ってんじゃねえか」

「うっせえな。ていうか桐ヶ谷、てめえ調子に乗りやがって」

先ほどのバカ発言のことだ。

「くそっ、トンネルんとこでタイマン張った時、レッドバットかましてやりゃよかった」と続けた錠一郎の言葉は聞き流し、桐ヶ谷が指示してくる。

「このまま転がしておくわけにはいかない。手伝え」

横にした男を、三人で持ち上げた。ここまで厳重に拘束されては手も足も出ないようだ。通路の一番奥の扉へ連れていき、男の持っていた鍵で扉を開けた。

部屋の正面にはガラス窓のついた内扉があり、窓の向こうにもう一つ部屋が見えた。顕微鏡や各種の実験器具が並んでいる。

「お前に使わせる予定の研究室だ。トロミロも、ここにある」

桐ヶ谷は、研究室内の机を指差した。透明アクリルのケースの中に、数粒の実が確認できた。

拘束した男が持っていた鍵の束に、内扉の鍵はなかった。男を部屋の隅に転がし、外から鍵をかける。

鍵の束から、弥生のいる部屋の鍵を探し出した。その部屋の扉を錠一郎が開けると、床に座りこんだ弥生と目が合った。彼女の瞳が、大きく見開かれる。

「赤城くん！　青葉くん！　どうして」

「しっ！」

錠一郎は指を口に当てる仕草をして言った。「なんか知らねえけど、こいつがよ」

部屋に入ってきた桐ヶ谷を、顎で示した。桐ヶ谷が弥生の拘束を解きにかかる。

弥生は、顔をしかめた。寝返った桐ヶ谷に不信感を抱いているようだ。とはいえ、裏切ったのは自分も同じだと思いが至ったらしい。か細い声で言った。

「赤城くん。わたしのこと、怒ってるよね」

「怒ってる？　なんで」

「わたしが評議会に知らせたせいで、あなたの人生を変えることになってしまった」

「弥生、あのな」

錠一郎は断言した。「お前のせいじゃない。俺の人生は、俺が決めたんだ」

「でも……」

「大丈夫だ。言ったろ？　俺は弥生の味方だって」

黙り込んだ弥生に、礼司が声をかけた。

「それでいいじゃねえか。それよか」

桐ヶ谷に向きなおる。「この後どうすんだ。何も考えてねえとか言うなよ」

「お前らと一緒にするな。この船には、高速艇が積まれている。それで逃げろ。もうじき日没だが、夜明けには新潟か山形あたりの海岸まで行けるはずだ」

「お前、その高速艇とかってのを動かせるのか」

桐ヶ谷は、弥生を見て言った。「行ってやれ」

「桐ヶ谷くんは、どうするの」弥生が訊き返す。

「議長の計画を止める」

「たった一人で？」

「評議会のメンバーの半分は、まだ完全に納得していない。連中に協力してもらう。時間がない。まずは高速艇の格納庫へ行くぞ」

桐ヶ谷に続いて錠一郎たちも部屋を出、時間稼ぎのため鍵をかけた。桐ヶ谷が先に歩き出してしまったので、錠一郎は鍵の束をとりあえず自分のポケットに入れた。

格納庫は、船尾近くにあるという。この船はランガが秘密行動に使うための改装を施されており、航行中でも船尾の扉から高速艇を発進させられる仕組みになっているそうだ。

周囲の様子を確かめつつ、船内を進んでいく。

錠一郎の後ろから、弥生が小さく声をかけてきた。

「赤城くんのスカジャン、ちょっとほつれてる。後で直しといたほうがいいよ。それにしてもずいぶん古いね、それ」

「じいさんの形見さ」

「おじいさん、亡くなったの」

「ああ、そうか。弥生は知らねえよな。俺が大学に受かってすぐだ。もう、二十年以上前だな」

「そう……」

それから、錠一郎は言った。こんな状況ではあるが、どうしても伝えておきたかった。小さな声で話しはじめる。

「じいさん、特攻隊にいたんだ」

前を行く桐ヶ谷の身体がわずかに震えたような気がしたが、錠一郎は続けた。

「じいさんはよく話してた。命ははかないものだからこそ、生きているうちに何をするかが大事なんだって。だから、俺は思ったのさ。永遠の命より、限りある命の中で精一杯がんばらねえとなってな。お前らランガは気の毒だけどよ……ただ、一つ言わせてもらうと、生きたくても生きられなかった人がいるんだから、簡単に死にてえとか言っちゃいけねえよ。これもじいさんの受け売りだけどな」

それを聞いていた桐ヶ谷が、ぼそりと独り言を漏らした。

「昔、殴り合った奴もそんなことを言っていた。もしかして……そうか。死んだか……」

「なんか言ったか？」

「いや。なんでもない」

いくつか階層を下り、車両甲板に出た。最初にトラックを降りた場所だ。甲板の船尾寄りに駐車車両はなく、がらんとした空間が広がっている。

壁伝いに船尾へ向かう途中、先頭を行く桐ヶ谷が小さく言った。

「俺は、秘密を知った普通人を始末する仕事をしてきた」

「御子柴の他にも、殺したのか」錠一郎の声は、自然と硬くなった。

「千年のあいだ、大勢な。後悔していないといえば、嘘になる」

話しているうちに、船尾区画との隔壁までたどり着いた。壁の防水扉に手をかけた桐ヶ谷が、続きを口にする。

「だから、あの金髪たちは殺さずに逃がした。柏原にはああ言ったがな。奴らはランガの秘密までは知らなかったし——」

言いながら扉を開けた桐ヶ谷の動きが止まった。

「どうした」

桐ヶ谷の背中越しに扉の向こうを覗きこんだ錠一郎は、そこで笑っている柏原の姿を見た。

「これは四人お揃いで」

柏原の視線が、錠一郎たちの背後へ向けられる。振り返ると、どこからともなく戦闘服の男女が現れていた。数は六人、全員が自動小銃を構えている。

柏原が問いかけてきた。

「高速艇で、どうするつもりですか」

「議長の考えには賛同できない。彼らを日本へ帰すことにした」桐ヶ谷が答える。

「それは認めかねます」

柏原は首を振った。後ろの連中がじりじりと近づいてくる。

「銃は使うな。議長の命令だ。殺してはならん」

柏原の指示に従ったランガたちが、スリングで吊っていた銃を背中に回した。拳を前にファイティングポーズをとってくる。

錠一郎と礼司、桐ヶ谷は弥生を守るように囲み、相手に向き合った。

「へっ、喧嘩ならこっちのもんだ。やってやろうじゃん」

そう言った錠一郎に、礼司が「マジかよお。相手は不老不死だぞ」と弱気な声を出す。

「迷わず行けよ。行けばわかるさ」

「猪木かよ……って、うわっ！」

呆れ顔をした礼司に、さっそくランガの一人が殴りかかってきた。

だが、礼司の繰り出したパンチのほうがリーチは長い。ランガの顔面を直撃し、肉を叩く音が弾ける。普通の人間なら、当分立ち上がれないほどのダメージを受けたはずだ。しかし吹っ飛ばされたランガはしばらくすると頭を振り、笑みを浮かべながら身体を起こしてきた。

「ほらやっぱし……勘弁してくれよお」

「ボヤいてんじゃねえ！　来るぞ！」

錠一郎にも、同時に二人が襲いかかってきた。すばやく身を屈めて一人目のパンチを躱し、足で払う。二人目の拳は、腕を使って逸らした。低い体勢から伸び上がるようにして、アッパーカットをぶちかます。

相手の顎に拳がめり込むと同時に、肩に激痛が走った。またしても、四十肩のことを忘れていたのだ。

だが弱音を吐いている場合ではない。隣では、桐ヶ谷も同様に戦っている。弥生も、飛びかかってきた女性のランガにすばやいハイキックをお見舞いしていた。

「おっ、やるじゃん」

「よそ見しないで！」

それからも皆善戦を続けたが、相手は倒してもすぐに起き上がってくるし、人数もこちらより多い。

錠一郎たちは次第に車両甲板の船首側、車両がまとめて駐められているあたりまで押し戻されていった。柏原はその様子を、他のランガの後ろから余裕の表情で眺めている。状況を楽しんでいるのかもしれない。

痛みに耐えつつ何十発目かのパンチを叩き込んだ後、錠一郎がトラックの陰で肩を押さえていると、隣に桐ヶ谷がやってきた。

「さっきの威勢はどうした」

「うるせえ。弥生と礼司は」

「あっちの車の陰にいる。無事だ」

「それにしたって、キリがねえな。そうだ、柏原の野郎にまた何か思い出させて、頭痛を起こさせるってのはどうだ」

「お前ほどのバカじゃない。そう何度も同じ手は使えないだろう」

「いちいちムカつくな……。そういやあの野郎、頭痛の時に血も吐いてたぞ。ランガの頭痛って、そんなにひでえのかよ」

「血だと……？」

錠一郎の話を聞いた桐ヶ谷は、一瞬何かに思いを巡らせたようだった。少しして、「待ってろ」と言い残し、隣の車の向こうへ走り去る。

入れ替わりに、礼司が現れた。

「なんだあいつ、逃げたのかよ」

わからねえと答えたところで、視線を感じた。柏原だ。ゆっくりと近づいてくる。

「あーあ、もうやんなっちゃったよ」

礼司のぼやきに、「やるっきゃねえだろ」と立ち上がった時、桐ヶ谷の叫び声が響いた。

「伏せろ！」

振り返った先に、自動小銃を構えた桐ヶ谷の姿があった。ランガの一人から奪ってきたようだ。車の陰、床に這いつくばった錠一郎たちの頭上で、桐ヶ谷は撃った。顔の近くに落ちて音を立てた薬莢から、熱を感じる。

柏原は弾を食らって倒れ込んだものの、すぐにまた起き上がった。

「銃は効かねえんだろ？」

錠一郎の声に被せ、桐ヶ谷が叫ぶ。

「黙って伏せてろ！」

桐ヶ谷は、小銃をフルオートに切り替えて連射した。撃ちまくり、装塡されていた三十発全弾を柏原の腹に叩き込んだ後もなお、弾倉を交換してさらに射撃の姿勢をとる。

突然、頭上から声がした。

「無駄だよ、やめたまえ」

見上げた先、車両甲板の壁面上部。張り出したキャットウォークに稲森議長が立っていた。他の評議会メンバーの姿もある。

再び立ち上がった柏原が、桐ヶ谷に問いかけた。

「なぜ普通人の味方をする?」

「黙れ」

桐ヶ谷はまた射撃を開始した。あっという間に、次の弾倉の三十発も撃ち尽くす。

「無駄無駄」

倒れた柏原が上体を起こした。戦闘服はぼろぼろになっているが、腹の傷は再生しているのだろう。

と、その時。柏原の口から、つうっ、とひと筋の血が流れた。戸惑いの表情を浮かべ、呟く。

「……苦しい……だと?」

その場にいた誰もが、目を疑った。不死身のはずのランガが、なぜ。

時が止まったような間があいた。

「まさか」呻き声を上げたのは、稲森だった。

「もしかして……ヘイフリック限界」

錠一郎の隣に来ていた弥生が、呟いた。

「どういうこった」

「前に、ランガのＵＳＤ細胞は分裂回数に上限がないって話をしたでしょう」

「ああ」

「でもＵＳＤ化が不完全だと、普通人より多いといっても上限が存在する場合もある。それで、老化が始まったランガもいた。柏原もそうなのかも。弾を何十発と受けたことで、限界に達したとしたら……」

稲森は、キャットウォークから「柏原」と呼びかけた。それまでと異なる、慌てた声だった。苦しげに上を向いた柏原に告げる。

「君の細胞のＵＳＤ化は……不完全だったのかもしれない。それに、少し前にも血が出たと言っていたな。これほど急に症状が悪化しているということは……ＵＳＤ細胞ががん化しているのではないか」

皆の中に、ざわめきが広がっていく。

「そうか……」

弥生が、錠一郎に説明してくれた。これまでも、ランガのあいだでその仮説は取り沙汰されたことがあるらしい。ＵＳＤ細胞化が不完全だった場合、分裂回数に上限があるだけでなく、普通人と同様にがん細胞が発生する可能性があるというのだ。ＵＳＤがん細胞が発生すれば、普通人とは比較にならぬ速度で増殖するはずという。

急速に力を失ってしまったらしい柏原は、床から立ち上がれずにいた。荒い息を吐きながら、桐ケ谷に言う。

「撃てよ」

桐ヶ谷は、苦渋に満ちた顔で柏原を見下ろした。

「頭だ。ひと思いにやってくれ。助からないのは、自分でわかる」

柏原のケガの回復は、明らかに遅くなっていた。がんが、加速度的に進行しているのか。

桐ヶ谷は銃を向けたが、引き金を引けずにいるようだった。

「すまない。俺は……もう人を殺したくないんだ」

「へっ。さっき撃っといて、抜かしやがる」

妙に穏やかな顔になった柏原は仰向けに横たわり、視線をキャットウォークに向けた。

「議長……いや、兄ちゃん……頼むよ……。江戸の焼け跡で俺を拾ってくれたのには感謝してる……その後は、なんだかんだで楽しかったよな……でも、もういいさ。親父やお袋のところへ行かせてくれよ……」

柏原は目を閉じた。

直後、銃声が響き、柏原の額に大きな穴が開いた。見上げると、稲森が構えた拳銃の銃口から煙が上がっていた。

評議会メンバーの一人、白いカットソーを着た女性が言った。たしか、桃崎と呼ばれていた女性だ。

「議長。あなたは、彼を実験のためランガにしたんでしたね」

青ざめた顔のまま、稲森が「ああ」と小さく頷く。

「本当は、そうではないのでは？」

稲森は桃崎の顔をちらりと見たが、何も答えずキャットウォークから梯子を伝い車両甲板に下りてきた。桃崎や、他の評議会メンバーたちも後に続いてくる。

皆が、柏原の遺体を囲んだ。

桐ヶ谷は言った。

「これでわかっただろう。イースター島から持ち出したトロミロは、数百年のあいだに劣化していた。それでランガになっても、USD細胞化は不完全だったんだ」

黙りこくる稲森に、評議会メンバーの一人が声をかけた。

「議長。そうすると今回見つけたトロミロを研究しても、ロシアが期待するような完全な不老不死は実現できないかもしれない。計画を考えなおしたほうがいいのではないか。交渉も、中断してはどうだ」

他のメンバーも頷く中、稲森はようやく口をひらいた。

「ふむ……」

「いや……彼らは早急にランガの力を欲しがっている」

「不完全な技術を提供しても意味はないだろう」

再び黙り込んだ稲森を急かすように、何人かのメンバーが「議長！」と声を荒らげる。柏原の仲間の、新しいランガたちは不安そうに顔を見合わせていた。今後のことを思えば当然ではある。その場には、不穏な空気が急速に広がっていた。

まだ黙っている稲森に、桃崎が静かに言った。

「死んだ彼ですが」

先ほど途中になっていた話だ。「やはり、実験ではなかったのでしょう」

「……なぜわかる」

「私たちランガに子どもが生まれたとしても、トロミロを与えない限りその子はすぐに成長し、自分より先に死んでしまいます」

　桃崎の声は少し沈んで聞こえた。そんな経験があるのかもしれないと、錠一郎は思った。

「議長……稲森さん。あなたは、普通の家族というものが欲しかったんじゃないですか？」

「………………」

「少なくとも死んだ彼の言葉からは、あなたとのあいだに何らかの絆があったように感じられました」

「……江戸の焼け跡で」

　稲森は、何か思い出しながらといった様子で答えた。「まだ小さかった彼を見つけた時、私はトロミロを持っていた。魔が差したのかもしれん。君の言うことは、間違っていない。私は、同じ時間を生きる家族が欲しかったんだ。あれ以来三百年、彼は私の息子であり、弟でもあった……」

「その彼を失ったお気持ち、お察しします。だからこそ、同じことを繰り返さなくてもいいんじゃないですか？　不完全なランガを生んでしまっては、いつかまた……」

　桃崎はそう言った後、続けた。「私は、たしかにタンガタ・マヌに賛同していました。永遠の命を意味あるものにし、ランガとして自由に生きられる土地が手に入る……。そのためには、多少汚い手段を使ってもかまわないとさえ思っていたんです。でも、ちょっと立ち止まったほうがいいのかもしれません」

　桃崎の話を聞いて、評議会メンバーの何人かが頷いた。

「そうだな」という同意の声も聞こえる。

「やはり急ぐことはない。我々には時間があるんだ」

メンバーの声に、稲森は腹を決めたようだ。スマホを取り出すと、誰かに電話をかけた。

やりとりはロシア語らしく、内容はまったくわからなかったが、何やら緊迫しているのは伝わってくる。

やがて通話を終えた稲森は、皆に言った。

「交渉の中断ではなく、あくまで一時的な延期として申し出たが……相手は騙されていたと考えたようだ。もともと、半信半疑の様子ではあったが」

「見限られたのか。ずいぶんあっさりしたものだな」評議会メンバーが、困惑した顔で言った。

「疑いつつも、USD細胞化が本当にできるのなら、ランガ化した兵士を現在進行中の戦争に投入する計画だったらしい。その功績によって、大統領の後継者争いで優位に立つつもりだったのだ。間に合わないのであれば、なかったことにすると。交渉に関わっていたのはごく一部の人間だが、それでも秘密を知られたからにはというわけだ。考えることは一緒だな」

稲森は苦笑した。「潜水艦の攻撃で、この船を沈めるのだと思う。それでも生きているのを見たなら、ランガの存在を完全に信じるのかもしれんがね」

錠一郎の隣で、礼司が「こいつらはいいけど、俺らはヤベえじゃん……」と呟いた。

「潜水艦には、この船は無人の標的船とでも伝えているんだろう。日本の領海を出た時点でAIS（船舶自動識別装置）を切っているから、沈んだところで海上保安庁は気づかない。何らかの爆発が察知されたとしても、実弾射撃訓練をしたとでも説明するはずだ。どうも、私は手を組む相手を間違えがちなようだ」

稲森の台詞は、第二次大戦で日本の勝ちに賭けていたのを含んでのことか。それから稲森は、錠一郎と礼司に向き合った。憑き物が落ちたような顔をしている。

「私の計画はどうやら失敗らしい。君らは逃げるんだ」

そして、他の皆に言った。「彼らを連れて、高速艇で脱出してくれ。潜水艦には気づかれないように。船ごと沈んだと思わせるんだ。他の乗員にも知らせろ」

「では、早く。議長も」

「いや。私は高速艇が離脱するまで時間を稼ぐ。操船なら任せてもらっていい。この船は自動化が進んでいるし、昔は海軍にいたこともあるからね」

稲森は皆の返事を待たず、車両甲板の前方、ブリッジのほうへと去っていった。

それを見送った桐ヶ谷が、錠一郎たちに言った。

「聞いただろう。他の連中と早く逃げろ」

「待てよ。トロミロはどうすんだ。普通人をランガにするのには不完全ってことだけどよ、そもそもランガを普通人に戻す研究には必要なんだろ？　あれがねえと、お前らは……」

「時間がない。潜水艦がいつ沈めに来るかわからないんだ。俺たちランガはともかく、お前らは死ぬぞ？」

「俺らのために、諦めていいのかよ！」

「いいの。ありがとう」

弥生が口を挟んできた。穏やかな口調だ。「行きましょう」

仕方なく、弥生についていこうとする。何げなくポケットに手を突っ込み、その中身を思い出した。

鍵の束。

そうだ、この鍵を奪った男を閉じ込めたままだ！　いくらランガでも、沈む船内に取り残されたら――。

周囲では、ちょっとした騒ぎになっている。稲森に従っていた者以外の評議会メンバーや、船のクルーのランガたちが集まってきたのだ。弥生もせわしなく働いており、礼司を連れていくよう桃崎に伝えていた。

錠一郎は、礼司に向かって叫んだ。

「すぐに戻る！」

どこに行くの、と慌てて呼ぶ弥生の声が聞こえたが、錠一郎は振り向かずに駆け出した。

視界の隅に、別の方向へ走る桐ヶ谷の姿が見えた。あいつも、どこかへ行くつもりか。

16

桐ヶ谷がブリッジに入ると、船長席に座っていた稲森が言った。

「なぜ君まで」

「私は昔、伊一二六に乗っていた仲間を見殺しにしました。今度は助けたくなりましてね。それに、あなたは元海軍といっても人事部だったでしょう。こう言ってはなんですが、いささか頼りない」

「君だって軍医でしかなかっただろう」稲森は笑った。

「基本的な訓練は受けています。千年のうちには、船を動かす機会もあった」

「手伝ってもらえるのならありがたいが、今度は伊一二六の時のように助かるとは限らんぞ。爆発でバラバラにされてしまえば、ランガとて終わりだ。まあ、どのみちこれを使うつもりではあったがね」

稲森はスーツの前を開き、ショルダーホルスターに差した拳銃を目で示した。先ほど、柏原の命を奪った銃だ。

「赤城が言っていたな。永遠の命なんてクソくらえ、か。なんだか私も、そういう気分になってきたよ」

稲森の口調は、あくまで穏やかだ。桐ヶ谷は何も答えられなかった。

その時、警報が鳴った。

ブリッジ中央のコンソールに、海中に音源を探知した旨が表示される。貨物船でありながら、ランガが改装したこの船にはソナーがついているのだ。桐ヶ谷は、稲森に報告した。

「潜水艦の魚雷発射音を探知。魚雷一、本船に向かってきます」

17

錠一郎が研究室の扉を開けた時、男はまだ床で転がっていた。縛《いまし》めを解くためしゃがみこむと、船が大きく舵を切るのが伝わってきた。放送が入る。

『魚雷接近、回避行動中。被雷時の衝撃に備えよ』

スピーカーからの声は、桐ヶ谷に似ていた。

頭に被せた袋を外してやった男は、何が起きているのかわからないという顔だ。

錠一郎が状況を説明しはじめたところで、がん、と鈍い音が船底の前のほうから聞こえた。震動も伝わってくる。

『魚雷は本船の船首に接触。不発の模様』

再び放送が入った直後に、男の手足を縛る拘束具も外すことができた。

「……ってわけだ。高速艇ってので逃げ出すそうだから、早く行け」

錠一郎の話で、男はある程度事態を悟ったらしい。拘束を解いてくれた錠一郎に対し、敵意はもはやないようだ。

「あんたはどうするんだ」

訊いてきた男に、錠一郎は「ちょっとやることがあってな」と答えた。

扉を開けると、通路ではスプリンクラーの水が天井から降り注いでいた。火災は発生していないようだが、先ほど魚雷がかすめた衝撃で作動したのだろうか。

行けよ、と促すと男は頭を下げ、走り去っていった。

見送った錠一郎は、研究室の鍵がかかった内扉、ガラスの向こうに目を向けた。

——このガラス、俺のパンチで割れるかな。

18

スプリンクラーの作動により水浸しになった船内通路で、弥生は錠一郎を探し回っていた。

——思い出なんか、要らないと思ってた。ただ、頭痛の原因を増やすだけだと。

でも結局、人は思い出に支えられて生きるものなのだ。わたしたちが永遠に生きていくのなら、それだけ多くの思い出が必要になる。

赤城くん。あなたもいつか、思い出になる。

けれどそれは、けっして柘植野の記憶を上書きするものではない。それら一つひとつの思い出を、わたしはずっと抱えて生きていくだろう。だからあなたの最後の記憶を、こんな形で終わりにしたくはない。

赤城くん、どこにいるの——。

その時、天井から注ぐ水のシャワーを抜けて、通路の角に錠一郎が現れた。拳に血を流しているようにも見える。はっとして、立ち止まった。

直後、船がまた大きく揺れた。

19

「船尾扉、開く。高速艇発進」

桐ヶ谷は報告した。ブリッジのモニターに、格納庫を発進していく高速艇が映し出されている。魚雷の接触による衝撃も、特に支障を及ぼさなかったようだ。

しかし、衝撃は一部の区画でスプリンクラーを作動させていた。その警報が鳴り続けている。もう船内には誰もいないのだから問題はないはずだ。警報を止めるためコンソールに手を伸ばした桐ヶ谷は、船内各所を映すモニターの一つに目を留めた。

水浸しになった通路で、人影が動いている。

桐ヶ谷は呻いた。

「……あのバカ、何やってる」

20

「弥生！　どうしたんだ。みんなと逃げたんじゃねえのか」

突然の揺れで、水に浸かった通路へ倒れ込んだ弥生を、錠一郎は助け起こした。先ほどガラスで切った拳が痛んだが、そんなことは言っていられない。

「ケガしてるの？」

「いや、ちょっと転んだだけだ。たいしたことはねえ」

その時、天井のスピーカーから放送が流れてきた。例の、桐ヶ谷に似た声だ。

『高速艇発進』

弥生と顔を見合わせる。錠一郎は、つい笑ってしまった。「ははっ、やっちまった」

「バカ！　何やってんの」弥生は、錠一郎の胸を何度も叩いた。

「なんか、やたらとバカバカ言われる日だな」

そう口にしたところで、再びスピーカーの声が聞こえてきた。

『赤城！　何やってる』

やはり、声の主は桐ヶ谷だったらしい。あたりを見回すと、天井に監視カメラが吊り下げられていた。

「てめえか。乗り遅れちまった。ザマあねえぜ。そういや俺、高校ん時もしょっちゅう電車に乗り遅れてたわ」

『俺は遅刻なんかしなかった』

「優等生だねえ。さすがは元忍者だ」

『関係ないだろう。何百年も前の話だ』

「まあ、てめえもいろいろ大変だったよなあ」

返事はない。「おい、聞いてっかよ」

少しして、桐ヶ谷は言った。

『赤城。俺のニンジャを使え』

それから桐ヶ谷が説明しはじめたプランを聞き、さすがの錠一郎も言葉を失った。

「マジかよ……」

『怖えのか。すっかり腑抜けになったもんだ』

桐ヶ谷が挑発してくる。『ゆうべ二十年ぶりに殴り合った時も思ったが、時間は残酷だな。あそこでやめといてやってよかったぜ』

「てめえ……調子に乗りやがって。誰がやらねえなんて言った。やってやんよ」

『それでいい。甲板で邪魔になった時に移動できるよう、キーは差しっぱなしにしてある』

「あ、でも俺免停中だわ」

『お前、やっぱり本物のバカだな？　どこに警察がいるんだよ』

呆れた声を出した桐ヶ谷は、間を置いて言った。

『……赤城。ランガではないお前は、いずれ死ぬ』

「いま言うか、それ」

『だが、今じゃなくていい』

21

双眼鏡で海面を覗きながら、稲森が桐ヶ谷に言った。

「そういえば、旨いコーヒーがあったんだ。久しぶりに、君にご馳走しようと思っていたんだがね」明るい声だ。

「高速艇、右舷側に離れる」と窓の外の状況を伝えた桐ヶ谷は、「今度ぜひお願いしますよ」と答えた。

それへの返事はない。

錠一郎と弥生の救助準備に入るよう高速艇に要請した時、警報が鳴った。桐ヶ谷はコンソールに向かい、表示されている情報を淡々と伝えた。

「潜水艦の魚雷発射を探知。発射音は四回」

「なるほど。確実に仕留めにきたか」

稲森は楽しげに言うと、ふいに口調をあらためた。

「樺山軍医大尉。操船を任せる」

「操船、了解しました。楠田中佐」

操舵輪の前に、桐ヶ谷は立った。コンソールの画面を見て、再び報告する。「左舷より魚雷四、接近中」

「雷跡を視認。本船を盾とせよ」

「了解。本船、盾となります」

窓の外も見つつ、大きく舵を回す。「よーそろー」

稲森が、小さく呟いた。

「伊一二六の乗員を、私はたった百人と言った。されど、百人だ。誰かの夫であり、子どもであり、兄弟だった百人。これで罪が軽くなるとは思わないが」

22

がらんとした車両甲板。百メートルほど先、右舷後部の隅が開き、夕暮れの紫に染まった空が見えてきた。

車両を積み込むランプウェイが開いたのだ。船の斜め後方へ向かって取りつけられたスロープは、通常なら岸壁へ車両を降ろすため下向きになるところを、ジャンプ台のようにやや上へ角度をつけた状態で止まった。

「さて、そろそろか」

ヘルメットのインカム越しに、弥生は錠一郎の声を聞いた。目の前の背中にぐっと身体を押しつけ、腰に回した腕に力を込める。二人とも、プロテクターやらライフジャケットやらを目一杯重ねて着用しているため、彼のぬくもりまでは伝わってこなかった。

錠一郎が、スロットルを空ぶかしする。カワサキ・ニンジャＨ２のエンジン音が、鬨《とき》の声のごとく車両甲板に響き渡った。

「いい？　計算したけど、余裕はほんの二秒くらいのはず。すぐに手を離してね。あとはわたしが何とかするから」

「わかった。だけどよ、こんないいバイク、もったいねえなあ」

錠一郎が惜しそうに言った直後、スピーカーから桐ヶ谷の声がした。

『準備はいいか』

「ああ」錠一郎が答える。

弥生は問いかけた。

「桐ヶ谷くん。この船、もし沈んでも大丈夫だよね？」

『俺にも格好つけさせてくれよ』

桐ヶ谷の声は、笑っているようだ。その後で、呟くのが聞こえてきた。

『永遠の命より、限りある命の中で、か……。赤城、お前もじいさんも、たいした奴だぜ』

え、と錠一郎は訊き返しかけたが、それをさえぎるように桐ヶ谷が叫んだ。

『行け！　赤城！』

その大声に、錠一郎は迷うことなく反応した。

停止状態から四百メートルの距離までわずか十秒ほどという強烈な加速性能を持つ、千ccスーパーチャージドエンジンが咆哮する。

瞬く間に、甲板の景色が流れ去っていく。二人を乗せたバイクは、まるで空母のカタパルトで射ち出される戦闘機のようにランプウェイから空中へ飛び出した。

一秒も経たぬうちに錠一郎はバイクから手を離し、しがみついた弥生とともに空中へ舞った。弾丸のように飛びながら、弥生は着水の衝撃をできるだけ自分が受け止めるため、錠一郎の下へと身体を回転させた。

二人は一つの弾丸と化し、貨物船『ラパ・ヌイ』から七十メートルほど離れたところに水柱を立てて着水した。その衝撃のほとんどは、うまく下へ回ることに成功した弥生が受け止めた。

貨物船に近い側で、ニンジャも水柱を上げる。そして数秒後、貨物船の左舷、こちらからは反対側に四つの大きな水柱が上がった。水柱が崩れ落ちると、今度は炎と煙が立ち昇っていく。船体が二つに折れるのが見えた。

弥生はそれを横目にヘルメットを脱ぎ捨て、近くを漂う錠一郎のそばへ泳いでいった。気を失っているようだ。急いでヘルメットを脱がせる。

「赤城くん！」

呼びかけたものの、反応がない。弥生は慌てて錠一郎の肩を揺すった。

う……という、微かなうなり声。

大丈夫、生きてる。よかった。

ほっとした直後、ふいに弥生は胸が苦しくなるのを覚えた。このひとに会うのは、これで最後になるのかもしれない。

あの船とともにトロミロが失われた今、もはやランガを普通人に戻す研究の進展は望めなくなった。わたしたちはまた、果てしない時を生きていかねばならないのだ。わたしと彼の歩む道が、再び交わることはない。

だけど、それなら一度だけ。

弥生は錠一郎の頬に両手を添えると、そっと唇をあわせた。最初で最後の口づけは、塩からい海水の味がした。

少しして、錠一郎の瞼がゆっくりとひらいた。

「……ああ、弥生？　大丈夫か？」

このひとは、こんな時でもまずわたしのことを心配してくれる。

頷くと、錠一郎は「そっか、うまくいったか」と笑った。弥生は笑い返し、彼の頭を両腕で包み込んだ。

「おい、苦しいよ」

照れくさそうな声が聞こえてくる。

突然、背後で爆発音が響いた。振り向くと、沈みゆく貨物船から生じた大きな火の玉が、夜の帳《とばり》が落ちつつある海を白く染め上げていた。

遠い昔、故郷で見た夕日が脳裏によみがえる。海に沈む直前、光の屈折で緑色の閃光を放つグリーンフラッシュ。見た者は幸せになるという後づけの伝説をバカにしていたけれど。

そんなのがあってもいいな、と弥生は思い、もう一度笑ってみせた。

23

山向こうの空が、明るさを増している。まもなく朝日が射してくるのだろう。

ここは新潟県北部、山形との県境に近い、ＪＲ羽越本線の小さな無人駅だ。

駅から少し離れた、ひと気のない海岸近くで、高速艇はエンジン付きのゴムボートを下ろした。錠一郎と礼司を送り届けるためだ。ボートには、操船するランガの他に弥生も乗り込んできた。貨物船に残った桐ヶ谷と稲森から、その時点で連絡はなかった。ただ弥生は自分に言い聞かせるように、桐ヶ谷なら大丈夫と呟いていた。桐ヶ谷はかつて、沈んだ潜水艦から生きて帰ってきたこともあるらしい。

波打ち際に着いたゴムボートからは、弥生も降りた。土地柄、こんな形で上陸しているところが見つかれば誤解を招くというので、ボートは早々に沖合へ去っていった。弥生は、他のランガとは別行動を取るそうだ。

高速艇の中で、弥生は新生評議会に加わるよう求められていた。ランガたちは、新たな体制のもとで社会の隙間に再びもぐり込み、永劫の時に立ち向かっていくのだろう。

海沿いの道を、三人は歩いて駅へ向かった。お盆を過ぎたこの時期、夜明けの海にひと気はない。空気はだいぶ涼しく感じられた。夏の終わりが、近いのかもしれない。

早朝の駅にも列車を待つ人影はなく、三人は狭い待合室のベンチに並んで座った。

もうじきやってくる始発列車で、弥生は北へ向かうという。そこから先でどうするかを、彼女は口にしていない。錠一郎たちは、その後で来る逆方向の列車に乗るつもりだった。

弥生は、思い出したように言った。

「ごめん。借りてたリュック、返せなかったね」

「かまわねえよ。どうせ安物だ」

リュックは、杉津の手記とともに海の底だ。大学に手記を戻せないことに良心は軽く痛んだが、二十年も放置していたものにあの教授が気づくとも思えない。

それよりも、こっちのほうが大切だ。

錠一郎はスカジャンのポケットを押さえた。その中には、船の研究室から持ち出したあるものが入っている。

まもなく列車がまいります、という自動放送が流れはじめ、三人は待合室からプラットホームへ出た。列車の音はまだ聞こえてこない。

弥生が言った。

「未来は、良くなるって言ってたよね。良くなったり悪くなったりを繰り返しながらでも」

「おう」

「わたし、世の中が良くなっていくのを見てるから。ずっと。それがランガのさだめだものね」

弥生の口調は、どこか吹っ切れたようでもある。

錠一郎は答えた。

「見ててくれや。ちょっとずつでも、きっと良くなる……良くしてみせっから。だけどよ、さだめとか言って諦めんじゃねえぞ」

その言葉は、気休めのように聞こえただろうか。だが今は、それ以上は話せない。

二両編成の列車が、ことことことホームへ入ってきた。

錠一郎は、何げなく聞こえるように言った。

「あのさ……。もう、名前変えてもいいぜ」

弥生は一拍置いて、その意味に気づいたようだ。

「新幹線の中、寝てたんじゃなかったの」

「あ、いや、聞くつもりはなかったんだけどよ……。わりぃ」

錠一郎が言うと、弥生は頬を微かに赤らめ、「もしかして、海に落ちた時も……?」と小声で訊いてきた。

「え? それはマジでわかんねえ。何かあったか?」

そう答えると、弥生はじっと錠一郎の目を見て、微笑んだ。

「ううん。なんでもない」

列車が止まり、ドアが開く。

乗り込んだ弥生が、こちらに向きなおった。発車しますと放送が流れる中、弥生は片手を上げ、錠一郎と礼司に「さよなら、赤鬼青鬼」と小さく告げた。

「どんなに遠くに行ったとしても、ずっと見てるね」

最後に錠一郎を見つめて、弥生は言った。世の中の移り変わりのことなのか、それとも。

そうだ、俺はまだ肝心なことを伝えていなかった――。

「なあ、俺……」

逡巡の末、やっと口にしかけたところでドアが閉まり、続けて鳴り響いた警笛に錠一郎の台詞はかき消された。列車が滑るように動き出す。

ガラス窓の向こうの弥生が、速度を上げて遠ざかっていく。ホームを歩いて追いかけながら、錠一郎は精一杯の笑顔をつくってみせた。思い出を忘れることができないのなら、せめて笑った顔で覚えていてもらいたかった。

ホームを離れた列車はぐんぐんと加速していき、カーブしたレールの彼方に姿を消した。射してきた朝日を受けて、レールが銀色に輝く。

「よお。名前変えるとかって、どういう意味だったんだよ」礼司が訊いてきた。

「あぁん？　そんなこと言ったっけか」

「とぼけやがって。ま、どうせたいした話じゃねえんだろ。訊かないでおいてやるよ」

それから、礼司は言った。「この後どうするよ。もう月曜の朝だぜ。新潟から新幹線に乗れば、会社は午前休で済むかな」

「金沢港にカタナが置きっぱなしだ」

「また俺が運転して帰るのかよ？」

「いいじゃねえか」

錠一郎は、腕を礼司の肩に回した。スカジャンの赤と、礼司のライダースジャケットの青が重なる。

「赤鬼青鬼、復活の爆走といこうぜ」

「ったく、勘弁してくれよお」

ぼやきつつ、礼司はホームのベンチに座りこんだ。錠一郎も隣に腰掛ける。射してきた朝日を全身に浴びる形になった。

「お前に関わると、こんなんばっかだ。ま、面白えけどな」

笑う礼司に、錠一郎はふと思いついて訊いた。

「ところでよ。礼司も昔、弥生のことが好きだったんじゃねえの」

「あったりめえだろ」

意外にも、素直な答えだった。「あいつは、俺たちのアイドルだった。さっき、抜け駆けしようとしやがったな」

「返事はもらってねえんだ、いいじゃねえか。だいたい家族持ちが何言ってやがる」

へっ、と笑った礼司は、少し真面目な顔になって言った。「俺らが死んだ後も、あいつらは生きてくのか。うらやましいなんて思ってたけど、やっぱしんどそうだな」

「それなんだけどよ……」

錠一郎はポケットをまさぐり、ビニールの袋を取り出した。研究室から持ち出したトロミロだ。中に入った実を振ってみせる。

「おい……それって」

「今だとまた面倒なことになるかなと思って、渡さなかった。それに、あいつらのためにやってみてえことがあるんだ。さっきは言わなかったけど」

「ランガを、普通の人間に戻す研究か？　かーっ、この歳でまた勉強しなおすのかよ」

「俺が生きてるあいだに、間に合うかどうかわかんねえけどよ……限りある命の中でやることに意味があるんじゃねえかな。それに、やっぱ返事は聞きてえし」

「この野郎。今度は、十代の女子を何歳で追っかけることになるんだか。キモいを通り越してとてつもないバカだな。でも研究がうまくいったとして、どうやって伝えるんだ」

「俺たちが弥生にメッセージを残すなら、あそこしかねえだろ」

999

夕暮れの公園。丘の上から見える街並みは、昔とは大きく変わっていた。

しかし、遠い山々は同じ稜線のかたちを空に描いている。石垣も、座りこんでたわいない会話を交わしていた頃のままだ。

わたしの手には、今ではほとんど見かけなくなった紙の手紙がある。長い時を経て、それはわたしのもとに届いたのだ。

手紙に従って、石垣の隙間を探す。それは簡単に見つかった。

千年間、夢にまで見ていたもの。諦めんじゃねえぞ、という彼の言葉の意味が、今ようやくわかった。

隙間から取り出したそれを、胸に抱きしめる。
振り返れば西の山々に日が沈み、空からは黄昏の色が消えていこうとしていた。
あの光が消える前に、返事をしなきゃ。
わたしは丘を駆け下りていった。

《主要参考文献》

『イースター島を行く　——モアイの謎と未踏の聖地』　野村哲也 著（中央公論新社）
『イースター島不可思議大全　モアイと孤島のミステリー』　芝崎みゆき 著（草思社）
『図解でよくわかる土壌微生物のきほん』　横山和成 監修（誠文堂新光社）
『潜水艦戦史』　折田善次ほか 著（潮書房光人新社）
『伊号潜水艦ものがたり　ドンガメ野郎の深海戦記』　槇幸 著（潮書房光人新社）
『図説日本の鉄道　中部ライン　全線・全駅・全配線　第5巻　米原駅—加賀温泉駅』　川島令三 編（講談社）
『ギフテッドの光と影』　阿部朋美・伊藤和行 著（朝日新聞出版）

・初出　「小説推理」二〇二四年三月号～八月号

斉藤詠一　さいとう・えいいち

一九七三年東京都生まれ。二〇一八年、『到達不能極』で第六四回江戸川乱歩賞を受賞しデビュー。著書に『クメールの瞳』『レーテーの大河』『二千億のｉｆ』『パスファインダー・カイト』『環境省武装機動隊ＥＤＲＡ』がある。

俺《おれ》が恋《こい》した千年少女《せんねんしょうじょ》

二〇二五年二月二二日　第一刷発行

著者　斉藤詠一
発行者　箕浦克史
発行所　株式会社双葉社
〒162－8540
東京都新宿区東五軒町3－28
電話　03－5261－4818（営業）
03－5261－4831（編集）
http://www.futabasha.co.jp/
（双葉社の書籍・コミック・ムックが買えます）
印刷所　大日本印刷株式会社
製本所　株式会社若林製本工場
カバー印刷　株式会社大熊整美堂
ＤＴＰ　株式会社ビーワークス

© Eiichi Saito 2025 Printed in Japan

落丁・乱丁の場合は送料双葉社負担でお取り替えいたします。「製作部」あてにお送りください。ただし、古書店で購入したものについてはお取り替えできません。
［電話］03－5261－4822（製作部）
定価はカバーに表示してあります。
本書のコピー、スキャン、デジタル化等の無断複製・転載は著作権法上での例外を除き禁じられています。本書を代行業者等の第三者に依頼してスキャンやデジタル化することは、たとえ個人や家庭内での利用でも著作権法違反です。

ISBN978-4-575-24800-5 C0093

双葉社　好評既刊

籠の中のふたり

薬丸岳

弁護士の村瀬快彦は傷害致死事件を起こした従兄弟の蓮見亮介の身元引受人となり、ともに暮らし始める。二人は全ての過去と罪を受け入れ、本当の友達になれるのか――。薬丸ミステリー史上、もっともハートフルな物語の誕生！

四六判上製

双葉社　好評既刊

妻が夫を完全犯罪で殺す方法（あるいはその逆）

上田未来

料理研究家の冴子は不倫が発覚した夫に殺意を覚えていた。叩きのめしてやると誓い、『妻が夫を完全犯罪で殺す方法』という小説を執筆し始める。ＩＴ企業社長の射矢は妻の書いた小説を見つけ、どう対処したらいいかをＡＩに相談する。

四六判並製